Mischa Kopmann
Dorfidioten

Mischa Kopmann

DORFIDIOTEN

Roman

Osburg Verlag

Erste Auflage 2019

www.osburgverlag.de

Lektorat: Ulrich Steinmetzger, Halle (Saale)
Umschlaggestaltung: Judith Hilgenstöhler, Hamburg
Satz: Hans-Jürgen Paasch, Oeste
Druck und Bindung: CPI books GmbH, Leck
Printed in Germany
ISBN 978-3-95510-179-4

für Antje

»Etot, damy i gospoda,
eta zadnitsa mira –«

Ivan Petrowitsch Zverin

Prolog

Siebenseelensee

Am Morgen kehren wir zurück. Nach Jahren. Schwer verkatert. Ich am Steuer, das Fenster offen wegen des Pochens in den Schläfen. Alba neben mir. In ihrem schwarzen Kleid mit den aufgestickten Rosen, das sie in Wismar im Kaufhaus hat mitgehen lassen. Wie eine Gangsterbraut sieht sie aus mit ihren blond gefärbten Haaren, der Sonnenbrille auf der Nase und der unangezündeten Zigarette im Mundwinkel.

Spinnwebsommer. Anfang September. Das Singen der Vögel. Das leise Rascheln der Blätter im Wind. Ein Kuckuck, der ruft, von irgendwoher. Eine fahle Mondsichel, die über den Wipfeln der Bäume am Himmel verblasst.

Lass uns zum Siebenseelensee fahren, sagt Alba und legt ihre Hand auf meine.

Okay, sage ich und biege in den Feldweg ein, der hinunter zum See führt.

Die Nacht haben wir durchgemacht in einem Hotel in der Kreisstadt. Ein paar Schnäpse aus der Minibar. Zwei Flaschen Champagner, die der Zimmer-Service lieferte, ohne eine Miene zu verziehen, wenn Alba, in ein Laken gehüllt, an der Tür großzügig Trinkgelder verteilte. Bei Sonnenaufgang brachen wir auf. Kauften zwei Becher Kaffee und zwei Flaschen Wasser an der Tankstelle, Ausfahrtstraße Richtung Osten. Alba nahm ihre Medikamente und warf zwei Aspirin ein. Gegen die Kopfschmerzen.

Da ist er, sagt sie und nimmt die Sonnenbrille ab.

Still und glitzernd und unbewegt liegt er da in der frühen Morgensonne.

Ja, sage ich. Da ist er.

Komm, sagt Alba und ist schon halb aus der Tür, als ich den Wagen im Unterholz parke. Mit überkreuzten Armen zieht sie das Kleid über den Kopf. Komm, sagt sie und streift das Höschen ab.

Ich knöpfe das Hemd auf und öffne die Gürtelschnalle.

Warte, sagt sie plötzlich und legt einen Finger auf die Lippen.

Wir lauschen.

Alles gut, sagt sie und zieht mich mit sich über sonnenverbrannte Kiefernnadeln in das kalte, klare Wasser.

Im ersten Moment glaube ich, der Kopf würde mir zerspringen. Dann löst sich der Schmerz.

Wir tauchen hinab auf den Grund des Sees. Über uns nichts als wogende Stille.

Blau und grün.
Sonne und Mond.
Licht und Schatten.

Sonntag

Rückkehr

Wir verlassen den Wald und nähern uns dem Haus von der rückwärtigen Seite. Das Auto stellen wir im Schatten der Werkstatt ab. Alba nimmt die noch immer unangezündete Zigarette aus dem Mund, deren Filter voller Lippenstiftspuren ist.

Hier sind wir, sagt sie und setzt die Sonnenbrille ab.

Ja, sage ich. Hier sind wir. Ich nehme ihre Hand und küsse sie sanft. Dann öffne ich die Fahrertür.

Nichts als sonnenüberflutete Stille, als wir den Hof überqueren. Ein Flugzeug, das einen weißen Kondensstreifen in den wolkenlosen Himmel über uns zieht. Ein Hund, der in der Ferne bellt.

Zwei Stunden, sagt Alba. Maximal.

Zwei Stunden, sage ich und öffne das Scheunentor, das leise in den Angeln quietscht.

In der Scheune ist es kalt und dunkel. Es riecht nach Staub und Regen und Benzin. Ein Lichtstrahl fällt durchs Dach und bricht sich in den morschen Brettern des Dachbodens über uns. Staubkörner wirbeln in der Luft. Hand in Hand tasten wir uns an Homanns altem Mercedes vorbei zur Hintertür. Ich steige auf den Anhänger, um den Schlüssel vom Bord zu angeln.

Luke –, sagt Alba plötzlich.

Ein Schatten fliegt auf und verschwindet über uns im Dunkel des Dachbodens.

Nur eine Fledermaus, sage ich. Ich klettere vom Anhänger herunter und drehe den Schlüssel im Schloss. Willkommen zuhause.

Alba sieht das Blut als Erste.

Was ist das?, sagt sie und weist auf die Spur, die sich den Flur hinunterzieht. Bis zur Küchentür.

Keine Ahnung, sage ich.

Sehr langsam und vorsichtig bewegen wir uns in Richtung Küche.

Die Tür ist offen, flüstere ich und spähe um die Ecke.

In der Küche dasselbe Bild. Die Blutspur verläuft quer über den Boden. Von der Tür bis zur Stube.

Lass uns abhauen, flüstert Alba.

Nein, sage ich und lege den Zeigefinger auf die Lippen. Auf Zehenspitzen durchquere ich die Küche. An der Stubentür angekommen, sehe ich mich noch einmal zu Alba um. Dann lege ich die Hand auf die Klinke und drücke sie hinunter.

Homann liegt auf dem Boden. Direkt vor mir. Nackt bis auf die Unterwäsche. In einer Lache aus Blut. Die Arme um den Körper geschlungen. Die Knie an die Brust gepresst.

Oh, mein Gott, sagt Alba und drängt an mir vorbei.

Sie hält Homanns Kopf in ihrem Schoß, während ich ihm ein Glas Wasser einflöße.

Homann, frage ich, was ist passiert?

Homann trinkt. In winzigen Schlucken. Das Wasser läuft ihm übers Kinn.

Lukas, sagt er, kaum hörbar, du bist zurück.

Ja, Homann, sage ich.

Das Geld –, sagt er und schließt die Augen.

Wir müssen ihn zudecken, sagt Alba. Er friert.

Zusammen hieven wir Homann aufs Sofa. Alba kramt im Verbandskasten, den ich aus dem Auto geholt habe. Mit der Schere zerschneidet sie Homanns Hemd. Sein Oberkörper ist übersät mit Schrammen und Blutergüssen. Unterhalb der Schulter klafft eine tiefe Wunde. Wie von einem Messerstich.

Die Desinfektionssalbe ist abgelaufen, sagt Alba.

Seit wann?

Seit zwei Jahren.

Nimm sie trotzdem. Ich hole ihm was zum Anziehen.

Homanns Kammer sieht aus wie immer: Bett. Schrank. Stuhl. Nachttisch. Lampe. Ich nehme den Schlafanzug und die Wolldecke vom Bett. Und die Waschschüssel, die auf der Fensterbank steht.

Ich glaube, er hat Fieber, sagt Alba und taucht einen Zipfel von Homanns Hemd in die Waschschüssel, die ich mit Wasser gefüllt habe.

Zusammen ziehen wir ihm den Schlafanzug an und decken ihn zu.

Sieh nach, ob du einen Lappen und einen Eimer findest, sagt Alba. Damit wir das Blut aufwischen können –

Lukas, flüstert Homann sehr leise.

Homann, sage ich und knie mich neben ihn.

Mein Junge, sagt er. Er sieht mich an. Alle Farbe scheint aus seinen Augen verschwunden zu sein. Mein Junge, sagt er wieder und nimmt meine Hand.

Linas Zimmer

Das Haus ist leer. Bis auf die Küche, die Stube und Homanns Kammer. Nichts als Staub und Stille und angelehnte Türen, die in leere Räume führen. Eine Weile stehe ich am Fenster, oben in Linas Zimmer, und schaue hinaus auf die verlassene, sonnengelbe Dorfstraße, die von einem rotweißen Sperrgitter geteilt wird. In Richtung Siemsgluss ist das Kopfsteinpflaster verschwunden und durch Asphalt ersetzt worden. In Richtung Kreisstadt, direkt hinter Will Töllnings Einfahrt, fällt der noch nicht asphaltierte Teil der Straße etwa einen Viertelmeter ab und bildet eine Rinne aus braunem, schwarzfleckigem Sand, in dem verstreut ein paar herausgebrochene Kopfsteinpflastersteine liegen. Eine Schubkarre mit einer Schaufel und einer Spitzhacke darin steht verlassen am Straßenrand.

Wir müssen Homann zum Arzt bringen, sagt Alba und legt die Hand auf meine Schulter.

Ich fahre herum.

Alba hebt die Hände und weicht einen Schritt zurück.

Entschuldige, sage ich. Du hast mich erschreckt

Ich dachte, du hättest mich kommen hören, sagt Alba.

Entschuldige, sage ich und küsse sie auf die Stirn. Ich lege meine Arme um sie und ziehe sie an mich.

Horch –, sagt Alba. Die Musik.

Nun höre ich es auch. Ein schepperndes Plärren. Wie aus einem alten Transistorradio.

Kasimir, sage ich.

Wir spähen aus dem Fenster.

Da ist er, sagt Alba.

Wir sehen Kasimir, der die Straße heruntergerollt kommt. Auf seinem Bonanza-Fahrrad. Mit Wimpel und Fuchsschwanz und Katzenaugen und dem Radio, das er mit Gurten an der Sattellehne festgeschnallt hat. Am Sperrgitter hält er an. Eine ganze Weile steht er da und richtet seine Blicke über den Zaun hinweg. Dann dreht er das Fahrrad, mit kleinen Schritten, schwingt sich auf den Sattel, tritt in die Pedale, den Oberkörper leicht über den Lenker gebeugt, und schwenkt in die Alte Hartemer Landstraße ein.

Er fährt Richtung Eisenbahn, sagt Alba.

Ja, sage ich. Und dann: Ich liebe dich, Alba. Unvermittelt. Den Blick noch immer aus dem Fenster gerichtet.

Ich liebe dich auch, Luke, sagt Alba.

Mehr denn je, sage ich und sehe sie an.

Ja, sagt Alba. Ich dich auch, Luke. Mehr denn je.

Das Gewehr

Das Gewehr finde ich, als ich das Haus nach dem Geld durchsuche. Es ist mit schwarzem Isolierband an der Rückseite der Anrichte in der Küche befestigt. Ein Jagdgewehr.

Nicht das allerneueste Modell, aber sehr neu nach Homanns Maßstäben. Ich löse das Isolierband und nehme das Gewehr. Es fühlt sich überraschend leicht an. Ich lege an, drehe mich abrupt um und ziele auf die Küchentür. Peng, sage ich.

Als ich die Kirchenglocken höre, schultere ich das Gewehr und mache mich auf den Weg ins obere Stockwerk.

Das Kontor liegt direkt unter dem Dach. Man erreicht es über eine schmale Treppe, deren Holzstufen so morsch sind, dass man das Gefühl hat, sie könnten jeden Moment einbrechen, wenn man einen Fuß darauf setzt. Es ist heiß und stickig hier oben. Eine Petroleumlampe hängt an einem Nagel in der Dachschräge. Der Schreibtisch, der jahrelang mitten im Raum stand, ist verschwunden. Nur der Stuhl steht noch da, wo er immer stand.

Hier besuchte ich Vater und Homann, wenn sie abends nach der Arbeit zusammensaßen. Bei einer Flasche Bier. Oder einem Tee mit Rum, an kälteren Tagen. Vater nahm mich auf den Schoß und brach ein Stück von dem Kandisbrocken ab, den er, in ein Tuch eingeschlagen, in einer Schublade im Schreibtisch aufbewahrte. Ich liebte es, dort zu sitzen und ihren Gesprächen zu lauschen, die von Dingen handelten, von denen ich nichts verstand. Maschinen. Maßeinheiten. Hektarerträge. Ich lutschte meinen Kandis und hing meinen Gedanken nach. Bis mir die Augen zufielen und Vater mich die Treppe hinunter ins Bett trug.

Ich klappe die Dachluke auf. Ein leichter Wind weht herein, angenehm kühl und sanft auf der Haut. Für einen Moment schließe ich die Augen und lausche: das Singen der Vögel. Das Dröhnen eines Motorflugzeugs von weit her. Das Läuten der Glocken. Stimmfetzen, die der Wind herüberträgt. Ich stütze den Gewehrlauf auf das etwas windschiefe, durchgerostete Schneefanggitter, kneife das rechte Auge zu und spähe mit dem linken durch das Zielfernrohr. Ich verrücke das Gewehr ein Stück nach links, stoppe in Höhe der Kirchturmuhr und schwenke ein kleines Stück abwärts.

Vor der Kirche tummeln sich ein paar altbekannte Gesichter. Rathjen und seine Frau, die man nur am Sonntag zu Gesicht bekommt. Madame Biancourt, die Organistin. Johannes der Säufer, in seinem blauen Sonntagsanzug mit den Hochwasserhosen. Die Witwe Schönau, ein wenig grau und verlebt, doch noch immer schön, in ihrem maßgeschneiderten schwarzen Kostüm. An ihrer Seite Toni, der gewöhnlich mit seinen Eltern zum katholischen Gottesdient nach Pröbsten fährt. Dazu ein paar Kinder. Unbekannte Gesichter. Zugezogene oder Leute aus den Nachbarorten, deren Kirche an diesem Sonntag geschlossen bleibt. Langsam schwenke ich die Straße hinunter, die zur Kirche führt und wegen ihrer hellen Färbung Weißer Weg genannt wird. Ich sehe Falk Brinkmann den Hügel heraufstolzieren mit seiner Frau Vroni und seiner Nichte Christina, die einen Dackel an der Leine hält, den sie vor der Kirche am Fahrradständer für die Konfirmanden festbindet. Nur ein paar Schritte dahinter: Pastor Mahler-Ladewigk. Mit dem Wetterfrosch. In vertrautem Gespräch.

Der Wetterfrosch stammt aus Sültlingen und heißt mit bürgerlichem Namen Harm Frosch. Einmal in der Woche schreibt er eine Kolumne für die Wochenendbeilage der Kreiszeitung und versorgt die Leser mit Bauernregeln, die das Wetter der kommenden Woche vorhersagen. Gut möglich, dass er den Job inzwischen los ist, weil das Wetter sich seit einiger Zeit an keine Bauernregel mehr hält. Der Wetterfrosch ist bekannt dafür, seine Familie zu drangsalieren mit seiner Unbelehrbarkeit und seiner Hypochondrie.

Meine Mutter erzählte, er sei in mindestens zwei Fällen angeklagt worden, sich an polnischen Hilfskräften auf seinem Hof vergangen zu haben.

Und, fragte ich, was ist aus den Anklagen geworden?

Was soll schon daraus geworden sein?, fragte meine Mutter. Die Betroffenen zogen ihre Klagen zurück. Dumm ist der Wetterfrosch nicht. Und arm noch viel weniger. Hat einfach ein paar Scheine hingeblättert, um die Mädchen zum Schweigen zu bringen.

Vermutlich sind Froschs Hang zur Tyrannei und sein Appetit auf Erntehelferinnen so unstillbar, dass niemand auf die Idee käme, ihm auch nur eine Träne nachzuweinen, wenn ich in diesem Moment den Abzug betätigen würde. Und doch – hätte ich die Wahl, einem der beiden Kirchgänger das Licht auszublasen, die Antwort wäre eindeutig: Pastor Lorenz Mahler-Ladewigk.

Mein Zimmer

Wir richten uns ein in meinem alten Zimmer, mit Blick auf den Garten. Aus der Scheune hole ich den alten Holztisch, den ich die Treppe hinauftrage und zwischen die beiden Fenster stelle. Alba findet eine Spiegelscherbe im Badezimmer und befestigt sie mit Leukoplaststreifen aus dem Verbandskasten an der Wand über dem Tisch. Dazu der Stuhl aus dem Kontor und die nötigsten Sachen für die Nacht aus dem Auto: Albas Tasche, der Schlafsack und die Wolldecken.

In der Küche füllen wir einen Krug mit Wasser. Alba durchsucht die Schränke nach Geschirr.

Gläser gibt es nicht, sagt sie, nur diese hier. Sie hält zwei Kaffeetassen in der Hand: die eine weiß, die andere mit Blumenmotiv und abgebrochenem Henkel.

Ich nehme die mit den Blumen, sage ich.

Nein, sagt Alba, die nehme ich.

Zusammen sehen wir nach Homann, der auf dem Sofa liegt und leise schnarcht in tiefen, regelmäßigen Zügen.

Alba wringt das Unterhemd in der Waschschüssel aus und tupft ihm den Schweiß von der Stirn. Sie schlägt die Decke zurück. Die linke Seite des Schlafanzugoberteils hat sich rot gefärbt.

Der Verband ist durch, sagt Alba. Er braucht einen Arzt.

Ich weiß, sage ich und decke Homann zu. Komm.

In meinem Zimmer wohnen die Geister. In den knarrenden Holzdielen unter meinen Schuhen. In den abblätternden Tapeten an den Wänden. In den Silberpappelästen, die raschelnd ans Fenster klopfen. In den mottenzerfressenen Vorhängen, die der Wind in den Raum hineinweht.

Fehlt nur noch ein Bett, sagt Alba.

Wir nehmen den Schlafsack als Unterlage und decken uns mit den Wolldecken zu, sage ich. Es ist nur für eine Nacht.

Nein, sagt Alba. Wir nehmen Homanns Matratze.

In Homanns Kammer ist die Zeit stehen geblieben. Der alte Bauernschrank an der Wand neben der Tür. Das Bett an der Wand gegenüber. Der Nachttisch mit der in Leder gebundenen Bibel, die Homann von meiner Mutter geschenkt bekam. Der Stuhl am Fenster links vom Bett, auf dem fein säuberlich Homanns Sachen für den nächsten Tag bereitliegen. Schwarze Cordhose. Gestärktes weißes Hemd. Strickjacke. Wollsocken.

Alba und ich hieven die Matratze aus dem Bett und tragen sie ans andere Ende des Flurs in mein Zimmer. Wir legen die Matratze an die Wand, links von der Tür.

Schon besser, sagt Alba.

Fehlen nur noch zwei Kleinigkeiten, sage ich.

Aus Linas Zimmer hole ich das Gewehr, aus Homanns Zimmer die Flasche, die er, wie ich seit meiner Kindheit weiß, im Bettkasten zwischen der frischen Bettwäsche aufbewahrt.

Alba sitzt an ihrem Frisiertisch, mit dem Rücken zu mir. In einem Sonnenstrahl, der, von den Blättern der Pappel gebrochen, durchs offene Fenster fällt. Sie kämmt sich das Haar, den Kopf leicht schräg gelegt. Im Spiegel sehe ich ihre Augen, tiefblau und klar, die in irgendeine Ferne starren.

Du musst dein Medikament nehmen, sage ich.

Was ist das?, fragt Alba und dreht sich um zu mir.

Wacholderschnaps. Homanns Lebenselixier.

Das meine ich nicht, sagt Alba.

Ich weiß, sage ich und lehne das Gewehr an die Wand zwischen Matratze und Tür.

Picknick

Mit den Rücken an die Wand gelehnt, sitzen wir in meinem Zimmer auf der Wolldecke und essen. Brot, Butter und Salz aus der Küche. Pflaumen und Brombeeren aus dem Garten. Brezeln und Waffeln aus Albas Beständen. Dazu das Wasser, das wir am Morgen an der Tankstelle gekauft haben.

Ich sehe nach Homann, sagt Alba und steht auf.

Ich nehme ihre Hand und küsse ihre Finger. Einen nach dem anderen.

Wir bringen ihn in die Kreisstadt, sage ich. Ins Krankenhaus. Sobald wir das Geld gefunden haben.

Alba nickt und nimmt den Verbandskasten von der Fensterbank.

Und wenn wir es nicht finden?, fragt sie.

Eine Weile liege ich auf dem Boden, die Arme hinter dem Kopf verschränkt, in der warmen Nachmittagssonne, die süß und orange ist wie Sirup oder flüssiger Honig. Und für einen Moment ist es wie damals, vor Jahren, als meine Mutter starb und ich mich in meinem Zimmer verkroch, tagelang, nach der Schule.

Ganze Nachmittage verbrachte ich damit, auf dem Bett zu liegen und die Wand anzustarren, an der die Schatten der Zweige im Sonnenlicht tanzten. Hin und wieder kam Homann herein und blieb eine Weile. Manchmal, sehr selten, kam mein Vater. Einmal, an einem Sonntagmorgen, schlug ich die Augen auf und Lina saß neben mir auf dem Bett. Eine Weile tat ich, als würde ich schlafen. Dann richtete ich mich auf und nahm sie in den Arm, und wir fingen beide an zu weinen. Jeden Tag kam Alba. Sie klopfte an die Tür, leise, irgendwann am späten Nachmittag. Sie setzte sich zu mir auf die Bettkante. Strich mir das verklebte Haar aus der Stirn. Küsste mich auf Wangen und Schläfen. Legte ihren Kopf auf meinen und flüsterte mit sanfter Stimme:

Es geht vorbei, mein Liebling. Ich weiß, es geht vorbei.

Die Werkstatt

Als ich erwache, ist der Himmel vor den Fenstern fast farblos, das Zimmer kalt und grau. Ich nehme das Gewehr und mache mich auf den Weg die Treppe hinunter. Ich werfe einen Blick durch den Spalt der angelehnten Stubentür. Alba schläft, die Beine angewinkelt, auf dem Sessel, den sie vor das Sofa geschoben hat. Homann murmelt leise im Schlaf vor sich hin. Ich nehme den Schlüsselbund vom Haken neben dem Ofen, schließe die Küchentür auf und trete hinaus auf die Terrasse. Ich sehe mich nach allen Seiten um und überquere den Hof Richtung Werkstatt.

Abenddämmerung. Die Konturen der Gebäude scharf umrissen. Leuchtende Streifen am Himmel über den Feldern. Der Wald jenseits von Rathjens Feld eine rote Wand im Sonnenuntergang. Der Geruch von Rauch in der Luft. Eine Fledermaus, die im Zickzack über der Werkstatt umherschwirrt, als ich den Schlüssel im Schloss drehe und die Tür öffne, die schwer in den Scharnieren kreischt.

Um kein Licht machen zu müssen, gehe ich zwischen Schrauben- und Ersatzteillager hindurch zum Haupttor, lege den Riegel um und ziehe das Tor auf. Ich nehme Platz auf der Werkbank, zwischen dem Schraubstock und einem Haufen Kupferrohren, und sehe mich um. Das Ganze macht den Eindruck, als hätte mein Vater alles stehen und liegen gelassen. Zwischen zwei Reparaturen. Weil meine Mutter ihn zum Mittag rief. Oder er kurz hinübergelaufen war, um seine Tasse Kaffee am Nachmittag zu trinken, im Stehen am Küchenfenster. Zusammen mit einem Stück ihres Butterkuchens, den er so liebte. Der Kaffee stark und schwarz aus der alten, verbeulten Blechkanne auf dem Ofen in der Küche. Ein paar Minuten des Innehaltens, bevor er sich zurück auf den Weg machte. In sein Reich. In dem alles ist, wie es immer war: Der Wagenheber, der quer im Raum steht, sodass man ständig darüber stolperte. Die Drahtrolle an der Wand neben dem Haupttor, an der man sich den Kopf stieß, wenn man das Radio an- oder ausstellte. Die Roste über der Grube, in der wir im Sommer ganze Tage zubrachten, mein Vater und ich, um Autos zu reparieren, Trecker, Mähdrescher, Runkelroder, Unimogs. Ölwannen, Kühler, Spritfilter auswechseln, Bremsspulen gangbar machen, Kurbelwellen und Wasserpumpen erneuern, Zylinderkopfdichtungen austauschen, während uns irgendeine Schmiere ins Gesicht tropfte. Diesel. Öl. Bremsflüssigkeit. Die Rollwagen mit den Werkzeugen, die immer dort herumstanden, wo niemand sie brauchte, und erst mühsam befreit werden mussten, weil immer irgendetwas im Weg lag. Man zog sie kreuz und quer durch die Werkstatt, bevor man sich auf die Suche nach dem 17er-Maul oder 22er-Ringschlüssel machte, die garantiert als einzige ihrer Art fehlten, weil sie im Fond einer Maschine liegengeblieben waren, die nun irgendein Bauer auf seinem Acker spazieren fuhr. Der Ofen, der im Winter so heiß wurde, dass man ihn zum Schmieden von Eisenteilen benutzen konnte. Das Waschbecken mit dem Senfeimer voll Werkstattseife, die auf der Haut kratzte wie nasser Sand. An der Wand über den Hydraulikleitungen der

Pirelli-Kalender mit den halbnackten Mädchen, der jedes Jahr kurz vor Weihnachten von einem Vertreter einer Reifenhandlung aus der Kreisstadt persönlich vorbeigebracht wurde, damit meine Mutter nichts in der Post fand, was sie meinem Vater unter die Nase reiben konnte. Es ist, als sähe ich ihn vor mir – meinen Vater –, wie er die Schweißmaske sinken lässt, sich mit dem Oberarm die ölverschmierte Stirn wischt und mit noch glühendem Schweißstab vor der Nase des Vertreters herumfuchtelt. Und mehr als alles andere ist es dieser Geruch, der die Werkstatt ausmacht. Der feine, vertraute, verräucherte, metallische Geruch einer frisch gesetzten Schweißnaht.

Ich sage dir, mein Sohn, sagte mein Vater, in einer Wolke aus Qualm, so und nicht anders riecht es im Weltraum.

Im Büro steht der Honig. Im Regal zwischen den Ringordnern. Der Deckel des Topfes schief aufgelegt. Der Honig kristallisiert und hart. Ein Löffel davon am Morgen vor der Arbeit, so das Credo meines Vaters, und du sparst dir den Arzt. Und es stimmte: Bis auf den einen oder anderen Gichtanfall im Winter konnte ihn nichts von der Arbeit abhalten. Kein Tag, an dem er nicht als Erster in der Werkstatt stand, frühmorgens, um in Ruhe seinen Bürokram zu erledigen. Mit Karteikarten, Rechenschieber, Stempelkarussell und Bleistiftstummeln, an deren Ende er herumkaute, zwischen zwei Zahlenreihen, bevor er mit großer Sorgfalt und schöner, verschnörkelter Handschrift das Ergebnis seiner Berechnungen aufs Durchschlagpapier setzte. Zwischen all den Auftragsbüchern, Rechnungsdurchschriften und handbeschriebenen Karteikästen steht das Telefon. Das erste im ganzen Dorf, wie mein Vater stolz zu sagen pflegte. Haben wir deinem Großvater zu verdanken. Ein *W48.* Schwarz. Mit Schnur. Und Erdtaste unten am Sockel. Auf der Wählscheibe in den altmodischen Krakeln meines Großvaters die dreistellige Nummer: 914. Ich nehme den Hörer von der Gabel und lege ihn auf den Tisch. Eine Weile lausche ich dem Freizeichen. Dann klemme ich den Hörer zwischen Schulter und Ohr und wähle die Nummer von Vogelshirtboy.

Als ich zurückkehre, hat Alba sich umgezogen. Sie sitzt in der Küche, in Jeans und Pullover, mit dem Rücken zur Tür. Mit beiden Händen umfasst sie die Tasse, aus der sie in kleinen Schlucken trinkt.

Wo warst du?, fragt sie und dreht sich um.

In der Werkstatt. Ich lehne das Gewehr an die Wand neben der Tür.

Und?

Nichts.

Hast du überall gesucht?

Ja. So gut es ging bei dem Licht.

Auch oben auf der Galerie, wo dein Vater den ganzen Schrott stapelt?

Alba, sage ich. Das Geld ist nicht in der Werkstatt.

Ich habe Tee gemacht, sagt sie. Möchtest du welchen? Sie reicht mir ihre Tasse.

Der Tee ist heiß und schmeckt süß und rauchig.

Ich habe Vogelshirtboy angerufen, sage ich so beiläufig wie möglich und reiche ihr die Tasse zurück.

Alba starrt mich an.

Du hast was –, fragt sie.

Ich habe Vogelshirtboy angerufen. Aus dem Büro. In der Werkstatt. Ich gehe in die Hocke und lege die Arme um Albas Hüften.

Bist du wahnsinnig?, fragt sie. Ohne eine Spur Ärger in der Stimme. Fast flüsternd. Fast flehentlich.

Sein Vater kommt. Um nach Homann zu sehen. Nach Einbruch der Dunkelheit.

Alba streicht mir mit der Hand durchs Haar.

Er hat uns geholfen, sage ich und lege meinen Kopf in ihren Schoß. Weißt du noch? Vogelshirtboy. Damals in der ersten Nacht.

Irgendein russischer Millionär hatte das Haus bauen und einrichten lassen. Ohne es je zu beziehen. Auf der rechten Seite der Hartemer Landstraße, in dem kleinen Birkenwäldchen ein paar hundert Meter jenseits der Eisenbahngleise. Drei Stockwerke. Im Bungalowstil. Mit Schwimmbad unter einer verglasten Dachkuppel, einem Billardzimmer, komplett mit Billardtisch, Queues und einem Satz Kugeln. Kühlzelle. Fitnessraum. Ein Schießstand in einem Anbau hinter dem Haus. Ein paar Mal tauchte der Millionär im Dorf auf. Begleitet von einer Blondine und ein paar Bodyguards. In manchen Nächten brannte Licht im Haus. An einem Sommerabend fuhren die Bodyguards durchs Dorf und machten Lautsprecherdurchsagen. In schlechtem Deutsch luden sie die Dorfbewohner ein, am Abend vorbeizukommen. Zur Einweihungsparty. Der Einzige, der hinging, war Vogelshirtboy. Er erzählte unglaubliche Geschichten. Von Drogen und Waffen und wunderschönen Frauen, die nichts am Leib trugen außer einem Halstuch. Oder einem Hundehalsband. Dann zeigte er mir den Haustürschlüssel und die beiden Geldscheine, die er vom Hausherren bekommen hatte.

Komm mit, sagte er, wir machen zusammen sauber.

Den ganzen Sonntag über räumten wir auf. Der Millionär war verschwunden. Mitsamt der Blondine und den Bodyguards und den wunderschönen Frauen. Es sah wüst aus in dem Haus. Im Schwimmbecken trieben Champagnerflaschen, Zigarettenkippen, Zigarrenstummel und ein Stück rohes Fleisch. Im Schießstand lag eine Pistole, die Vogelshirtboy zusammen mit dem ganzen übrigen Plunder in einem der großen blauen Müllsäcke verschwinden ließ, die wir in der riesigen Vorratskammer fanden. Dann gingen wir heim. Vogelshirtboy wollte mir einen der beiden Scheine geben, weil ich ihm geholfen hatte.

Behalt dein Geld, sagte ich. Aber vielleicht komme ich irgendwann mal auf den Schlüssel zurück.

Jahrelang ließ sich der Millionär nicht mehr blicken. Ich wusste: Vogelshirtboy schlief ab und zu in dem Haus, wenn er nicht wollte, dass sein Vater Wind bekam von einem Mädchen, einem Joint, einem Drink zu viel. Irgendwelche Spinner aus der Umgebung schmissen im Erdgeschoss die Fensterscheiben ein. Irgendjemand veranstaltete eine Party im Schwimmbad unter dem Dach, die Polizei rückte an und versiegelte das Haus.

In der Nacht nach der Sache mit Caspar Jordan auf dem Sültlinger Schützenfest fuhren wir zu Vogelshirtboy. Er gab mir den Schlüssel. Ohne weiter zu fragen.

Lasst einfach die Tür offen, wenn ihr geht, sagte er. Den Schlüssel lasst ihr im Schloss stecken.

Den Rest der Nacht über beratschlagten wir, was zu tun war. Zuerst im Schießstand, weil es dort keine Fenster gab und wir Licht machen konnten. Bei Tagesanbruch gingen wir hinauf ins Schwimmbad. Das Becken war leer. Die Wände waren vollgeschmiert mit Graffiti. Ein Plastikstuhl lag auf dem Beckenboden. Mit der Lehne nach oben. Wir setzten uns aufs Ein-Meter-Brett, Rücken an Rücken, und sahen ins vollkommene, unendliche Blau über uns.

Der Himmel, sagte Alba. Dann sagte sie eine ganze Weile nichts mehr. Und dann: Sieht aus wie eine Straße –

Dr. Rakuhn

Es ist dunkel, als Dr. Rakuhn eintrifft. Er ist grau geworden. Und alt. Das Gesicht schmal und abgezehrt. Haare und Bart weiß. Nur die Augen wandern schnell und lebhaft hin und her zwischen Alba und mir.

Lukas, sagt er und schüttelt mir die Hand. Mit festem Druck. Alba – Er verbeugt sich leicht, stellt seine Tasche auf den Tisch, legt den Mantel ab, nimmt Platz und schlägt die Beine übereinander. Was kann ich für euch tun?

In der Stube sehen Alba und ich dem Doktor zu, als er Homann untersucht. Ihn abhört. Puls und Blutdruck misst. Die Instrumente und Utensilien aus der Tasche bereitlegt, die er für die Wundversorgung braucht. Er bittet mich, Homann zu stützen, während er den Verband löst. Dann reinigt er die Wunde, legt einen neuen Verband an, zieht eine Spritze auf, setzt die Spritze, zieht eine zweite Spritze auf, setzt auch diese und deckt Homann zu.

Wie ist das passiert?, fragt er.

Das wissen wir nicht, antworten Alba und ich, fast einstimmig.

Dr. Rakuhn sieht von Alba zu mir und wieder zurück.

Wir haben ihn so gefunden, sagt Alba. Heute Morgen. Hier auf dem Boden.

War er bei Bewusstsein?

Nein, sagt Alba.

Er hat uns erkannt, sage ich.

Ja, sagt Alba. Wir haben ihn hierher aufs Sofa verfrachtet, und seitdem schläft er.

Er wird auch die Nacht über schlafen, sagt Dr. Rakuhn. Er schließt die Tasche und steht auf. Ich habe ihm etwas gegeben, damit er zur Ruhe kommt.

In der Küche zieht der Doktor den Flachmann aus der Innentasche seines Jacketts und nimmt einen Schluck.

Warum habt ihr mich nicht gleich gerufen?, fragt er und hält mir den Flachmann hin.

Nein, danke, sage ich.

Wir wussten nicht, wie schlimm es ist, sagt Alba. Erst als der Verband anfing durchzubluten –

Morgen früh komme ich wieder, sagt Dr. Rakuhn. Es ist besser, jemand bleibt die Nacht über bei ihm. Vielleicht könnt ihr euch abwechseln. Falls irgendetwas sein sollte, ruft ihr mich an.

Ist er –, sage ich, wird er –

Dr. Rakuhn nimmt einen zweiten Schluck, schraubt den Flachmann zu und schiebt ihn zurück in die Innentasche seines Jacketts.

Homann ist zäh, sagt er. Aber er ist nicht mehr der Jüngste. Und er hat viel Blut verloren. Er zieht das Jackett an und nimmt die Tasche. Also –, sagt er und öffnet die Tür.

Dr. Rakuhn –, sagt Alba.

Ja?

Danke.

Was bekommen Sie für Ihre Mühen?, frage ich.

Darüber reden wir, wenn der Alte über den Berg ist.

Ach, und eins noch, Doktor –, sage ich.

Was denn noch, Lukas?, fragt Dr. Rakuhn und sieht mich an.

Kein Wort zu niemandem.

Der Doktor nickt müde.

Gute Nacht, sagt er, tritt hinaus auf die Terrasse und verschwindet in der Nacht, ohne die Tür zu schließen.

Nachtwache

Die Nacht verbringe ich an Homanns Bett. Ich lausche seinen regelmäßigen, tiefen Atemzügen, die immer wieder unterbrochen werden von einem kurzen Innehalten, einem unverständlichen Wort, einem gemurmelten Satzfetzen. Um ihn zu beruhigen, lege ich meine Hand auf seinen Arm und spreche leise zu ihm. Oder ich tupfe seine Stirn mit der Kompresse aus der Wasserschüssel ab, die Alba vor dem Schlafengehen frisch aufgefüllt hat. Irgendwann übermannt mich die Müdigkeit. Ich stehe auf und laufe im Zimmer herum. Ich öffne das Fenster und sehe hinaus. Auf die Umrisse der Bäume im Garten. Auf den Zaun, der das Anwesen von Töllnings Hof trennt. Auf das kalte, weiße Licht in den Glaswürfelfenstern von Töllnings

Schlachthaus. Auf den Mond, der über Töllnings Schornstein steht, aus dem sich eine feine, weiße Rauchschwade kräuselt. Auf den stillen, klaren Himmel, an dem matt die Sterne funkeln. Ich schließe das Fenster und setze mich zurück in den Sessel. Ich mache die Augen zu. Einen Moment nur. Ich sehe die Zweige des Nussbaums, die, vom Wind bewegt, an den rückwärtigen Fenstern der Werkstatt kratzen. Ich sehe das Leuchten in den Augen der Katze, die durchs Gebüsch schleicht. Ich sehe, wie die Kerzen, die Alba aufgestellt hat, flackernde Schatten an die Wände werfen. Dann plötzlich ist Alba über mir. Inmitten der Nacht. Wie im Traum. Mit einem Kuss. Und einem Flüstern. Und zwei Fingern, die sich auf meine Lippen legen.

Liebster, sagt sie und schlingt ihre Arme um meinen Nacken. Küsst mich auf den Mund. Biegt den Oberkörper zurück und reckt den Kopf zur Decke empor. Unwirklich sieht sie aus. Und wunderschön. Wie ein Luftgeist. Oder eine Nixe, die aus dem Siebenseelensee auftaucht, lautlos, um Mitternacht, vom Mondlicht gebadet. Ihr Körper weiß und wie aus einer anderen Welt. Sanft wiegt sie sich, auf mir, über mir, und flüstert meinen Namen. Und ich flüstere ihren: Alba.

In immer neuen Tonfällen und Variationen.

Und es ist, als würden wir verschmelzen. Miteinander. Mit Raum und Zeit und dem gesamten, mühsam von frisch gesetzten Schweißnähten zusammengehaltenen Universum. Mit allem, was war und ist und jemals sein wird. Und blieben doch allein dabei, jeder für sich, auf immer und ewig allein –

Allein.

Montag

Frühstück

Am Morgen weckt mich Alba mit Kaffee, Marmelade und frischen Brötchen.

Wo hast du die her?, frage ich und setze mich auf.

Der Doktor war beim Bäcker, bevor er herkam.

Dr. Rakuhn war hier?

Ja, am Morgen. Du hast noch geschlafen. Alba stellt das Tablett auf den Frisiertisch und öffnet die Fenster.

Es ist still draußen. Wie am Sonntag. Obwohl Montag ist. Als würde der September jedes Geräusch verschlucken. Wie der Schnee im Winter. Kein Wind. Keine Wolke am Himmel. Nichts als goldgelbe, sonnenhelle Stille.

Ich hatte dich abgelöst, sagt Alba und lächelt. Gestern Nacht. Erinnerst du dich? Sie reicht mir die Tasse mit dem abgebrochenen Henkel. Ich habe den Kaffee in Homanns Blechkanne gemacht, sagt sie. Auf dem Ofen.

Wie geht es ihm?, frage ich, umfasse die Tasse und nehme einen Schluck. Der Kaffee ist sehr heiß. Und sehr stark. Schmeckt gut, lüge ich.

Alba bestreicht zwei Brötchenhälften mit Butter und Marmelade und reicht mir eine davon.

Der Doktor sagt, es geht ihm gut. Den Umständen entsprechend. Aber er ist sehr schwach.

Ist er wach?

Nein, sagt Alba. Aber das Fieber ist runter. Der Doktor kommt gegen Abend wieder, um nach ihm zu sehen.

Ich stopfe mir die Brötchenhälfte in den Mund und spüle mit Kaffee nach.

Dann an die Arbeit, sage ich, mit vollem Mund. Ich ziehe die Jeans an und ein frisches Hemd. Ich nehme den letzten Schluck Kaffee, stelle die Tasse aufs Tablett und knie mich vor Alba auf den Boden. Wie geht es dir?, frage ich und umfasse ihre Beine.

Gut, sagt sie.

Und die Medizin?

Nehme ich.

Iss dein Frühstück vorher, sage ich.

Aye aye Sir!, sagt Alba und salutiert. Aber zuerst sag mir eins: Wann fahren wir?

Sobald wir das Geld gefunden haben.

Hast du nicht alles danach abgesucht?

Ja. Hab ich. Bis auf den Dachboden.

Und wenn es da nicht ist?

Suchen wir nochmal von vorn.

Okay, sagt Alba. Ich esse brav mein Frühstück, nehme meine Medizin und dann gehen wir rauf.

Nein, Alba, sage ich. Ich gehe allein. Es ist zu gefährlich.

Der Dachboden

Auf dem Dachboden türmt sich das Gerümpel von Jahrzehnten. Alte Möbel. Sessel, Schränke, Tische, Stühle, Bänke, Bettgestelle, Matratzen mit herausstehenden Sprungfedern. Fensterscheiben, Türen, Fensterrahmen. Bilderrahmen. Kästen voll mit angelaufenem Silberbesteck. Gläser, Tassen, Teller, Becher. Ausrangierte Toaster. Brotschneidemaschinen. Brotkästen. Kühlschränke. Kühltruhen. Waschmaschinen. Wäschemangeln. Wäscheständer. Eine Sammlung mottenzerfressener Vorhänge. Gardinen. Gardinenstangen. Tapeten. Teppiche. Teppichklopfer. Fußmatten. Staubsauger. Eine Gartengarnitur weißer Korbsessel, Korbtische und Korbstühle. Campingstühle, Gaskocher, Campinggeschirr. Zelte und Zeltstangen. Spül- und Waschbecken. Toilettenschüsseln. Gusseiserne Badewannen. Zinkwannen. Gießkannen. Blumentöpfe in allen Größen. Vasen. Besen, Harken, Hacken. Wischeimer. Mülleimer. Papierkörbe voller alter Notizen und Rechnungen und Kontoauszüge. Rasenmäher. Fernsehapparate. Fotoapparate. Filmkameras. Tonbänder. Röhrenradios. Autoradios. Transistorradios. Heizkörper. Lampen. Ventilatoren. Stand- und Wanduhren. Ein Grammophon mit gebrochenem

Schalltrichter. Regale voller Akten und Briefe und Bücher und Zeitschriften und Landkarten und Schallplatten. Eine Gitarre. Eine Trompete. Ein Klavier. Berge von Klamotten. Hüte. Spazierstöcke. Schuhe, einzeln und in Paaren. Fahrräder. Decken, Kissen, Schlafsäcke. Das Gummiskelett, das Lina eines Tages aus der Schule mit nach Hause brachte. Flaschen und Kanister, voll mit giftigen und entzündlichen Substanzen: Pflanzenschutzmittel. Brennspiritus. Petroleum. Terpentin. Kerosin. Kisten voll mit Kacheln. Dachziegel. Eine Kollektion Regen- und Sonnenschirme. Gartenschläuche. Vogelkäfige in allen Größen und Formen. Ein Schmetterlingsnetz. Bienenkörbe. Eine Hollywoodschaukel. Staffeleien, Malerpaletten, Leinwände, Pinsel. Lichterketten. Christbaumkugeln. Tannenbaumständer. Ein Tannenbaum, mit Lametta behängt. Tischtennisplatten, Tischtennisschläger, Tennisschläger. Cricketschläger. Carrerabahnen. Modelleisenbahnen. Schwimmreifen. Schwimmflügel. Schultüten. Bauklötze. Bälle, aus denen die Luft entwichen ist. Holzschwerter. Plastikpistolen. Ein ausgestopfter Hirschkopf.

Nichts konnte mein Vater je wegwerfen. Was meine Mutter in den Wahnsinn trieb.

Wann kommt der ganze Plunder endlich weg?, fragte oder brüllte oder flehte sie, je nach Heftigkeit ihrer Auseinandersetzung.

Bald, sagte mein Vater, mit sanfter, leicht resignierter Stimme. Ich verspreche es dir: bald.

Penibel trennte mein Vater Haushalt und Arbeit. Nie wäre er auf die Idee gekommen, auch nur eine einzige Schraube aus der Werkstatt auf dem Dachboden einzulagern oder, umgekehrt, irgendeinen Haushaltsgegenstand auf der Galerie in der Werkstatt. Doch damit hatte sich sein Ordnungssinn erschöpft. Wenn irgendetwas im Haushalt überflüssig geworden war oder für eine Weile nicht gebraucht wurde oder im Weg stand, stapfte mein Vater die schmale Holztreppe hinauf, die von der Scheune zum Dachboden führt, und stellte es auf den nächstbesten freien Platz. Bis es immer schwerer wurde, in dem Chaos irgendetwas wiederzufinden. Die Folge: Man schaffte das Gesuchte neu an. Als es keinen freien Platz mehr gab, ging mein Vater dazu über, die Dinge über das im Weg stehende Gerümpel hinweg zu hieven. Oder hinweg zu werfen. Sodass der Berg aus Gerümpel immer größer wurde und die Wahrscheinlichkeit, etwas wiederzufinden, immer kleiner. Mein Vater wusste, es gab nur zwei Möglichkeiten, die Angelegenheit zu behandeln: Entweder er würde den Schrotthändler aus Siemsgluss einbestellen und sich in einer großangelegten Aktion von allem trennen, was er je auf den Dachboden geschleppt hatte. Oder er würde sich von gar nichts trennen. Niemals. Schließlich begannen die Holzbohlen sich durchzubiegen. Ein paar Bretter brachen oder wurden morsch. Jeder Gang auf den Dachboden wurde zum Abenteuer. Um meine Mutter zu beruhigen, zog mein Vater in allen betroffenen Räumen Zwischendecken ein: Waschküche, Badezimmer, Nähzimmer, Speisekammer, Flur.

Und die Scheune?, fragte meine Mutter.

Machen wir später, sagte mein Vater.

Hoffentlich nicht zu spät, sagte meine Mutter. Nicht, dass der ganze Krempel uns eines Tages auf den Kopf fällt, wenn wir mal das Auto brauchen.

Jedes Mal, wenn sie zusammen irgendwohin fuhren, starrte meine Mutter demonstrativ nach oben auf die löchrige Konstruktion. Bald weigerte sie sich ganz, die Scheune zu betreten, und wartete auf dem Hof, während mein Vater das Auto herausfuhr. Dann starb meine Mutter und mein Vater machte sich Vorwürfe, dass er ihr all die Jahre so viel Kummer bereitet hatte. Er schwor, nie wieder irgendetwas auf dem Dachboden zu lagern.

Ein paar Wochen später sah ich ihn. Vom Werkstattdach aus, das ich abdichtete, nachdem es im Frühjahr hineingeregnet hatte. Er schleppte einen schweren, zerbeulten, offenbar noch mit Wasser gefüllten Sonnenschirmständer über den Hof. Bevor er das Scheunentor öffnete, sah er sich um. Nach allen Seiten. Dann sah er mich oben auf dem Dach stehen. Wie ein Hund, der von seinem Herrn für ein gerissenes Huhn zur Rechenschaft gezogen wird, blickte er hinauf zu mir. Trat von einem Bein aufs andere. Spielte alle Möglichkeiten durch: Sollte er den Sonnenschirmständer an Ort und Stelle stehen lassen. Sollte er umkehren und ihn zurückbringen? Sollte er so tun, als hätte er vorgehabt, den Ständer auf die Terrasse zu tragen, und nur einen kurzen Zwischenstopp eingelegt auf seinem Weg, um zu verschnaufen? Sollte er so tun, als hätte er mich nicht gesehen? Schließlich setzte er den Ständer ab, wischte sich mit dem Oberarm den Schweiß von der Stirn und hob beide Hände, als wollte er sagen: Sei mir nicht böse, mein Junge, ich kann einfach nicht anders. Dann bückte er sich, umfasste mit beiden Händen den Sonnenschirmständer, in dem das Wasser hin und her schwappte, und verschwand damit in der Scheune.

Der weiße Kavalier

Jeden Quadratzentimeter des Dachbodens kremple ich um. Schließlich habe ich genug. Ich angle den Cowboyhut vom Haken, setze ihn auf und nehme Platz auf dem alten Sofa, inmitten der Berge aus Gerümpel. Unzählige Stunden habe ich hier verbracht. Allein. Mit meinen Büchern und Basteleien. Schon als Kind schlich ich mich beim Versteckspielen am Abzähler vorbei, schlüpfte durchs Scheunentor, lief die Treppe hinauf und wartete. Bis alle gefunden worden waren und sich zusammentaten, um nach mir zu suchen. Ich hörte ihre Stimmen auf dem Hof. Sie riefen meinen Namen, und es war, als gehörte das alles nicht zu mir. Manchmal schlief ich ein und erwachte Stunden später, schweißnass, weil die Sommersonne das Dach versengte, oder bibbernd, im Winter, wenn der Frost kam. Selten, sehr selten verirrte sich jemand hier herauf. Kam doch mal jemand, blieb ich mucksmäuschenstill. Bahnte mir einen Weg durchs Chaos, in dem ich mich auskannte wie niemand sonst, mit all seinen Tücken und Löchern und knarrenden Bohlenbrettern, und verkroch mich in einem Winkel, in dem niemand mich fand.

Luke nannten sie mich. Von klein auf. Weil ich ein *Lucky-Luke*-Heft gefunden hatte. Hier oben. Im Regal. Zwischen alten Jahrgängen des *Spiegel* und einem Stapel Klaviernoten, die noch aus der Zeit stammten, als meine Großmutter zu besonderen Gelegenheiten am Sonntag unten im Salon für Gäste musizierte. Titel: »Der weiße Kavalier«. Stolz zeigte ich das Heft meiner Mutter.

Hab ich dir nicht tausend Mal gesagt, du sollst da oben nicht rumstreunern?, fragte sie, nahm mir das Heft weg und legte es oben auf die Anrichte in der Küche.

Niemals vorher und niemals nachher, so heißt es, hätte ich einen solchen Aufstand veranstaltet. Mich auf den Küchenboden geschmissen. Mir die Haare ausgerissen. Worte geschrien, von denen kein Mensch wusste, woher ich sie hatte. Am wenigsten ich selbst. Schließlich gab mir meine Mutter das Heft zurück, nahm mir im Gegenzug jedoch das Versprechen ab, nie, nie, nie wieder einen Fuß auf den verbotenen Dachboden zu setzen. Und nie, nie, nie wieder wollte ich etwas anderes sein im Leben als Lucky Luke. Zum Fasching ging ich als Cowboy. Zuerst ganz in weiß. So wie mein Held auf dem Cover. Dann in der klassischen Montur: Gelbes Hemd, schwarze Weste, aufgekrempelte Jeans, rotes Tuch, weißer Hut. Kaugummizigarette im Mund.

Die Sachen versteckte ich auf dem Dachboden. Mittags, nach der Schule, kam ich rauf und zog sie an. Ich schnallte den Plastikpistolengurt um, den mein Vater mir beim Kaufmann in Pröbsten spendiert hatte, zusammen mit einem Zehnerpack roter 8-Schuss-Platzpatronenringe. Nach und nach wurde das Kostüm mir zu klein. Ich trug es in mein Zimmer und versteckte es in der Truhe. Bis ich eines Tages nach Hause kam und es nicht mehr da war.

Diese dreckigen, fadenscheinigen Fetzen, sagte meine Mutter. Als wärst du nicht langsam zu alt dafür –

Lange musste ich dem Kostüm nicht nachtrauern. Am Freitagabend fuhren wir aufs Frühlingsfest in die Kreisstadt. Zum Feuerwerk. Mein Vater kaufte Lose für die ganze Familie. Ich war der Einzige, der gewann. Einen Preis zweiter Kategorie.

Was darf es denn sein, junger Mann?, fragte der Mann mit dem Mikrofon, der oben auf seinem Wagen vor einer Wand aus Plüschtieren, Spielzeug und Sektflaschen stand.

Ich wies auf den Cowboyhut ganz außen in der obersten Reihe. Schwarzer Filz. Rotes Band. Sheriffstern.

Den da, sagte ich.

Der Mann musste sich strecken, um an den Hut zu gelangen.

Gute Wahl, sagte er und setzte ihn mir auf.

Am Morgen schlich ich auf den Dachboden. Ich hängte den Hut an den Haken an einem der Stützbalken. Um sicherzugehen, dass meine Mutter ihn nicht fand. Es wurde zu einem Ritual: Wenn ich den Dachboden betrat, setzte ich den Hut auf. Wenn ich ging, hängte ich ihn zurück an den Haken.

Irgendwann kam ich nicht mehr oft hier herauf. Weil ich die meiste Zeit damit beschäftigt war, unten auf dem Hof zu arbeiten. Vor allem in der Ferienzeit. Später, nach dem Schulabschluss, half ich in der Werkstatt, vor allem im Sommer und in der Erntezeit. Im Frühjahr und Herbst fuhr ich mit meinem Vater über die Dörfer. Zum Klärgrubenreinigen. Im Winter schlugen wir Tannenbäume in unserem Wäldchen gleich neben Dekkers Weide. Wir verkauften sie auf dem Weihnachtsmarkt in der Kreisstadt.

Bald ging ich nur noch am Sonntag auf den Boden. Um herumzustöbern. Nach einem brauchbaren Teil. Dem letzten fehlenden Stück im Puzzle einer Bastelei, an der ich saß.

Hack nicht auf Luke herum, pflegte mein Vater zu sagen, wenn meine Mutter mir den Kopf wusch für irgendeine Dummheit, die ich angestellt hatte oder nicht. Der Junge gewinnt eines Tages den Nobelpreis, weil er dir aus einem Haufen Schrott aus der Tonne hinter der Werkstatt das Perpetuum mobile konstruiert.

Ist das der Grund, warum du den ganzen wertlosen Plunder behältst?, fragte meine Mutter. Damit der Junge eines Tages zu Ruhm und Ehren kommt?

Es stimmte, was mein Vater sagte. Wenn es irgendein Talent gab, das ich besaß, dann dies: aus einem Haufen scheinbar unbrauchbarer Einzelteile etwas Brauchbares zu machen. Etwas, das funktionierte. Mit zwölf oder dreizehn schraubte ich vier oder fünf kaputte Fahrräder auseinander und machte zwei fahrtüchtige daraus, die ich meinen Eltern zur Silberhochzeit schenkte. Zu Linas 16. Geburtstag schenkte ich ihr eine Stereoanlage samt Lautsprechern, die ich aus einem Haufen von Einzelteilen alter Geräte auf dem Dachboden, dem Elektroschrotthaufen vom Schrotthändler in Siemsgluss und den Holzabfällen aus Fehrmanns Tischlerwerkstatt in Kolk zusammengebaut hatte.

Nur ein einziges Mal nahm ich jemanden mit auf den Dachboden. Oder besser gesagt: Ich wurde von jemandem mitgenommen. Es hatte Blicke gegeben zwischen mir und Dana, einer Cousine zweiten Grades, die in den Sommerferien zu Besuch gekommen war und bei meiner Schwester im Zimmer kampierte. Eines Tages lockte sie mich unter irgendeinem Vorwand die Treppe hinauf zum Dachboden. Hier, auf diesem Sofa, küsste sie mich. Nahm meine Hand und schob sie unter ihr T-Shirt. Nahm meine andere Hand und schob sie in ihre Jeans. Weil es eng war, öffnete sie den Gürtel und den

Reißverschluss und zog die Jeans bis zu den Knien herunter. Schob meine Hand in ihr Höschen und bewegte sie auf und ab. Warm fühlte es sich an. Und weich. Dann ließ sie meine Hand los, die sich nun wie von ganz allein bewegte. Dana atmete schnell. Und kniff dann plötzlich die Beine zusammen. Sah mich an mit einem Ausdruck, den ich nie zuvor im Gesicht eines Menschen gesehen hatte. Für einen Moment nur. Dann beruhigte sich ihr Atem. Sie zog die Hose hoch, schloss den Reißverschluss, zog den Gürtel fest und sagte:

Nicht, dass du dir irgendwas darauf einbildest –

Spukgeschichten

Ist dies das Sofa, auf dem du es mit deiner Cousine getrieben hast?, fragt Alba. Sie nimmt mir den Cowboyhut vom Kopf, setzt ihn auf und lässt sich neben mir aufs Sofa fallen.

Wir haben es nicht getrieben, sage ich.

Du sagtest, es war dein erstes Mal.

Mein erstes Mal warst du.

Dann eben das erste Mal, dass es Ernst wurde.

Das erste Mal, dass es mit einem Mädchen Ernst wurde.

Mit einem Mädchen, fragt Alba. Heißt das, du hattest vorher etwas mit einem Jungen?

Ich hatte etwas mit Monika Schneeweiß.

Mit Monika Schneeweiß? Alba lacht. Das hast du mir nie erzählt. Ich dachte, du wärst der Einzige im Dorf, der nicht mit Monika Schneeweiß –

Habe ich auch nicht.

Sondern?

Ihr richtiger Name war Monika Langer. Oder Langner. Aber alle nannten sie immer nur Monika Schneeweiß. Weil es hieß, niemand im Dorf würde die Wäsche so weiß waschen wie die Magd von Eisenbachs. Sie wohnte in einer Kammer unter dem Dach. So ähnlich wie Homann. Nur dass es in ihrer Kammer nicht aussah wie bei Homann, sondern eher so wie bei uns auf dem Dachboden. Nur ein einziges Mal bin ich dort gewesen. Um Monika Schneeweiß Geld zu bringen. Sie hatte auf Lina aufgepasst, ein paar Stunden, am Sonntag, nachdem mein Onkel Albert beim Dachdecken von der Leiter gefallen war. Es war genauso, wie alle immer gesagt hatten. Im ganzen Zimmer gab es keinen freien Fleck. Berge von Klamotten. Schüsseln und Schuhe und Stapel von Zeitschriften auf dem Fußboden. Handtücher über der Stuhllehne. Teller mit Essensresten auf dem Tisch. Eine wachsverkrustete Weinflasche mit einer Kerze darin. Lockenwickler. Ein BH, der am Fenstergriff baumelte. Das Bett ungemacht. Ein Hund in einem Korb in der Ecke. Ich gab Monika Schneeweiß das Geld. Sie strich mir durchs Haar, auf ganz merkwürdige Weise, und sagte, ich sei ein schöner Junge, und wenn ich wollte, könnte ich sie mal besuchen kommen in ihrer Waschküche, nachmittags, wenn der alte Eisenbach seinen Gang durch den Kuhstall machte und sie allein dort ist, um die Wäsche zu mangeln. Ich war zwölf damals und hatte keine Ahnung, was Monika Schneeweiß von mir wollte. Oder doch: Eine Ahnung hatte ich. Und nur deshalb ging ich hin, ein paar Wochen später. Wie jeder Junge im Dorf irgendwann hingegangen war. Nur um zu sehen, was sich verbarg zwischen den Zeilen in Monika Schneeweiß‘ mit seltsamer, einschmeichelnder Stimme vorgetragener Einladung. Was sich verbarg, dort in der Waschküche.

Das Erste, was mir auffiel, war, dass sie roch. Süßlich und streng. Nach Puder und Schweiß und Urin. Und irgendetwas anderem. Undefinierbarem. Sie schloss die Tür von innen ab, setzte sich auf den Stuhl neben dem Tisch mit den Waschutensilien und zog mich zu sich auf den Schoß. Dann öffnete sie die Knöpfe meiner Jeans, einen nach dem anderen, und schob ihre rechte Hand hinein. Mit der Linken knöpfte sie ihre Bluse auf. Sie nahm meine Hand und legte sie zwischen ihre Brüste, die schwer waren und groß. Dann begann sie, die Rechte zu bewegen. Und obwohl es sich falsch anfühlte und traurig, ließ ich es geschehen. Und drückte ihre Brüste mit beiden Händen und vergrub mein Gesicht zwischen ihnen. Bis es aufhörte und mir fast ein wenig schlecht geworden war von ihrem Geruch. Ich machte mich los von Monika Schneeweiß und knöpfte mir die Hose zu.

Das nächste Mal, sagte sie, zeige ich dir was Schönes.

Sie war nicht hässlich, sagt Alba. Es gibt welche, die dafür bezahlt haben. Einen Zehner für einmal anfassen undsoweiter. Und, fragt sie, bist du wieder hingegangen?

Nein, sage ich. Niemals.

Am liebsten hätte ich die Erinnerung an Monika Schneeweiß aus dem Gedächtnis gestrichen. Wie eine falsche Antwort beim Test in der Schule. Oder einen Buchstaben, der nirgendwo hingehörte. Einen Fleck im Schönschreibheft. Ich schämte mich für Monika Schneeweiß. Und ich schämte mich für mich.

Es war unheimlich dort, sagt Alba. Bei Eisenbachs. Am Sonntag musste ich manchmal hin. Zum Milchholen. Um in die Küche zu kommen, musste man durch diesen Vorraum, in dem es dunkel war und eng. Und dauernd stieß man gegen irgendwelche Sachen. Irgendetwas war dort, das mir Angst machte. Kein Wunder, dass die alte Eisenbach sich aufgehängt hat später.

Ja, sage ich, bei Eisenbachs war es unheimlich. Aber richtig zum Fürchten war es bei der Dorfhexe.

Bei der Dorfhexe?

In dem Haus, wo Waldeck jetzt wohnt. Kronsnest. Neben der alten Post.

Da war ich nie, sagt Alba.

Ich träume manchmal davon, sage ich.

Ganz allein wohnte sie in dem riesigen Haus. Sie war steinalt und sprach ein seltsames Kauderwelsch, das niemand richtig verstand. Sie hatte Bartstoppeln und einen Buckel und einen

Gehstock. Genau wie die Hexe bei »Hänsel und Gretel« auf den Bildern im Märchenbuch. Nur ein einziges Mal war ich bei ihr. Meine Mutter hatte mich hingeschickt, um Medizin zu holen. Gegen ihren Husten. Irgendein Zeug, das die Hexe selbst zusammenbraute. Ich war sechs oder sieben Jahre alt. Auf dem Herd köchelte eine Suppe. In einem riesigen Topf mit Henkeln. Überall hingen Kräuter von der Decke. Sie nahm eine Kelle und füllte eine Schale voll. Sie sagte, ich solle brav die Suppe essen, dann würden wir die Medizin holen gehen. Ich aß die Suppe. Auf einer Bank in der Küche. Dann gingen wir durchs Haus. Von einem Zimmer zum nächsten. Bis wir in eine Art Räucherkammer kamen. Dort gab mir die Hexe die Medizin. Eine winzige grüne Flasche.

Und?, fragt Alba. Hat die Medizin geholfen?

Keine Ahnung, sage ich. Wahrscheinlich schon. Meine Mutter glaubte an sowas: selbst gesammelte Waldkräuter, bei Neumond gepflückt und bei Vollmond zusammengebraut.

Für mich war das Schlimmste das Haus von Harper, sagt Alba. Weil man so viele schlimme Geschichten über ihn erzählte. Und weil das Haus so verfallen war. Und der Hof so verwahrlost. Und weil man ihn nie zu Gesicht bekam. Obwohl er praktisch gegenüber von uns wohnte.

Dabei war er ganz harmlos, sage ich.

Als Kind habe ich immer einen Bogen um das Haus gemacht, sagt Alba. Ich weiß gar nicht, wann ich ihn das erste Mal gesehen habe.

Ich habe ihn bei der Mutprobe gesehen. Mit elf.

Du warst nicht nur bei Monika Schneeweiß. Du hast auch die Mutprobe gemacht?

Alle waren bei Monika Schneeweiß. Und alle haben die Mutprobe gemacht.

Ja, sagt Alba, aber bisher dachte ich immer: alle, nur du nicht.

Die Mutprobe war ein Ritual. Es bestand darin, bei Harper zu klingeln und Einlass zu finden. Unter irgendeinem fadenscheinigen Vorwand. Das Ganze um Mitternacht, beim ersten Vollmond nach dem 11. Geburtstag. Und obwohl ich der Werweißwievielte war, der Harper zu nachtschlafender Zeit aus dem Bett klingelte, war Harper die Güte selbst. Hatte all die anderen vor mir entweder vergessen oder machte sich nichts daraus. Im Gegenteil: Er schien sich über meinen Besuch zu freuen. Groß und dürr war er. Trug einen gestreiften Bademantel und sprach mit hoher, dünner Fistelstimme.

Du sagst, du musst deine Eltern anrufen, sagte er. Das Telefon ist in der Küche.

Er setzte sich an den Küchentisch, während ich sein uraltes Wandtelefon benutzte. In einem Geistesblitz wählte ich die Nummer, die auf der Wählscheibe eingetragen war. Mit krakeliger Schrift. Genau wie bei uns im Büro in der Werkstatt. Mit dem Besetztzeichen im Ohr sagte ich den Text auf, den ich mir vorher überlegt hatte, und legte dann den Hörer auf die Gabel, sehr leise und sehr vorsichtig. Als fürchtete ich, etwas könnte kaputtgehen.

Danke, sagte ich.

Möchtest du etwas trinken?, fragte Harper. Einen Schluck Milch vielleicht. Oder ein Glas Apfelsaft?

Nein, danke. Meine Eltern kommen und holen mich ab.

Harper nickte und sah mich an. Mit einem seltsamen Lächeln. Als ob er träumte.

Ich warte dann draußen, sagte ich.

Ganz allein?, fragte Harper.

Ja, sagte ich. Sie müssten jeden Moment da sein. Ich warte vorne an der Kreuzung, an der Bushaltestelle.

Er begleitete mich zur Tür.

Komm gut nach Hause, mein Junge, sagte Harper und legte seine Hand auf meine Schulter.

Im selben Moment rannte ich los. Die Haare standen mir zu Berge. Keine Ahnung, ob Harper das Gejohle der Jungs hörte, die im Bushaltehäuschen auf mich warteten, an der Straße direkt neben Jordans Anwesen.

Schatzsuche

Vier Augen sehen mehr als zwei, sagt Alba und überredet mich, ein zweites Mal den Dachboden umzukrempeln. Okay, sagt sie. Hier ist nichts. Dann weiter.

Aber nicht mit dem Cowboyhut auf dem Kopf, sage ich.

Warum nicht?, fragt Alba und zieht eine Schnute.

Na schön, sage ich. Überredet.

Zusammen suchen wir nach dem Geld. In der Werkstatt. In der Scheune. In Homanns */8er*. In Öllager, Ersatzteillager und Kohlenkeller. In Waschküche und Badezimmer und Speisekammer und Nähzimmer. In der Küche. In der Stube. Im Schlafzimmer meiner Eltern hinter der Stube. Im Geheimfach in der alten Ofenbank. In der Eingangshalle. Im Salon. Wir wechseln das Stockwerk und suchen im Gästezimmer. In Linas Zimmer. In Homanns Kammer. Zur Sicherheit steigen wir die Treppe hinauf und suchen im Kontor.

Okay, sagt Alba, das Geld ist nicht hier. Sie steht mitten im Raum, dort, wo früher Vaters Schreibtisch stand, den Hut etwas schräg auf dem Kopf, die Hände in die Hüften gestemmt. Scheiße, sagt sie plötzlich, so laut, dass ich erschrecke. Sie stampft mit dem Fuß auf. Scheiße. Scheiße! Scheiße! Scheiße!

Es ist gut, Liebling, sage ich und ziehe sie an mich.

Nein, sagt sie und macht sich los. Nichts ist gut. Sie öffnet die Fensterluke, stellt sich auf die Zehenspitzen und sieht hinaus.

Ich trete hinter sie, im Sicherheitsabstand von ein paar Zentimetern.

Die Dorfstraße ist menschenleer, die Baustelle verlassen. Der Weiße Weg windet sich still den Hügel hinauf. Bis er sich etwa auf halber Höhe gabelt: links ab zur Kirche, rechts ab zu Spahns Hof und dem etwas höher gelegenen Feuerwehrhaus.

Wir verschwinden von hier, sage ich. Heute Abend.

Ohne das Geld?, fragt Alba.

Ohne das Geld.

Und Homann?

Wir sprechen mit Dr. Rakuhn. Nachher, wenn er kommt.

Und dann? Hauen wir ab?

Ja, sage ich. Dann hauen wir ab.

Alba schlingt die Arme um meinen Hals. Mit dem Rücken zu mir. Sie legt den Kopf schräg und küsst mich. Leidenschaftlich. Der Cowboyhut fällt ihr vom Kopf. Verzeih mir, Liebster, sagt sie.

Schon gut, sage ich und küsse sie. Auf die Schläfe. Auf die Wange. Aufs Kinn. Auf den Hals. Auf die Beuge zwischen Hals und Schulter. Weil ich weiß, dass sie es dort am liebsten mag. Ich stütze mich mit der Linken an der Dachschräge ab und lasse die Rechte ihr Bein hinaufwandern. Hast du deine Medizin genommen?, flüstere ich.

Alba nickt und sieht mich an.

Wir hauen ab von hier, sagt sie. Noch heute Abend.

Ausflug

Lass uns baden gehen, Liebster, sagt Alba und wirbelt herum. Ein letztes Mal.

Unmöglich, sage ich.

Bitte.

Nein.

Bitte.

Und wenn uns jemand sieht?

Uns sieht niemand. Und wenn schon –

Und wenn schon, was?

Wir sind längst über alle Berge, bis es im Dorf die Runde gemacht hat.

Im Auto ist es heiß und stickig. Es riecht nach Leder und verbranntem Staub. Ich öffne das Schiebeverdeck und kurble die Fensterscheibe herunter. Alba legt den Hut auf die Ablage, setzt die Sonnenbrille auf und zündet sich eine Zigarette an.

Die Erste, sagt sie. Seit Samstagnacht.

Ich starte den Motor, lege den Rückwärtsgang ein und wende. Dann rollen wir langsam den Feldweg hinunter Richtung Wald.

Alba hat recht: Wir begegnen niemandem. Nur einem Paar Wanderer, das in Regenmontur am Wegrand steht und uns stoisch ansicht, als wir vorbeifahren.

Touristenpack, sagt Alba und schnippt die Asche ihrer Zigarette aus dem offenen Beifahrerfenster.

Den Wagen parken wir an derselben Stelle wie am Morgen zuvor. Alba kann es kaum erwarten.

Komm, Liebster, sagt sie und zieht mich zum See.

Im selben Moment höre ich die Stimmen.

Warte, sage ich und packe Alba am Handgelenk.

Aua!, sagt sie und sieht mich wütend an.

Wir kauern uns hinter einen umgefallenen Baum und spähen zum See hinüber.

Da ist nichts, sagt Alba und reibt sich das Handgelenk.

Doch, sage ich. Da ist etwas.

Gebückt bewegen wir uns durchs Dickicht, parallel zum Weg. Bis zum nächsten Baumstamm.

Kinder, sagt Alba plötzlich. Mit Todesverachtung in der Stimme.

Und nun sehe ich sie: drei Jungen und zwei Mädchen. 13 oder 14 Jahre alt. Auf Eisenbachs Damm, der den See nach Westen hin begrenzt.

Kennst du sie?, fragt Alba.

Nein, sage ich.

Zwei der Jungs klettern auf den Ast eines überhängenden Baumes. Mit einem Salto springt der Erste in den See. Die anderen johlen. Nach kurzem Zögern springt der Zweite hinterher. Nicht annähernd so vollendet wie der Erste. Der dritte Junge cremt einem der beiden Mädchen den Rücken ein. Das andere Mädchen blättert in einer Zeitschrift und raucht. Der Wind trägt ihre Stimmen in Fetzen herüber. Jemand dreht die Musik auf.

Komm, wir gehen, sagt Alba. Sie steht auf und stapft Richtung Auto davon.

Alba, sage ich und laufe hinter ihr her, noch immer gebückt. Der Ast eines Baumes schlägt mir ins Gesicht.

Sie klettert ins Auto und knallt die Tür zu.

Verdammt, fluche ich.

Entschuldigen Sie, sagt eine Stimme in meinem Rücken.

Ich wirble herum.

Wir sind vom Weg abgekommen, sagt der Mann, die eingeschweißte Wanderkarte in der Hand.

Hinter ihm, am Wegrand, seine Frau. Von Kopf bis Fuß in Gelb.

Können Sie uns sagen, wie wir von hier nach Hoppenstedt kommen?

Flitterwochen

Eine Weile sitzen wir wortlos im Auto und starren auf die Rückwand der Werkstatt. Schließlich nehme ich Albas Hand.

Es wäre so schön gewesen, sagt sie.

Ich weiß, sage ich.

Und wir werden nie wieder herkommen, sagt sie.

Nein, sage ich.

Es war von Anfang an keine gute Idee. Sie nimmt den Cowboyhut von der Ablage, dreht und wendet ihn. Wohin fahren wir?, fragt sie. Nachher, meine ich.

Keine Ahnung. Zurück ins Hotel? In die Kreisstadt?

Die Kreisstadt, sagt sie und setzt den Hut auf. Weißt du noch? Wie schön es war. Und wie schrecklich –

Acht Tage verbrachten wir dort. In Linas Wohnung unter dem Dach. Mitten in der Innenstadt mit ihren Backsteinhäusern und Fachwerkhäusern und Gassen und Giebeln und Erkern und Türmen und Turmfenstern und dem barocken Schloss, das auf einem Hügel inmitten des Parks thront, an dessen Toren sich Tag für Tag die Touristenströme sammeln. Das Auto hatten wir versteckt. In einer Mietgarage. Auf dem Hof von Harry, einem Automechaniker, den ich kannte, weil ich ein paar Mal mit meinem Vater dort gewesen war, wenn er ein Ersatzteil brauchte, das man nirgendwo sonst bekam. Wir zahlten bar. Für einen Monat. Vorab. Harry stellte keine Fragen. Am Abend, wenn die Straßen sich geleert hatten, unternahmen wir Streifzüge durch die Stadt. Wir spazierten am Fluss entlang und aßen in den Gärten gutbürgerlicher Gasthäuser. Alba bestellte Bier für uns beide. Sie trank einen Schluck, wischte sich den Schaum vom Mund und schnitt Grimassen. Wir durchstreiften Friedhöfe und versuchten, die Inschriften auf den Grabsteinen zu entziffern. Wir fütterten die Enten im Englischen Garten und überkletterten das Tor des städtischen Freibads, um nachts im Mondlicht zu baden. Wir saßen auf einer Bank, gegenüber dem Haus, in dem Alba geboren wurde, und es sah genauso aus wie in dem Traum, den ich gehabt hatte, damals am Siebenseelensee, als Maik Eisenbach auf dem Damm aufgetaucht war. Es war klar: Irgendwann würde Caspar kommen und nach uns fragen.

Hast du keine Angst?, fragte Alba, nachts, nackt, in meinen Armen.

Nein, sagte ich.

Und Lina?

Lina? Warum sollte Lina Angst vor Caspar haben?

Nein, ich meine: Hast du Angst um Lina?

Nein, sagte ich. Caspar würde ihr nie etwas antun. Das weißt du so gut wie ich.

Sie hatte ihn gerettet. Vor Jahren. Vor dem Ertrinken. Im Hartemer Badeteich, wo sie in den Ferien als Bademeisterin arbeitete. Sie war immer eine gute Schwimmerin gewesen und hatte ihn aus dem Wasser gezogen.

Ich habe ihn im Augenwinkel gesehen, hatte sie beim Abendbrot erzählt. Wie er untertauchte. Er sah so komisch aus dabei. Als würden ihm die Beine einknicken. Also beschloss ich, bis zwanzig zu zählen und ihn rauszuholen, wenn er bis dahin nicht wieder aufgetaucht war.

Lina zog Caspar Jordan, der bewusstlos war von zu viel Sonne und zu viel Alkohol, aus dem Wasser. Sie beugte sich über ihn und legte ihren Mund auf seinen. Füllte seine Lungen mit ihrem Atem. Rettete ihm das Leben.

Meine kleine Schwester.
Albas großem Bruder.

Am vierten oder fünften Tag unseres Aufenthalts klingelte es an der Tür. Lina war eben nach Hause gekommen. Wir hörten sie in der Küche hantieren.

Das ist er, sagte Alba, starr vor Schreck.

Warte, sagte ich, legte den Zeigefinger auf die Lippen und schlich auf Zehenspitzen durchs Zimmer. Ich öffnete die Tür einen Spalt und lauschte.

Deine Schwester?, hörte ich Lina sagen. Nein, die ist nicht hier. Nein, sagte sie, sie ist auch nicht hier gewesen.

Ob Lina etwas von mir gehört hätte, wegen der Sache neulich auf dem Schützenplatz, wollte Caspar wissen. Und ob er sich mal umsehen könnte in der Wohnung.

Klar, sagte Lina. Kein Problem.

Schnell, zischte ich und schloss die Tür, so leise wie möglich.

Wir sammelten unsere Sachen zusammen und öffneten die Klappe zu der kleinen Kammer unterhalb der Dachschräge. So, wie Lina es uns gezeigt hatte. Die Stimmen kamen näher. Ich wollte eben die Klappe schließen, als mein Blick auf Albas Strumpfhose fiel, die zum Trocknen über der Stuhllehne hing. Ich kroch über den Boden, schnappte mir die Strumpfhose, kroch rückwärts zurück und zog die Klappe von innen zu.

Sorry, ist ziemlich unaufgeräumt hier, sagte Lina.
Hast du Besuch?, fragte Caspar.
Eine Kommilitonin schläft hier, ab und zu, sagte Lina.
Eine Kommilitonin, wiederholte Caspar. Verstehe. Was studierst du nochmal?
Veterinärmedizin.
Stimmt, sagte Caspar. Du hattest immer ein Herz für die Viecher. Was ist das da? In der Wand?
Wir kauerten uns in die hinterste Ecke des Verschlags. Nackt. Bis auf das Laken, das Alba um sich geschlungen hatte. Die Klappe wurde geöffnet. Ein Lichtstrahl fiel herein.
Caspar, komm, sagte Lina. Du glaubst doch nicht, dass ich Alba da drin verstecke.
Man weiß nie, sagte Caspar und schloss die Klappe, ohne hineinzusehen.

Als er gegangen war, hielten wir Kriegsrat. In der Küche.
Er wird wiederkommen, sagte Lina. Für den Fall, dass ihr doch noch hier aufkreuzt. Vielleicht ist es besser, wenn ihr euch etwas anderes sucht. Ins Dorf zurückzukehren kommt nicht in Frage?
Ich gehe nicht zurück, sagte Alba.
Ich könnte mitkommen, sagte Lina. Und mit Caspar sprechen.
Ich bin dir dankbar, Lina, für alles, was du für uns getan hast, sagte Alba. Aber ins Dorf gehe ich nicht zurück. Niemals.

Turbulenzen

Wir packen unsere Sachen und stapeln alles unten in der Scheune. Wir tragen Homanns Matratze zurück in die Kammer. Nur den Tisch lassen wir stehen. Wir schließen die Fenster und ziehen die Vorhänge zu.
Was ist mit dem Gewehr?, fragt Alba.

Ich stelle es zurück an seinen Platz, sage ich. Unten in der Küche.

Ich komme mit. Ich wollte sowieso runter, um nach Homann zu sehen.

Ich bin eben dabei, die Anrichte von der Wand abzurücken, als jemand an die Tür klopft. Ich schiebe die Anrichte zurück an die Wand, stelle das Gewehr in den Spalt zwischen Anrichte und Ofen und öffne die Tür.

Dr. Rakuhn, sage ich. Sie sind früh dran.

Ja, sagt er. Ich dachte, es ist besser, ich komme nicht zu spät, wenn wir den Patienten in die Kreisstadt verlegen wollen. Er tritt in die Küche und stellt die Tasche auf dem Stuhl ab. Mein Sohn wird gleich hier sein, sagt er. Mit dem Transporter.

Luke, sagt Alba und reißt die Stubentür auf. Schnell. Homann ist aufgewacht.

Ich setze mich zu Homann aufs Sofa und lege meine Hand auf seine.

Lukas, sagt er mit schwacher Stimme. Er schüttelt den Kopf und schließt die Augen.

Ich drehe mich um und sehe auf zu Alba. Dann hinüber zu Dr. Rakuhn, der mit verschränkten Armen an der Fensterbank lehnt.

Was ist passiert, Homann?, frage ich.

Es ist nichts, mein Junge, sagt er kaum hörbar.

Wer hat dir das angetan, Homann?

Er atmet ein paar Mal schwer und stoßweise ein und wieder aus.

Sass, sagt er schließlich.

Sass?, sage ich und sehe Alba an, die nun neben mir kniet. Du meinst – die Sass-Brüder waren hier?

Homann öffnet die Augen und nickt.

Aber warum?

Frag ihn nach dem Geld, flüstert Alba.

Und das Geld, Homann?, flüstere ich. Wo ist das Geld?

Homann schüttelt den Kopf und schließt die Augen.

Lukas, sagt er sehr leise. Alles. Nur kein Krankenhaus –

Lass es gut sein jetzt, Lukas, sagt Dr. Rakuhn und verabreicht Homann eine Spritze. Er muss sich ausruhen, sagt er. Er ist sehr schwach.

Ist er transportfähig?, fragt Alba. Ich meine, ist es okay, wenn wir Homann in diesem Zustand ins Krankenhaus bringen?

Homann bleibt hier, sage ich.

Was?

Homann bleibt hier. Ich muss zuerst mit ihm sprechen, bevor –

Auf dem Hof hupt es.

So ein Idiot, sagt der Doktor. Ich hatte ihm extra gesagt – Er stürmt aus der Stube.

Luke, sagt Alba. Was heißt das: Homann bleibt hier?

Ich erkläre es dir. Nachher.

Vogelshirtboy lehnt aus dem Fenster seines alten, zerbeulten Transporters und fährt rückwärts bis an den Rand der Terrasse. Er bremst und stellt den Motor ab.

Wie oft habe ich dir gesagt, du sollst keinen Krach machen, wenn du hier ankommst?, sagt Dr. Rakuhn.

Nabend, Papa, sagt Vogelshirtboy und steigt aus. Er geht um den Wagen herum, öffnet die Ladeklappe und zieht eine Trage heraus. Dann sieht er mich. Luke, sagt er mit seiner hellen, immer etwas müden Stimme und stellt die Trage ab. Er kommt auf mich zu, ohne jede Eile, und breitet die Arme aus. Etwas weniger jungenhaft als früher, aber äußerlich ganz der Alte: Baseballkappe. Hoodie. Eingerissene Jeans. Sneaker mit offenen Schnürsenkeln. Alter, sagt er und umarmt mich. Klopft mir mit der flachen Hand auf den Rücken. Alba, sagt er, löst sich von mir und lüftet die Kappe. Also, fragt er, wo ist der Patient?

In der Stube, sage ich. Allerdings gibt es eine kleine Planänderung –

Wir tragen Homann durch die Küche in den Flur und vom Flur in die Eingangshalle. Am Fuß der Treppe machen wir halt.

Ganz schön schwer, der alte Mann, sagt Vogelshirtboy und setzt im Rückwärtsgang einen Fuß auf die Stufe.

Schritt für Schritt bewegen wir uns die Treppe hinauf.

Und nun?, fragt Vogelshirtboy, als wir oben angekommen sind.

Das Zimmer rechts in der Mitte, sage ich.

Wortlos sehen wir dem Doktor zu, der Homanns Verband wechselt.

Nichts für ungut, sagt Vogelshirtboy, aber so langsam muss ich mal wieder –

Ich bringe dich raus, sage ich.

Macht keine Dummheiten, ihr beiden, sagt Dr. Rakuhn, ohne aufzusehen.

Meint er dich und mich oder meint er dich und Alba?, fragt Vogelshirtboy und schiebt mich aus der Tür.

Vogelshirtboy verstaut die Trage im Transporter und schlägt die Türen zu.

Also dann, sagt er.

Danke, sage ich.

Kein Problem.

Und zu niemandem ein Wort.

Versteht sich. Er öffnet die Tür und klettert auf den Fahrersitz. Braucht ihr irgendwas?

Nein. Oder doch: eine Matratze vielleicht.

Lässt sich machen. Fahre eh noch rüber zur Datscha. Habt ihr gleich noch ein paar süße Erinnerungen inklusive. Und sonst: Bettzeug? Kissen? Decken?

Nein, danke. Nur die Matratze.

Vogelshirtboy schließt die Tür, startet den Motor und lehnt sich aus dem offenen Fenster.

Ich stelle euch das Ding in die Scheune.

Okay. Danke.
Er tippt mit dem Zeigefinger an den Schirm seiner Kappe.
Man sieht sich, sagt er.
Ja, sage ich. Man sieht sich.

Vogelshirtboy

Was soll ich dir sagen, Liebste?

Klar war Vogelshirtboy sauer, dass ich immer mehr Zeit mit dir verbrachte und immer weniger mit ihm. Und an nichts anderes mehr denken konnte als an dich. Und von dir träumte, Tag und Nacht. Und von nichts anderem mehr sprach als von dir.

Einige Jahre waren wir unzertrennlich gewesen. Noah Rakuhn, den alle immer nur Vogelshirtboy nannten, und ich. Wir trafen uns nach der Schule an der Haltestelle gegenüber dem Schultor und warteten zusammen auf den Bus. Manchmal, bei gutem Wetter, gingen wir zu Fuß nach Hause, quer durch die Felder von Sültlingen nach Hartem und von dort aus weiter die Landstraße hinunter. Wir machten Pause in dem alten Bahnhofswartehaus an den Gleisen und hielten Ausschau nach dem nächsten Güterzug. Vogelshirtboy sagte, wir würden es machen wie die Amerikaner zu Zeiten der Großen Depression. Einfach auf den nächsten vorbeifahrenden Zug aufspringen und mitfahren. Bis zum nächsten Bahnhof. Oder bis in die nächste Stadt. Nachmittags saßen wir zusammen in Vogelshirtboys Zimmer, spielten Schach, sahen alte Filme und hörten Musik. Oder wir gingen hinunter in den Wintergarten, wo es so friedlich und still war wie nirgendwo sonst. Stundenlang saßen wir da, bei schlechtem Wetter. Vogelshirtboy spielte Gitarre, ich sah hinaus in den Regen und hing meinen Gedanken nach. Wenn die Sonne schien, gingen wir in den Garten, tranken ein Bier und unterhielten uns. Über die Schule. Die Lehrer. Die Mädchen.

Im Sommer verkrümelten wir uns in die Datscha. So nannte Vogelshirtboy das Häuschen im Wald, das seine Eltern gebaut hatten, mit eigenen Händen, ohne Genehmigung der Behörde, direkt hinter der Festwiese, nur ein paar Meter vom Ufer der Jarve entfernt. Ein paar Sommer hatten sie darin verbracht. Dann war Vogelshirtboys Mutter gestorben und ihr Mann hatte nie wieder einen Fuß in das Haus gesetzt. Für Vogelshirtboy war es eine Zuflucht. Er ging dorthin, wenn er allein sein wollte. So wie ich zuhause auf den Dachboden ging.

Als ich das erste Mal wieder da war, sagte er, sah es genau so aus, wie wir es damals zurückgelassen hatten.

Zusammen strichen wir die Datscha an. Erst außen, dann innen. Wir flickten das Dach, stellten einen Ofen hinein und gruben eine Rinne, die das Wasser zum Haus umleitete. Beim Schrotthändler in Siemsgluss kauften wir Rohre und eine alte Pumpe. Weil wir beide keinen Führerschein hatten, transportierten wir die Dinge über Feldwege nach Hause, in dem alten Schulbus, den Vogelshirtboy gekauft und zum Transporter umgebaut hatte. Zur Einweihung veranstalteten wir eine Party. Mit Lagerfeuer, bunten Glühbirnen und Bier, das wir in der Jarve kühlten, deren Wasser klar und eiskalt und reißend war, vor allem nach Regentagen. Irgendwann in der Nacht kam Dr. Rakuhn. Nahm ein Bier. Setzte sich auf einen Hocker vor dem Eingang und prostete uns zu.

Nie sprachen wir ein Wort über Vogelshirtboys Mutter. Es war die eine Sache, auf die man ihn besser nicht ansprach. Das wusste und respektierte ich. Und ich respektierte es, dass er sich nicht ein einziges Mal blicken ließ in den Wochen, nachdem meine Mutter gestorben war.

Vogelshirtboy fiel durch die Führerscheinprüfung. Dreimal. Obwohl er ein guter Fahrer war. Als der alte Greber starb, zog er in dessen Haus im Starkwetterweg, Zaun an Zaun mit seinem Vater. Wir saßen vor der Tür auf der Treppe, als ich Vogelshirtboy seinen ersten Joint bauen sah. Pflichtschuldig nahm ich ein paar Züge und reichte ihm den Joint zurück. Vogelshirtboy sah mich an, wortlos, mit zusammengekniffenen Augen. Um mich zu taxieren. Oder einfach nur, weil ihm der Rauch in den Augen brannte.

Er lebte in seiner eigenen Welt. Mit seiner Gitarre und seinen Grastüten und seinem Transporter, mit dem er verschwand, immer mal wieder, für wer weiß wie lange. Eine Weile kümmerte er sich um den Paradiesgarten, der verfallen war, nachdem die Witwe Schönau ihn aufgegeben hatte. Bis die Sache mit Jennie und Lisa passierte und er die Lust verlor. Irgendwann erwischte ihn die Polizei auf einer seiner Touren, im Wald zwischen Siemsgluss und Pröbsten, und er entschloss sich, es noch einmal mit dem Führerschein zu versuchen.

Vogelshirtboy lebte sein Leben, ich lebte meins. Auf dem Hof nahm die Arbeit kein Ende. Zwei Mal in der Woche gab ich ein paar Kindern aus dem Dorf Nachhilfestunden. Dann geschah es: Ich sah Alba auf dem Osterfeuer und konnte an nichts anderes mehr denken. Vogelshirtboy war der Einzige, den ich ins Vertrauen zog. Wahrscheinlich hing es ihm irgendwann zum Halse raus. Zumal er selbst nie irgendetwas mit einem Mädchen hatte. Jedenfalls nicht ernsthaft. Ein paar Knutschereien auf dem Rücksitz eines Autos nach einer Party oder einem Disco-Abend am Wochenende. Ein One-Night-Stand da und dort.

Eine Weile wohnte ein Mädchen bei ihm. Larissa. Eine Russin oder Halbrussin aus Benhorn, die nur wenig sprach und nie lächelte. Zusammen rauchten sie Vogelshirtboys Grasvorräte auf. Fuhren in seinem Transporter herum. Ganz legal, denn Vogelshirtboy hatte inzwischen die Führerscheinprüfung bestanden. Sie kauften einen Zirkuswagen, in dem sie den

Sommer über wohnten, im Garten hinter dem Haus. Nach ein paar Monaten verschwand Larissa zurück in ihr Dorf. Vogelshirtboy meinte, es hätte nicht gepasst zwischen ihnen.

Wir verloren uns aus den Augen. Nach und nach. Wussten immer weniger, was der andere machte. Was wir uns zu sagen hatten. Wir hielten kurz an, wenn wir uns zufällig auf der Landstraße begegneten, Vogelshirtboy in seinem Transporter auf dem Weg in die Kreisstadt, ich im Wagen meines Vaters auf dem Weg aus der Kreisstadt nach Hause, oder umgekehrt. Wir quatschten kurz, wenn wir nebeneinanderstanden, am Bankautomaten in Sültlingen, an der Tankstelle, an der Kasse im Supermarkt. Nicht mehr als ein paar Sätze. Nichts Weltbewegendes. Einen Anlass, der uns auseinanderbrachte, gab es nicht. Oder vielleicht doch.

Du erinnerst dich an die Sache mit Brinkmanns *Triumph*, Liebste. Mit dem Werbeschild drauf. An den Nachmittag auf Rathjens Feld. Als Caspar kam. Mit Brinkmann und Maik Eisenbach. Und mich in die Mangel nahm. Bis Zahner auftauchte. Und Waldeck, mit Toni im Schlepptau. Ich weiß, du hast mich gelöchert, wochenlang, und es insgeheim immer gewusst, auch wenn ich es nie zugeben wollte: Dass der Wagen in Flammen aufging, nur ein paar Nächte nach der Sache, ging auf Vogelshirtboys Konto. Und auf meins.

Wir waren uns über den Weg gelaufen, an jenem Abend. Zufällig. Im Genossenschaftsladen in Lohe.

Was ist mit deinem Gesicht passiert?, hatte Vogelshirtboy gefragt.

Erzähl ich dir draußen.

Wir fuhren hinaus zur Datscha, zum ersten Mal seit Jahren, und ich erzählte ihm alles. Wir verbrachten den Abend zusammen. Es fühlte sich fast an wie früher. Wir hörten Musik und tranken Bier.

Wir sollten denen eine Lektion erteilen, sagte Vogelshirtboy. Brinkmann und Waldeck und Caspar Jordan und dem ganzen Pack.

Es war eine sternenklare Nacht. Ganz so wie diese. Herbst lag in der Luft. Wir übergossen den Wagen mit Benzin und zündeten ihn an. Wir rannten über das Feld, an Brinkmanns Hof vorbei. Den Weißen Weg hinauf. Bis zur Kirche. Von dort aus blickten wir hinunter aufs Dorf. Der Wagen brannte lichterloh. Die Sirenen heulten. Die Feuerwehr rückte aus. Das Blaulicht warf unwirkliches Licht in die Nacht.

Keine Ahnung, woher der Doktor es wusste. Es gab Spekulationen im Dorf. Brinkmann kam zu mir. Der Alte, nicht sein Sohn. Fragte, ob ich was wüsste über die Sache mit seinem Auto. Wurde handgreiflich. Mein Vater musste ihn aus der Werkstatt werfen, mit Hilfe von Andrzej, dem polnischen Stift, der in dem Häuschen in der Hofeinfahrt lebte.

Doch war der Doktor der Einzige, der uns auf die Schliche kam. Mir gegenüber sagte er nie ein Wort. Ließ sich nichts anmerken. War nur etwas reservierter als vorher. Seine Wut ließ er an seinem Sohn aus. Vielleicht war Vogelshirtboy selbst schuld und hatte gequatscht, im Suff oder im Rausch. Oder er hatte es zugegeben, als sein Vater ihn gefragt hatte. Oder damit geprahlt. Doch wenn er geglaubt hatte, der Doktor würde ihm die Sache durchgehen lassen, hatte er sich geirrt.

Ich fuhr zur Datscha raus, ein paar Abende später, um nach ihm zu sehen. Er saß auf einem Baumstumpf neben seinem Transporter und pinselte Farbe auf die Rostflecken vorne am Kotflügel.

Jetzt sehe ich aus wie du, sagte er. Er nahm die Sonnenbrille ab und ich sah, dass er ein blaues Auge hatte. Sein Gesicht war geschwollen.

Was ist passiert?, fragte ich ihn.
Mein alter Herr, sagte Vogelshirtboy.
Und warum?
Du weißt warum.
Was hast du ihm erzählt?
Dass wir den Wagen angezündet haben. Nur um zu sehen, wie die Flammen lodern, so mitten in der Nacht.

Lawine

Es ist warm in der Küche. Eine Kerze brennt. Im Ofen knackt und knistert das Holz. Alba sitzt am Tisch und isst die Reste vom Mittag, die ich ihr aufgewärmt habe.
Warum Vogelshirtboy?, fragt sie mit vollem Mund.
Was meinst du?
Ich meine, warum wird Vogelshirtboy Vogelshirtboy genannt?
Das ist eine lange Geschichte, sage ich.

Als plötzlich die Wände wackeln.
Und der Putz von der Decke rieselt.
Und das Haus bebt.
In seinen Grundfesten.
Mit einem dumpfen Grollen und Poltern.
Dass Alba sich am Tisch festhält.
Dann ist es vorbei.

Was war das?, fragt Alba.
Keine Ahnung, sage ich und hole das Gewehr hervor, das noch immer an der Wand zwischen Ofen und Anrichte lehnt. Ich gehe mal nachsehen.

Ich marschiere den Flur hinunter und öffne die Tür zur Scheune. Einen schmalen Spalt. Weil die Tür sich nicht weiter öffnen lässt. Ich zwänge mich durch den Spalt und stehe vor einem Berg aus Schutt und Gerümpel, der alles in der Scheune unter sich begräbt. Bis auf die Matratze, die Vogelshirtboy direkt an der Wand neben der Tür abgestellt hat. Ich blicke auf, in das riesige, klaffende Loch in der Decke. Dann höre ich das Keuchen. Ich klettere den Schutthaufen hinauf und sehe, dass sich im Zentrum etwas bewegt, etwa dort, wo Homanns Mercedes verschüttet worden ist. Jemand arbeitet sich an die Oberfläche. Wie ein Maulwurf. Ich halte das Gewehr im Anschlag, als ein Kopf auftaucht. Ziemlich ramponiert, aber unverkennbar.

Sieh mal, wen ich mitgebracht habe, sage ich.

Toni?, fragt Alba.

Ich führe Toni am Arm durch die Küche und platziere ihn auf der Bank am Fenster.

Was ist passiert?, fragt Alba.

Der Dachboden ist eingestürzt, sage ich. Über der Scheune.

Ich hole den Verbandskasten.

Was hast du da oben gemacht?, frage ich und setze mich zu Toni auf die Bank.

Toni blickt zu Boden und rührt sich nicht.

Toni, frage ich, was hast du da oben gemacht?

Er zuckt mit den Schultern.

Hast du nach Geld gesucht?

Toni sieht mich an, mit einem kurzen Seitenblick, und schüttelt den Kopf.

Nein, sagt er mit belegter Stimme. Er räuspert sich. Ich weiß nichts von Geld, sagt er und wischt sich mit der Rückseite der Hand die Nase, aus der Blut zu tropfen beginnt. Ich komme manchmal hierher, sagt er und wischt das Blut an der Hose ab. Auf den Dachboden. Um alleine zu sein.

Toni, sage ich. Sieh mich an.

Er dreht den Kopf, mit einiger Mühe, und sieht mich an.

Alba wird dich jetzt versorgen, sage ich. Dann gehst du nach Hause. Und sollte irgendjemand dich sehen und fragen, was passiert ist, sagst du, du bist die Leiter runtergefallen, drüben auf Rathjens Heuboden, weil du mit Johannes dort ein paar Schnäpse gezischt hast. Und kein Mensch wird je erfahren, dass du hier warst und den Dachboden zum Einsturz gebracht hast.

Toni nickt, langsam und bedächtig.

Und Toni, sage ich, sehr eindringlich, sodass er mich ansieht und auf das Gewehr blickt und wieder zurück zu mir. Niemand, hörst du, niemand erfährt irgendetwas von dem, was du hier heute Abend gesehen hast?

Toni nickt und senkt den Blick.

Habe ewig nach dem Ding gesucht, sagt Alba und klappert mit dem Verbandskasten.

Mach ihm das Gesicht sauber, sage ich. Aber nicht zu sehr, damit man ihm glaubt, wenn er seine Geschichte erzählt.

Dienstag

Der Pastor

In der Nacht liegen wir wach. Auf der Matratze, die Vogelshirtboy uns gebracht hat. Alba in meinem Arm, den Kopf an meine Schulter gelehnt.

Glaubst du, dass Toni das Ganze für sich behält?, fragt sie.

Ich weiß es nicht.

Und wenn er redet?

Ich wüsste nicht, wem er es erzählen sollte.

Und wenn er es doch jemandem erzählt?

Ich weiß es nicht.

Die Wahrheit ist: Niemand weiß irgendetwas über Toni. Nur dass er vor Jahren hierher zog, mit seiner Familie, irgendwo aus dem Süden. In das Hexenhaus im Kronsnest. Nicht lange nachdem die Hexe gestorben war. Niemand weiß, warum es die Familie ausgerechnet hierher verschlug. Der alte Waldeck kaufte das Feld hinter Rathjens Hof, ein paar Jahre nach seiner Ankunft, und überließ es anschließend sich selbst. Einmal im Jahr veranstaltete die Familie ein Fest auf dem Hof. Ansonsten bekam man sie kaum zu Gesicht. Nicht einmal am Sonntag in der Kirche, weil Waldecks nach Pröbsten fuhren, wo alle zwei Wochen ein katholischer Gottesdienst abgehalten wurde.

Ich drehe mich auf die Seite und streiche Alba das Haar aus der Stirn.

Du hast mich vorhin nach meiner Cousine gefragt, sage ich.

Und?

Erzähl, sage ich. Wie war dein erstes Mal?

Mein erstes Mal warst du.

Nein, ich meine –

Ich weiß, was du meinst. Ich hab es dir tausend Mal erzählt, Luke.

Erzähl es mir nochmal.

Alba seufzt. Und erzählt die Geschichte, die ich schon tausend Mal gehört habe. Wie sie mit dem Fahrrad zum Konfirmationsunterricht fuhr, zwei Jahre lang, jeden Donnerstagnachmittag. Zuerst bei Frau Gudehus. Dann, nach Frau Gudehus' Pensionierung, bei Pastor Mahler-Ladewigk, der in Sültlingen im Pfarrhaus neben der Kreuzkirche lebte, zusammen mit seiner Frau. Woche für Woche klapperte er in seinem weißen Kombi die umliegenden Dörfer ab. Um seine Schäfchen zu zählen. Ein Schäfchen, das er besonders mochte, war Alba Jordan, die am Rande des Dorfes Manhorn lebte. Mit ihrer Familie. Etwas abseits. An der Landstraße nach Sültlingen.

Irgendwann, kurz vor der Konfirmation, hatte Alba einen Platten gehabt. Auf dem Weg in die Kirche. Zum Unterricht. Nur ein paar hundert Meter vom heimischen Hof entfernt. Zuerst hatte sie vor, das Fahrrad zurückzubringen, um sich das der Mutter auszuleihen. Dann begann es wie aus Eimern zu schütten. Für einen Moment dachte sie daran, den Unterricht zu schwänzen. Doch wusste sie nicht, wie sie den Nachmittag herumbringen sollte. Zurück nach Hause konnte sie nicht. Niemand in der Familie hätte Verständnis dafür gehabt, dass sie dem Unterricht fernblieb. Die Wahrscheinlichkeit, ungesehen in ihr Zimmer zu kommen, erschien ihr nicht sehr groß. So stand sie da, unschlüssig, im strömenden Regen, am Rande der Straße, als Pastor Mahler-Ladewigks Dienstwagen neben ihr hielt.

Steig ein, sagte der Pastor und hielt ihr die Beifahrertür auf.

Und das Fahrrad?

Stell es hinter den Zaun dort. Wir holen es nachher auf dem Rückweg ab.

Nach dem Unterricht brachte Mahler-Ladewigk Alba nach Hause. Alba bat darum, dort abgesetzt zu werden, wo sie das Fahrrad hatte stehen lassen. Doch davon wollte der Pastor nichts wissen. Er lud das Fahrrad in den Kombi und brachte sie bis vor die Haustür. Stieg aus und sprach mit Albas Mutter, die sich überschwänglich bedankte. Winkte zum Abschied und fuhr seiner Wege.

Nun war die Sache aber die: Von Anfang an war Alba ein klein wenig verliebt gewesen in den Pastor, der aus der Landeshauptstadt kam und so ganz anders war als die alte Gudehus mit ihren auswendig gelernten Vaterunsern und heruntergeleierten Geschichten aus der Kinderbibel. Mahler-Ladewigk diskutierte mit den Kindern im Unterricht nicht nur über Dinge, die sich vor Tausenden von Jahren ereignet oder nicht ereignet hatten. Er sprach mit den Kindern über Dinge, die es wirklich gab, die existierten, hier und jetzt, draußen in der weiten Welt. In der Landeshauptstadt. In der Kreisstadt. Und sogar im Landkreis. Dinge, die alle angingen: Krieg. Drogen. Gier. Gewalt. Die Zerstörung des Reiches Gottes durch den Menschen.

Die Wahrheit ist, sagt Alba, ich fühlte mich geschmeichelt, als ich merkte, dass der Pastor mich mochte.

Dass er sie mehr mochte als alle anderen. Dass er sie ein zweites Mal nach Hause brachte. Weil es noch stärker regnete als beim ersten Mal. Fast hätte er vergessen, das Fahrrad auszuladen, das Caspar in der Zwischenzeit repariert hatte.

Er lieh ihr Bücher. Ohne theologischen Hintergrund. Klassiker der Literaturgeschichte. Mit tragischen weiblichen Titelheldinnen. *Madame Bovary. Anna Karenina. Mouchette.* Sie fühlte sich geschmeichelt. Beim Beten im Abschlusskreis hielt er ihre Hand.

An einem Sonntag nach der Predigt fragte er sie, ob sie ihn begleiten wolle, ganz spontan, am Abend, ins Theater in der Kreisstadt. Sagte, er hätte ein Abonnement. Oder vielmehr seine Frau. Die er jedoch am Morgen in den Zug hätte setzen müssen, weil ihre Mutter schwer erkrankt war. Und ja, die

Gelegenheit war günstig. Weil auch Caspar, zusammen mit dem Vater, am Morgen aufgebrochen war zur Landwirtschaftsschau in der Landeshauptstadt und nicht vor Montagabend zurückerwartet wurde. Caspar, der seine kleine Schwester über alles liebte und über sie wachte, als wäre sie sein Eigentum.

Geh nur, Kind, sagte die Mutter.

Und Alba ging. Mit dem schönen Prinzen. In seine Loge im Prinzentheater. Oben auf dem Schlossberg über der Stadt. Sah den »Zerbrochenen Krug«. Und sah hinunter, in der Pause, auf die Untertanen, die aussahen wie Spielzeugfiguren in einem Spiel. Oder die Puppen in den Fernsehsendungen, die sie als Kind so geliebt hatte.

Dann, im Wagen auf dem Hof, vor der Tür, sie wollte eben entschwinden, zurück in ihr kleines, bescheidenes Leben, da überlegte sie es sich anders und gab dem schönen Prinzen einen Abschiedskuss. In übertriebener Eile. Traf halb die stoppelige Wange und halb den schönen Prinzenmund.

Alba, sagte der Prinz, mit kehliger, erstickter Stimme, und beugte sich zu ihr hinüber. Bei laufendem Motor. Über den Schaltknüppel. Und küsste sie. Wie sie nie geküsst worden war. An den unmöglichsten Stellen. Auf den Hals. Die Schultern. Ließ seine Hände über ihre nackten Waden wandern. Die schönen weißen Schenkel hinauf. Öffnete den Reißverschluss seiner Anzughose und nahm ihre schöne weiße Hand –

Ich werde ihn umbringen dafür, sage ich. Ich schwöre: Ich werde ihn umbringen.

Ich weiß, sagt Alba und legt mir zwei Finger auf die Lippen, um mich zum Schweigen zu bringen.

Oder ich erzähle es Caspar, sage ich. Und Caspar bringt ihn um.

Es war ein einziges Mal, sagt Alba und küsst mich.

Hat er es nur bei dir versucht oder bei allen?

Nur bei mir, sagt Alba. Er war mir verfallen. Genau wie du mir verfallen bist.

Rathjens Feld

Früher Morgen. Rathjens Hahn kräht vom Dach der Stallungen auf dem Hof nebenan. Der Himmel vor dem Fenster ist wolkenverhangen. Leise stehe ich auf, um Alba nicht zu wecken. Ich ziehe mich an und wasche mich über der Schüssel auf Albas Frisiertisch.

Wohin gehst du?, murmelt Alba.

Ich sehe nach Homann, sage ich, knie nieder, küsse Alba und decke sie zu. Ich bin gleich wieder da.

Homann ist wach, als ich hereinkomme.

Lukas, sagt er leise. Setz dich.

Ich ziehe den Stuhl heran und setze mich zu Homann ans Bett.

Wie geht es dir? Soll ich dir irgendetwas bringen? Möchtest du etwas essen? Trinken?

Ein Glas Wasser, sagt Homann. Bring mir ein Glas Wasser.

Ich stütze Homann mit der Rechten und führe mit der Linken das Glas an seine Lippen. Er trinkt. Ein paar winzige Schlucke.

Danke, sagt er und sinkt zurück in die Kissen. Sei so gut, mein Junge, und verschaff mir etwas Luft.

Ich stelle das Glas ab und öffne das Fenster. Ein leichter Nieselregen hat eingesetzt.

Es riecht nach Regen, sagt Homann.

Ja, sage ich.

Gut für die Ernte, sagt Homann. Nach der langen Dürrezeit.

Eine Weile sitzen wir da und lauschen dem Regen. Dann beginnt Homann zu sprechen. Mit geschlossenen Augen.

Sie kamen am Sonntag. In der Nacht. Alle drei. Karl, Jakob und Mark Sass. Es ging um Rathjens Feld. Du weißt schon: das Landstück hinter Rathjens Hof, das Waldeck gekauft hat, nachdem er hergezogen war. Sie hatten Übungen darauf veranstaltet, an den Wochenenden, hinten am Waldrand, insgesamt sieben oder acht Mal in den letzten Monaten. Ich hatte sie beobachtet. Von der Bank vor der Werkstatt aus. Habe dort Stellung bezogen. Mich hingesetzt und gewartet. Mit nichts außer einer Kanne Kaffee, ein paar Butterbroten, meinem Fernglas und dem Gewehr, das ich mir besorgt hatte. In der Kreisstadt. Bei Harry. Dann passierte es. Samstag vor einer Woche. Ein paar von ihnen nahmen die Abkürzung Richtung Dorf, hier über den Hof. Ich stand auf und sagte, sie sollten verschwinden, dies wäre Privatbesitz. Sie lachten und meinten, ich solle mich nicht so anstellen. Einer nannte mich einen alten Penner. Also schoss ich. In die Luft. Nur um sie zu warnen. Ein paar Stunden später kam Waldeck und fragte, was das Ganze sollte. Ich sagte, er könnte seine Übungen abhalten, auf Rathjens Feld, soviel und solange er wollte, wenn die Polizei und die Stadt und die Regierung nichts dagegen unternähmen. Aber niemand aus seinem Verein würde jemals auch nur einen Fuß auf unser Grundstück setzen. Nicht, solange ich lebte. Homann öffnet die Augen und sieht mich an. Sie kommen, Lukas, sagt er. Am Wochenende. Waldeck hat es mir gesagt. Er sagte, ich solle nicht auf die Idee kommen, mich dort blicken zu lassen.

Dort?

Drüben. Auf Spahns Hof.

Wer sind die?

Homann schließt die Augen.

Lukas –, sagt er und bricht ab.

Ich warte. Eine ganze Weile. Dann stehe ich auf und schließe das Fenster. Ich will eben das Zimmer verlassen, als Homann die Stimme erhebt.

Ich sagte Waldeck, ich würde dafür sorgen, dass er es noch bereuen wird, je einen Fuß in unser Dorf gesetzt zu haben.

Dass er eine Schande für das Dorf ist. Dass es die erste und letzte Versammlung dieser Art sein würde, die er je im Dorf abhielte. Deshalb waren die Sass-Brüder hier, sagt er. Um mir Angst zu machen.

Hohnerode

Alle paar Wochen fuhren wir über die Dörfer. Zum Geldeintreiben. Überall hieß man uns willkommen. Man bat uns herein, in die Küche oder Wohnstube, zu Kaffee und Kuchen. Der Hausherr brachte Schnaps und Gläser. Einen Selbstgebrannten, Korn oder Kirschwasser. Ein Gläschen pro Hof, war eine Maxime meines Vaters. Nicht mehr. Eine andere war: Wir bleiben eine halbe Stunde, allerhöchstens, dann ziehen wir weiter. Er hielt sich daran. Wenn der Hausherr die Flasche nahm, um nachzuschenken, legte mein Vater die Hand aufs Glas und sagte: Nein, danke. Für mich nichts mehr.

Die finanziellen Angelegenheiten wurden wie nebenbei abgewickelt. Als wären wir gar nicht deswegen gekommen. Die Hausherrin öffnete eine Schublade, zog ein altes zerknittertes Scheckheft heraus, drehte an der Kappe ihres Füllfederhalters und fragte: Wie viel, sagtest du, sind wir dir schuldig?

Oder der Hausherr kramte seine Brieftasche hervor, bei der Verabschiedung an der Haustür, und drückte meinem Vater ein paar Scheine in die Hand. Mein Vater nahm das Geld und schob es in die Tasche seines Jacketts.

Na dann, sagte er. Nichts für ungut und einen schönen Abend noch.

Erst im Auto zählte er nach. Nahm seinen Bleistiftstummel und das Rechnungsbuch aus der Ablage zwischen den Sitzen, leckte den Bleistift an und murmelte beim Schreiben: 550 Saldo. 170 angezahlt. Rest 380.

Wer nicht bar zahlen konnte, zahlte in Naturalien. Kartoffeln. Kräuterschnaps. Kuchen. Kirschen. Eingekochte Marmelade. Eingelegte Kürbisse und Gurken. Honig. Butter. Salz. Brot. Wer weder mit Geld noch mit Naturalien zahlen konnte, der bekam von meinem Vater einen aufmunternden Klaps auf die Schulter.

Macht nichts, sagte er, wir kommen einfach beim nächsten Mal wieder vorbei.

Das konnte drei oder vier Mal so gehen. Bis mein Vater auf einer Anzahlung bestand. Wobei ein Fünfziger für eine Rechnung von 500 fürs Erste genügte.

Ich will euch nicht das letzte Geld aus der Tasche ziehen, sagte mein Vater dann, aber irgendwann muss man Nägel mit Köpfen machen.

Das einzige Dorf, in dem andere Regeln galten, war Hohnerode: eine trostlose, graue Ansammlung von Häusern, die sich um einen Marktplatz gruppierten, in dessen Mitte sich ein gigantischer Misthaufen auftürmte. Kein Mensch auf den Straßen. Eine baufällige Kirche, deren Uhr vor Ewigkeiten stehen geblieben war. Eine Kneipe in einem verklinkerten Haus, vor dem sich vom Regen durchweichte Kartons voller Flaschen, aufgeplatzte Müllsäcke und leere Bierfässer türmten.

Mein Sohn, sagte mein Vater, wenn er den Wagen vor Drells oder Achterbergs Hof parkte, den einzigen beiden Hohneroder Familien, mit denen wir Geschäfte machten. Du bleibst hier und wartest im Auto.

Er war nie lange weg. Vielleicht fünf oder zehn Minuten. Und doch passierten Dinge in der Zwischenzeit, die ich mein Leben nicht vergaß: Ein Mann kam aus der Kneipe geschwankt. An einem heißen Sommertag. Mit seinem Hund, der um sein Herrchen herumsprang. Bis der Mann stolperte. Schwer zu sagen, ob über den Hund oder über seine eigenen Beine. Regungslos blieb der Mann liegen. Mitten auf dem Marktplatz. In der prallen Sonne. Der

Hund kläffte und hechelte um den wie tot daliegenden Mann herum. Schließlich setzte er sich neben ihn. Plötzlich packte der Mann den Hund. Er drückte ihn fest an sich und stand auf. Den Hund im Arm. Er kraulte ihm den Nacken. Vergrub seinen Kopf im Fell des Hundes. Ging mit ihm direkt an unserem Wagen vorbei. Zum Müllcontainer, der neben der Kirche stand. Öffnete den Müllcontainer. Mit dem Ellbogen. Schwankte leicht vor und zurück. Flüsterte dem Hund irgendetwas ins Ohr. Schmiss ihn mit voller Wucht in den Container. Und zog den Deckel zu. Ein anderes Mal sah ich den Irren aus der Kirche kommen. Er war weit über die Grenzen Hohnerodes hinaus bekannt. Eine tumbe, unförmige, erbarmungswürdige Kreatur, von der es hieß, sie sei das Resultat jahrzehntelanger Inzucht. Der Irre trug ein weißes Unterhemd, eine Trainingshose und einen einzigen Gummistiefel. Der andere Fuß steckte in einem auseinanderfallenden, völlig verdreckten Stofflappen. Er hielt einen Plastikball in den Händen und betrachtete ihn, leicht schielend, mit seinem typisch debilen, immer ein wenig bösartig anmutenden Grinsen. Dann setzte er sich in Bewegung. Schleppte sich über den Marktplatz, an der Motorhaube unseres Autos vorbei. Etwa in Höhe des Kühlers blieb er stehen. Er beugte sich vor und betrachtete den Stern auf der Motorhaube. Klemmte den Ball unter den Arm und drehte und wendete den Stern mit der freien Hand hin und her. Dann hob er den Kopf und sah mich. Er schlurfte um das Auto herum und rüttelte am Türgriff. Ich drückte den Knopf herunter, um die Tür zu verriegeln. Dann sämtliche Knöpfe sämtlicher Türen im Wagen. Der Irre drückte sein Gesicht an die Scheibe und trommelte mit den Händen aufs Dach. Der Sabber tropfte ihm das Kinn herunter und zog Fäden auf dem Fensterglas.

Irgendwann hatte mein Vater genug von Hohnerode. Es hatte Ärger mit Drells gegeben. Dann gab es Ärger mit Achterbergs.

Nie habe ich erfahren, was genau passierte, an jenem Nachmittag, auf Achterbergs Hof. Doch kam mein Vater über den Marktplatz gelaufen. Wie ich ihn nie zuvor hatte laufen sehen. Er riss die Tür auf und sagte genau zwei Worte: Weg hier!

Was war los?, fragte ich ihn, als wir mit quietschenden Reifen links auf die Landstraße abbogen. Und warum fahren wir nicht rechts rum nach Oerbke wie sonst immer?

Wir fahren nach Hause, sagte mein Vater. Für heute ist es genug.

Küchenschlacht

Ich bringe Alba Kaffee ans Bett. Dazu das letzte Marmeladenbrötchen vom Vortag, die restlichen Waffeln aus der Kekstüte und einen Teller mit Pflaumen aus dem Garten.

Die Vorräte gehen uns aus, sage ich. Das ist alles, was noch da ist.

Warst du bei Homann?, fragt Alba und taucht eine Waffel in ihren Kaffee. Wie geht es ihm? Habt ihr geredet?

Ja. Er sagt, die Sass-Brüder waren hier, um ihn einzuschüchtern.

Ihn einzuschüchtern? Und warum?

Er sagt, Waldeck veranstaltet Übungen. Drüben auf Rathjens Feld. Homann hat ihm klargemacht, dass er etwas dagegen hat.

Übungen? Was für Übungen?

Ich weiß es nicht.

Und was haben die Sass-Brüder damit zu tun?

Ich nehme an, Waldeck hat sie geschickt.

Das heißt, Toni ist hier gewesen, weil sein Vater ihn –

Ich weiß es nicht.

Und das Geld? Weißt du, wo das Geld ist?

Nein.

Du bist ein hoffnungsloser Fall, sagt Alba und wirft mit einem Pflaumenkern nach mir.

Stundenlang sitze ich an Homanns Bett und warte, dass er aufwacht. Schließlich verliere ich die Geduld. Ich springe auf und laufe im Zimmer herum, immer im Kreis, wie ein Tiger im Käfig. Um mich zu beruhigen, sehe ich aus dem Fenster. Auf die regennassen Kiefern und den grünen Drahtzaun, den Töllning vor Jahren gezogen hat, um sein Grundstück von unserem abzugrenzen. Das Herz bleibt mir fast stehen, als ich Albas Schrei höre. Dann ein Scheppern. Wie zerspringendes Glas. Dann ihre Schritte die Treppe hinauf. Vorbei an Homanns Kammer. Die Tür zu meinem Zimmer fällt krachend ins Schloss.

Sachte klopfe ich an. Keine Antwort. Ich klopfe wieder.

Alba?

Was ist?, fragt sie mit gepresster Stimme.

Ich öffne die Tür, einen Spaltbreit, und sehe sie auf der Matratze liegen, das Gesicht in die Kissen vergraben.

Was ist los?, frage ich und setze mich zu ihr.

Ich wollte dir eine Freude machen, sagt Alba, den Kopf noch immer ins Kissen gepresst. Dir die Teigtaschen backen, die du so gern magst. Weil es so leicht ist und man praktisch nichts dafür braucht. Nur etwas Mehl, Salz, Zucker, Öl, Wasser. Erst ist mir die Pfanne aus der Hand gerutscht. Dann bin ich beim Aufheben mit dem Kopf gegen die offene Schranktür geknallt. Und dann ist mir auch noch die Schüssel runtergefallen, mit allem, was drin war –

Die Küche sieht aus wie ein Schlachtfeld. Wir sind dabei, die Scherben zusammenzufegen, als Vogelshirtboy an die Tür klopft.

Was ist denn hier passiert?, fragt er und tritt ein.

Alba hat gebacken, sage ich.

Verstehe, sagt Vogelshirtboy. Er kniet nieder und sammelt ein paar Scherben auf. Sonst alles gut?

Ja. Alles gut.

Wie geht es Homann?

Schwer zu sagen.

Ich fahre nach Siemsgluss, sagt Vogelshirtboy. Ein paar Besorgungen machen. Wollte fragen, ob ihr irgendwas braucht. Er wirft die Scherben zu den anderen aufs Kehrblech. Vielleicht macht ihr mir einen Einkaufszettel. Dann bringe ich euch –

Ich komme mit, sagt Alba.

Was?, sage ich. Nein, auf keinen Fall.

Doch, sagt Alba.

Kommt nicht in Frage.

Bitte.

Alba, wenn irgendjemand dich sieht –

Bitte.

Lass gut sein, Luke, sagt Vogelshirtboy. Sie setzt ihre Sonnenbrille auf. Und mein Cap. Dann erkennt sie kein Mensch. Schon gar nicht mit den blonden Haaren.

Ich sehe von Alba zu Vogelshirtboy und wieder zurück.

Meinetwegen, sage ich.

Mein Ritter, sagt Alba und fliegt mir um den Hals.

Osterfeuer

All die Jahre hatte ich sie kaum wahrgenommen. Ich kannte ihren Namen und war ihr ein paar Mal begegnet. Beim Einkaufen in Siemsgluss oder auf einem Dorffest. Ohne dass sie mir groß aufgefallen wäre. Sie wohnte am äußersten Dorfrand. Auf dem Hof, auf den man zufuhr, gegenüber der Kreuzung, ganz am Ende der Straße. Tausend Mal hielten wir dort, mit Blick auf die Einfahrt, und bogen entweder links ab Richtung Kreisstadt oder rechts ab Richtung Sültlingen. Im Dorf sah man sie so gut wie nie. Beim Weihnachtskaffee an der gedeckten Tafel im *Kornspitz* hörte ich die alte Albersinger sagen, die Jordansche hätte sich zu einer echten Schönheit gemausert.

Alba Jordan?, fragte Madame Biancourt, die einmal in der Woche auf ihrem Fahrrad zum Jordan-Hof fuhr, um der Tochter des Hauses Klavierunterricht zu geben. Madame Biancourt schob eine Gabel Schwarzwälder Kirschtorte in den Mund, trank einen Schluck Kaffee und sagte mit ihrem schweren französischen Akzent: Eine Schönheit? Oui. Aber streng bewacht von ihrem Bruder.

Es war das erste Mal, dass ich jemanden ihren Namen sagen hörte. Ich lief mit zwei vollen Thermoskannen in den Händen im Saal herum und schenkte den Gästen Tee und Kaffee nach.

Alba Jordan, dachte ich. Die Dorfschönheit.

Doch bekam ich sie nie zu Gesicht. Weil sie sich nie im Dorf blicken ließ. Und weil sie aufs Gymnasium in Hörsten ging, wie alle in der Umgebung, deren Familien etwas auf sich hielten. Und nicht, wie ich, auf die Sültlinger Gesamtschule. Oder wie die Hörstener sagten: die Sültlinger Dorfdeppenschule.

Alle paar Monate kam ihr Bruder auf den Hof. Caspar. Von dem mein Vater sagte, er sei der beste Bauer im Umkreis von zwanzig Kilometern. Hätte aus dem heruntergewirtschafteten Hof seines Vaters eine Goldgrube gemacht. Mit harter Arbeit und viel Verstand. Nur zu einer Frau hätte es nicht gereicht. Weil Caspar Jordan nur für den Hof lebte.

Und für seine Schwester, hatte ich gesagt.

Wie bitte?

Er lebt für seinen Hof. Und für seine Schwester.

Wer sagt das?, fragte mein Vater, mit ungewohnt strengem Unterton.

Madame Biancourt. Die Klavierlehrerin.

Im Dorf wird schon genug geredet, sagte mein Vater. Da müssen wir nicht auch noch damit anfangen.

Am Freitag nach der Schule fragte mich Aaron Zahner, warum ich mich nicht konfirmieren ließe, wie sonst alle anderen Kinder im Dorf.

Du wirst doch selbst nicht konfirmiert, sagte ich.
Ich zähle nicht, sagte Zahner. Weil ich Jude bin.
Ich überlegte und sagte, die Einzige im Dorf, die zum Konfirmationsunterricht ginge, weil sie wirklich an Gott glaube, sei Alvin Brinkmanns Cousine Christina. Alle anderen wären nur da, um am Ende abzustauben.
Stimmt, sagte Zahner. Und du? Willst du nicht abstauben?

Nachts, zuhause in meinem Zimmer, dachte ich über Zahners Worte nach. Am Montag in der Schule fragte ich Alvin Brinkmann, so beiläufig wie möglich, wer alles konfirmiert worden wäre am Sonntag in der Sültlinger Kreuzkirche. Brinkmann zählte eine Reihe von Namen auf. Er spuckte aus und sagte: Das waren zwölf. Fehlen noch zwei.
Du, Brinkmann, sagte ich.
Stimmt, sagte Brinkmann. Macht dreizehn. Ach ja, bingo! Und Alba Jordan.

Maik Eisenbach brüstete sich damit, Alba geküsst zu haben. Im Paradiesgarten. Im Bushaltehäuschen vor ihrer Tür. In Rathjens Heuschober. Sagte, er hätte alles von ihr haben können, wenn er nur gewollt hätte.
Du lügst, sagte ich.
Bist du eifersüchtig, Morgen?
Warum sollte ich.
Dann mach mal halblang.

Der Einzige, der es wirklich versucht hatte, war Will Töllning. Er saß an der Theke im *Kornspitz*, wo ich aushalf, hin und wieder, wenn der alte Forster eine seiner Rheumaattacken hatte.
Ich hab sie gefragt, ob sie Lust hat mitzukommen, sagte Töllning. Auf den Rummel. Freitagabend. In die Kreisstadt. Mit Feuerwerk und allem Drum und Dran. Und sie meint, ja sie hat Lust. Meinte, nur muss sie Punkt zwölf wieder zuhause sein. Okay, sag ich, kein Problem. Also wir

zusammen auf den Rummel. Freitagabend. Autoscooter. Kettenkarussell. Zuckerwatte. Das ganze Programm. Auf dem Weg nach Hause halt ich an. Höhe Grebers Forellenfarm. Fahr rechts ran. Sie fragt, was los ist. Ich sag, keine Sorge, ich liefre dich Punkt zwölf zuhause ab. Nur einen kleinen Kuss will ich. Als kleine Gegenleistung. Für den schönen Abend. Und die Kutschiererei. Kostet ja auch Sprit und alles. Sie meint, darüber können wir reden, wenn ich sie zuhause abgeliefert hab. Also fahr ich sie nach Hause. Bis vor die Einfahrt. Auf den Hof soll ich nicht fahren, weil ihr Bruder sonst Stress macht. Kein Problem, sag ich. Punktlandung, sag ich, fünf vor zwölf. Und sie: danke. Und ist schon am Aussteigen. Moment, Fräulein, sag ich, was ist mit meinem Kuss? Vielleicht ein andermal, sagt sie und ist schon halb aus der Tür. Ich rüber. Über die Ablage. Bekomme sie gerade noch zu fassen. So leicht kommst du mir nicht davon, sag ich. Und sie? Zerkratzt mir das Gesicht, die Hexe. Und ist weg, im nächsten Moment. Am liebsten wäre ich hinter ihr her. Aber ihr wisst ja, mit ihrem Bruder ist nicht gut Kirschen essen. Er trank sein Bier aus und kippte den Kurzen hinterher. So ein Luder, sagte er. Na, macht nichts, sagte er. Wer will es schon mit einer Verkrüppelten treiben?

Es stimmt, sagte meine Mutter. Sie hat einen Gehfehler. Von Geburt an. Man sieht es kaum. Nur wenn man genau hinschaut: Das linke Bein ist ein klein wenig nach innen gedreht. Sie zieht es beim Gehen nach. Was interessierst du dich für Alba Jordan?

Es ist nur, weil Will Töllning gesagt hat, sie wäre behindert. Drüben in der Kneipe.

Wenn einer behindert ist, sagte meine Mutter, dann ist es Will Töllning. Wie die ganze Familie Töllning behindert ist. Und zwar an einer Stelle, an der es richtig wehtut. Nicht den Töllnings. Aber ihren Mitmenschen.

Es dauerte mehr als ein Jahr, bis ich sie zu Gesicht bekam. Fast hatte ich sie schon wieder vergessen.

Wochenlang hatte Vogelshirtboy auf mich eingeredet, mit ihm nach Frankfurt zu fahren. Mit dem Zug. Zu Verwandten.

Mal raus aus dem Kaff, Alter. Für ein paar Tage. Mal was anderes sehen als immer nur die gleichen Gesichter.

Dann bekam Vogelshirtboy Fieber und unsere Reise fiel ins Wasser.

Wenn du nicht in die große weite Welt hinausziehst, sagte mein Vater, kannst du genauso gut rüber zum Festplatz und das Feuer aufschichten.

Es war Ostersonntag. Früher Nachmittag. Ich nahm den Hecklader und fuhr rüber zum Festplatz. Ich schob zusammen, was die Dorfbewohner dort in den Wochen zuvor an Holz, Zweigen und Ästen abgeladen hatten. Sortierte den Müll aus. Rettete ein Vogelnest vor dem Verbrennen. Eine Weile saß ich in der Frühlingssonne und döste vor mich hin. Als Brandmeister Blanck aus Sültlingen vorfuhr, um das Feuer anzufachen, fuhr ich nach Hause.

Ich weiß nicht, was es war. Vielleicht der einbrechende Frühling. Oder ich hatte mich bei Vogelshirtboy angesteckt. Jedenfalls fielen mir die Augen zu. Mein Vater klopfte an die Tür. Ich sagte, ich käme nach. Dann klopfte Lina. Ein oder zwei Stunden später. Sie sagte, sie wolle nur schnell ihre Jacke holen. Und dass alle sich fragten, wo ich bleibe.

Willst du nicht gleich mitkommen?, fragte sie von der anderen Seite der Zimmertür.

Geh du schon vor, sagte ich.

Es war schon spät, als ich mich auf den Weg machte. Und obwohl ich wusste, ich war wach, fühlte es sich an, als würde ich immer noch schlafen. Als wäre das alles ein Traum. Irgendjemand drückte mir ein Bier in die Hand. Ich stellte mich ans Feuer, um mich aufzuwärmen. Blickte in die Flammen. Wer weiß wie lange. Bis ich merkte, dass jemand mich ansah. Ich sah auf. In die Gesichter, im Schatten der Nacht, auf denen der Feuerschein tanzte.

Dann sah ich sie.

Das Geld

Als Homann am Nachmittag erwacht, bittet er um Kaffee. So stark und so schwarz wie möglich. Ich bringe ihm eine Tasse ans Bett. Er setzt sich auf und trinkt. Langsam. Schluck für Schluck. Dann reicht er mir die leere Tasse.

Danke, mein Junge, sagt er, lehnt sich zurück und schließt die Augen.

Ich fürchte schon, er würde wieder einschlafen, als er zu sprechen beginnt. Mit fester, klarer Stimme.

Sie kamen in der Nacht, sagt er. Karl, Jakob und Mark Sass. Standen unten auf der Terrasse und riefen hinauf. Sagten, ich sollte rauskommen. Sie hätten etwas mit mir zu besprechen. Ich sagte ihnen, sie sollten sich zum Teufel scheren. Wenn sie etwas Wichtiges mit mir zu besprechen hätten, könnten sie bei Tage wiederkommen, und was das für eine Art wäre, mitten in der Nacht hier aufzutauchen und rumzukrakeelen. Karl Sass sagte, gut, wenn ich nicht zu ihnen rauskäme, dann würden sie einen Weg finden, zu mir reinzukommen.

Ich nahm das Gewehr, das ich immer bei mir hatte, seitdem Waldeck mit seinem Ertüchtigungsprogramm begonnen hatte. Für alle Fälle. Als ich runterkam, waren sie verschwunden. Ich öffnete die Küchentür und ging hinaus auf die Terrasse, um zu sehen, ob sie sich auf dem Hof rumtrieben. Ich schloss die Küchentür ab, rückte die Bank davor und ging nach vorne zum Haupteingang. Ich sah durch das Fenster im Salon hinaus. Nichts. Also blieb nur noch die Scheune.

Ich machte Licht dort und sah mich um. Alles friedlich und still. Vielleicht, dachte ich, sind sie doch abgezogen. Vielleicht hatte Jakob Sass seine Brüder beruhigt. Er war immer der Einzige von den Dreien, der einigermaßen vernünftig gewesen war. Ich löschte das Licht, ging zurück ins Haus und schob den Riegel von innen vor. Da fiel mir das Geld ein. Ich hatte es im Kofferraum versteckt. In einer Plastiktüte unter der Gummimatte. Zusammen mit dem Starthilfekabel. Sodass es nicht weiter auffiel. Zur Tarnung hatte ich alles in den Kofferraum gepackt, was mir in die Hände gefallen war. Kanister. Radkreuz. Werkzeugkasten. Eine alte Getränkekiste. Kurz: einen Haufen Krempel. Wie früher bei deinem Vater. Ich dachte, es wäre vielleicht besser, das Geld nicht im Auto zu lassen. Für den Fall, dass sie wiederkämen. Und dass es dann im Haus vielleicht sicherer aufgehoben wäre. Es war vier Uhr nachts. Ich wusste, du würdest hier sein am Morgen. Also lehnte ich das Gewehr an den Stützbalken, vorne, wo die Gasflaschen und die Fahrräder stehen. Ich holte den Autoschlüssel aus der Küche und ging zurück in die Scheune. Ich machte Licht. Schloss den Kofferraum auf. Öffnete ihn. Räumte ihn leer. Mit einem Mal stand Mark Sass neben mir und fragte, was ich da mache, mitten in der Nacht, in Unterwäsche, an meinem Auto. Er war über den Dachboden gekommen. Die Regenrinne hinauf. Hatte eine offene Dachluke gefunden und war hineingekrochen. Konnte immer schon gut klettern, der Lump. Wie ein Affe. Hat die Schule nur geschafft, weil er so ein Ass in Sport war. Seine Brüder warteten draußen vor dem Scheunentor.

Na endlich, sagte Karl, als Mark ihnen öffnete.

Es dauerte eine ganze Weile, bis sie es gefunden hatten.

Nun sieh dir das an, sagte Karl und zog die Geldbündel aus der Tüte.

Wie viel mögen das sein?, fragte Jakob.

Genug, sagte Karl. Zählen wir zuhause. Er warf Mark den Beutel zu. Und nun zu dir, sagte er.

Sie waren gekommen, um mir Angst zu machen. Die Sache mit dem Geld hatte die Lage verändert. Sie berieten sich. Direkt vor Ort. In der Scheune. Überlegten, ob sie es bei einer Tracht Prügel belassen oder mich an Ort und Stelle umbringen sollten. Ich konnte mir das Ergebnis ihrer Unterredung vorstellen. Und dass es nicht gut um mich stand. Also beschloss ich, nicht länger zu warten. Das Gewehr war niemandem aufgefallen. Und es stand keine zwei Meter von mir entfernt. Ich hatte es in der Hand, bevor einer der drei sich auch nur gerührt hatte.

Hände hoch, sagte ich. Alle drei.

Sie hoben die Hände.

Über den Kopf!

Langsam, alter Mann, sagte Karl Sass. Du willst doch nicht –

Sag du mir nicht, was ich will oder was ich nicht will, sagte ich.

Und wenn das Ding geladen ist?, fragte Karl.

Du weißt, das Ding ist geladen, sagte ich.

Du kannst uns nicht alle umlegen.

Nein, sagte ich. Aber wenn ihr Dummheiten macht, werde ich einen von euch erwischen. Vielleicht sogar zwei.

Sie dachten nach. Sondierten die Lage.

Und was soll das nun werden?, fragte Karl Sass.

Ich will euch sagen, was das wird, sagte ich. Zuerst legt ihr das Geld aufs Autodach.

Mark Sass, der den Geldbeutel hielt, sah fragend zu Karl hinüber.

Mach, was er sagt, sagte Karl.

Gut, sagte ich. Und nun nimmst du, Mark, das Abschleppseil und bindest damit deine Brüder hier am Balken fest. Ich nahm den Beutel vom Dach und sah Mark dabei zu, wie er seine Brüder fesselte. Sehr gut, Mark, sagte ich. Und nun steigst du in den Kofferraum und ziehst die Klappe von innen zu.

Er war schon im Kofferraum. Da passierte es. Ich verlor die Geduld. Machte einen Schritt nach vorn, um selbst die

Klappe zu schließen. Da rammte mir Mark das Radkreuz in den Magen. Ich fiel rückwärts und schoss. Der Schuss knallte in die Wand. Mark Sass kam aus dem Kofferraum gesprungen. Wie ein Raubtier sah er aus. Ich stand auf und stürzte ihm entgegen. Da stieß er mir den Schraubenzieher in die Brust. Den alten Kreuzschlitz von deinem Vater. Mit dem bernsteinfarbenen Griff.

Kollaps

Dann passiert alles auf einmal.

Homann ringt nach Luft. Er setzt sich auf und umklammert mit der Linken meinen Arm. Die Rechte presst er gegen die Brust. Seine Augen weiten sich und scheinen aus den Höhlen hervorzutreten.

Scheiße, sage ich. Homann – Ich springe auf und lege meinen freien Arm um ihn. Scheiße. Was mache ich nur –

Homanns ganzer Körper beginnt zu zucken. Mit dem linken Bein tritt er gegen den Tisch. Die Kaffeetasse fällt zu Boden und rollt unters Bett. Im selben Moment höre ich Alba und Vogelshirtboy unten in der Küche.

Alba!, brülle ich.

Speichel tropft aus Homanns Mund.

Nicht sterben, Homann, flüstere ich. Bitte nicht sterben. Albaaa!

Was ist los?, fragt Alba, die atemlos in der Tür steht.

Er hat einen Anfall.

Oh, mein Gott.

Wo ist Noah?

Unten.

Hol ihn!

Homanns Körper scheint außer Kontrolle. Ich lege mich mit dem Oberkörper auf ihn und halte ihn fest umklammert, damit er nicht aus dem Bett fällt.

Luke, fragt Vogelshirtboy in meinem Rücken, was ist mit ihm?

Dein Vater, sage ich. Wie schnell kann er hier sein?

Ich rufe ihn an, sagt Vogelshirtboy und tippt auf seinem Telefon herum. Scheiße, sagt er. Kein Netz. Wie immer.

Hol ihn, sage ich. So schnell wie möglich.

Ich weiß nicht –

Hol ihn!

Ist gut, sagt Vogelshirtboy und stürzt aus der Tür.

Luke –, sagt Alba. Mit verzweifelter Stimme. Sie sieht mich an. Mit weit aufgerissenen Augen. Dann sinkt sie zu Boden, am Türrahmen hinunter, und schlägt die Hände vors Gesicht. Stoßweise beginnt sie zu weinen. Immer haltloser. Sie ballt die Hände zu Fäusten. Bewegt den Kopf hin und her.

Alba –, sage ich.

Da beginnt sie zu schreien.

Alba –

Als der Doktor kommt, hat sich die Lage beruhigt. Homann starrt an die Decke. Er atmet stoßweise aus und ein. Seine Hände zittern. Alba sitzt noch immer im Türrahmen und rührt sich nicht. Rakuhn verabreicht Homann eine Spritze. Dann kümmert er sich um Alba.

Sie braucht Ruhe, sagt er und gibt auch Alba eine Spritze. Das wird ihr helfen, sagt er.

Ich bin gleich zurück, sage ich und lege einen Arm um Alba. Sie lässt es geschehen. Vorsichtig hebe ich sie hoch und trage sie hinüber in mein Zimmer. Ich lege sie auf der Matratze ab und decke sie zu. Ich bin gleich wieder da, sage ich.

Vogelshirtboy lehnt am Türrahmen von Homanns Kammer. Dort, wo eben noch Alba saß.

Homann schläft, sagt er.

Er muss ins Krankenhaus verlegt werden, sagt Dr. Rakuhn. Er hebt die heruntergefallene Kaffeetasse auf und betrachtet sie eingehend.

Ich weiß, sage ich.

Ich rufe einen Krankenwagen, sagt Dr. Rakuhn.

Nein, sage ich. Bitte –

Er sieht mich an. Mit forschendem Blick.

Warum?, fragt er.

Weil Homann nicht ins Krankenhaus will.

Hat er das gesagt?

Ja.

Wann?

Gestern Abend.

Lukas, sagt Dr. Rakuhn und stellt die Tasse auf den Tisch. Ich bin Arzt. Und dazu verpflichtet, zum Wohle meiner Patienten zu handeln. Ich bin aber auch Bürger dieses Dorfes und interessiert am Wohlergehen aller. Wie wäre es, wenn wir die Polizei rufen?

Auf keinen Fall, sage ich.

Wie lange habt ihr vor, hierzubleiben?

Nicht mehr lange.

Ich gebe dir 24 Stunden, sagt Rakuhn. In Homanns Interesse. Und in eurem. Deinem und Albas. Er stellt die Kaffeetasse auf den Tisch und nimmt seine Tasche. Hatte sie so etwas vorher schon mal?, fragt er.

Alba? Nein, sage ich. Nie.

Flucht

Vielleicht hätte ich dem Doktor die Wahrheit sagen sollen. Vielleicht hätte ich ihm sagen sollen, dass Alba Medikamente nimmt. Gegen ihre Medikamentensucht. Und dass es nicht das erste Mal war, dass sie die Fassung verlor. Dass es einen Vorfall gab, vor langer Zeit. Vor den Medikamenten. Und den Medikamenten gegen die Medikamente.

Wir irrten ziellos umher. Tagelang. Im Umkreis von hundert Kilometern um die Kreisstadt. Wir übernachteten in Motels und Landgasthäusern. Oder schliefen im Auto. Irgendwann ging uns das Geld aus. Für ein paar Tage arbeitete ich auf einem Bauernhof. Alba half in der Küche. Wir bekamen drei feste Mahlzeiten und ein Dach über dem Kopf. Am dritten Morgen brachen wir auf. Beim ersten Hahnenschrei. Um keine Spuren zu hinterlassen.

Am Abend hielten wir an einer Raststätte. An der Landstraße. Etwa vierzig Kilometer westlich von der Kreisstadt. Alba bestellte Pfannkuchen mit Ahornsirup. Und Kaffee. Sie sagte, sie sei so froh, weg zu sein aus dem Dorf, und so glücklich mit mir und so traurig, dass sie nie wieder zurückkehren könnte.

Dafür, dass du traurig bist, isst du aber mit ziemlich gutem Appetit, sagte ich.

Ich sah mich im Raum um. Betrachtete die Männer, die an der Bar saßen. Mit ihren Burgern und Bieren. Trucker in T-Shirts und Holzfällerhemden. Zwei Biker in Lederkluft. Und Maik Eisenbach.

Alba, sagte ich, wir müssen verschwinden –

Wir gingen. So unauffällig wie möglich. Ich klemmte einen Schein unter Albas Kaffeebecher. Am Ausgang sah ich mich um. Nur um sicherzugehen. Ein kurzer Blick in den Spiegel über der Bar. Maik Eisenbach saß da, mit dem Rücken zu mir, und sah mich an.

Schnell, sagte ich und kramte den Schlüssel aus der Jackentasche.

Was ist?, fragte Alba. Hat er dich gesehen? Sie sah sich um. Scheiße, sagte sie.

Er baute sich vor dem Eingang auf. Breitbeinig. Zahnstocher im Mund. Sah zu uns rüber und sagte kein Wort. Erst als ich das Auto startete, setzte er sich in Bewegung. Gemächlich. Als hätte er es nicht eilig. Als hätte er nicht die geringste Absicht, uns über die Landstraße zu jagen. Für den Rest der Nacht.

Wir sollten anhalten, sagte Alba, irgendwann nach Stunden.
Nein, sagte ich. Kommt nicht in Frage.
Lass uns anhalten und mit ihm reden.
Nein. Ich halte nicht an.
Hast du Angst?
Ja, Alba. Ich habe Angst.
Dann fahren wir weiter. Bis er aufgibt.
Er gibt nicht auf. Außerdem ist der Tank fast leer.
Wir fuhren auf Reserve. Seit fünfundzwanzig Kilometern. Ich wusste: Für mehr als weitere fünfundzwanzig würde das Benzin nicht reichen. Dann sah ich den Feldweg, im Augenwinkel, direkt hinter der Kurve.
Festhalten!, sagte ich und riss das Steuer herum.
Ich löschte das Licht und stellte den Motor ab. In völliger Finsternis rollten wir den Weg hinunter. Zweige knallten gegen die Fensterscheiben. Dann hielten wir an. Auch Maik Eisenbach hielt. Etwa zweihundert Meter die Straße hinauf. Wir sahen seine Scheinwerfer. Und seinen dampfenden Atem, als er ausstieg und sich umsah. Es dauerte ewig, bis er sich entschloss einzusteigen und weiterzufahren.
Puh, sagte ich. Den wären wir los.
Ja, sagte Alba. Und fing an zu weinen. Luke, sagte sie. Ich kann das nicht mehr. Wir müssen hier weg. Sie sah mich an. Fassungslos. Mit wahnsinnigen Augen. Wir müssen hier weg, sagte sie wieder. Dann beugte sie sich vor und fing an, mit beiden Fäusten auf mich einzuschlagen.

Eisenbach

Zahner. Brinkmann. Morgen. Eisenbach. Dies die Namen der vier alteingesessenen Familien des Dorfes. Die Eisenbach-Sippe verteilte sich über die gesamte Umgebung. Im Dorf selbst lebte nur noch der alte Marten Eisenbach. Mit seiner Frau Elsa. Und seinem Sohn Maik. Die beiden Töchter hatten geheiratet und waren weggezogen. In umliegende

Dörfer. Marten Eisenbach war Milchbauer. Sein Hof war übersät mit Kuhfladen und Überresten von ausgespucktem Kautabak. Es stank wie die Pest. Bevor der Supermarkt in Hörsten aufmachte, belieferte Eisenbach nicht nur das komplette Dorf, sondern die gesamte Umgebung mit Milch. Manchmal, am Sonntag oder in den Ferien, wurden wir losgeschickt, Lina und ich, die leere Milchkanne, die frisch gespült in der Küche stand, gegen eine volle aus der Sammlung in Eisenbachs Küche zu tauschen. Wir hassten diese Gänge. Weil wir Eisenbachs Hof hassten. Den Gestank. Die Dunkelheit. Den Weg durch den Vorraum zur Küche, in der die alte Eisenbach saß, die nie lächelte und uns nicht einmal ansah, wenn wir die volle Kanne aus dem Kühlschrank nahmen und die leere auf ihren Platz auf der Spüle stellten.

Auf Wiedersehen, Frau Eisenbach, rief Lina.

Auf Wiedersehen, antworte Frau Eisenbach, so leise, dass man sie kaum hörte.

Auch Marten Eisenbach sprach nicht viel. Meistens grüßte er nicht mal, wenn man ihm im Dorf begegnete. Er trieb seine Kuhherden vom Hof auf die Weide oder von der Weide zurück auf den Hof und kaute auf einem Stück Kautabak herum. Sein Sohn Maik, genauso kantig und klobig wie sein Vater, fuhr auf seinem Fahrrad um die Herde herum, fluchte vor sich hin und schwang die Peitsche, wenn eins der Tiere nach links oder rechts ausscherte.

Auf Festen konnte es geschehen, dass die gesamte Familie anrückte. Vater, Mutter, Kinder, Ehemänner, Enkelkinder. Mit hochroten, glänzenden Gesichtern. Als hätten sie sich geschrubbt, stundenlang, vor dem Badezimmerspiegel. Um den Gestank loszuwerden. Marten Eisenbach setzte sich an die Kaffeetafel zu seiner Frau. Etwa eine Stunde saßen sie dort, bei Kaffee und Kuchen, ohne ein Wort miteinander zu sprechen. Dann stand er auf, richtete seine Krawatte, stolzierte quer durch den Saal hinüber zur Theke und bestellte Bier. Und Schnaps. Ließ sich volllaufen. Systematisch. Genau wie sein

Sohn. Doch während dem alten Eisenbach den ganzen Abend über kein Wort über die Lippen kam, wurde Maik immer lebhafter. Forderte die Damen zum Tanzen auf. Forderte die Herren zum Trinken auf. Fing Streit an. Und Schlägereien. Der alte Eisenbach bekam von alldem nichts mehr mit. Dafür sorgten die Töchter. Zwei dralle Blondinen in knappen Kleidern mit tiefen Ausschnitten, die wussten, wann es genug war. Auf ihren Wink hin verfrachteten die Ehemänner den Schwiegervater ins Auto. Elsa Eisenbach stellte die Ellbogen auf den Tisch, faltete die Hände vor dem Mund und setzte ihr typisches Gesicht auf. Immer etwas kurzsichtig. Immer etwas pikiert. Als würde sie das alles nichts angehen. Sie wartete, bis der Aufruhr sich gelegt hatte. Dann ließ sie sich von einer ihrer Töchter aus dem Saal führen.

Niemand im Dorf wunderte sich, als sie sich erhängte. Eines Sonntagnachmittags, während Eisenbach den Tierarzt in den Kuhstall führte, weil ein Tier von der Maul- und Klauenseuche befallen war, stand sie auf. Von der Kaffeetafel. Öffnete den Schrank und entnahm ihm eine blütenweiß gewaschene und doppelt gestärkte Tischdecke. Wie es sie dank ihrer Magd Monika Schneeweiß nur bei Eisenbachs gab. Kletterte auf einen Stuhl. Knotete die Tischdecke am Deckenbalken fest. Knotete das andere Ende der Decke zu einer Schlinge. Legte die Schlinge um den Hals und stieß den Stuhl mit den Füßen weg.

Johannes der Säufer sah sie von der Decke baumeln, auf dem Rückweg von seinem sonntäglichen Ausnüchterungsspaziergang. Er ging zum *Kornspitz* und erzählte es allen. Niemand verstand ihn, weil er kaum ein Wort deutsch sprechen konnte. Schließlich ging der alte Rathjen hin, um nachzusehen. Und es war auch der alte Rathjen, der in den Kuhstall ging, um Eisenbach zu sagen, dass seine Frau für alle sichtbar von der Decke der Wohnstube baumelte. Wortlos stapfte Eisenbach ins Haus und zog die Vorhänge zu.

Mit Maik Eisenbach war nicht gut Kirschen essen. Das wussten alle im Dorf. Vor allem, wenn er zu viel getrunken hatte. Man sah ihn im *Kornspitz*, mit Alvin Brinkmann und Will Töllning. Manchmal gesellte sich Caspar Jordan dazu. Der meistens nur eine Cola bestellte. Mit viel Eis und Zitrone. Ich kannte die Geschichten. Arvid Forster, der Wirt, hatte einen Baseballschläger unter der Theke deponiert, den er hervorholte, wenn Eisenbach und seine Freunde so viel intus hatten, dass sie begannen, die Gäste zu bepöbeln. Einmal habe ich es selbst erlebt.

Ich war eingesprungen, wie immer, wenn Forster Rheuma hatte. Er konnte die Anfälle kommen fühlen. Er rief mich an, Freitagnachmittag, und fragte, ob ich am Samstag für ihn arbeiten könnte.

Klar, sagte ich. Warum nicht.

Eisenbach, Töllning und Brinkmann saßen an ihrem Stammplatz. Neben dem Spielautomaten und den Sparkästen an der Wand. Sie tranken. Bier und Korn. Wurden immer lauter dabei. Und immer aggressiver. Warfen Münzen in die Jukebox und grölten lauthals bei jedem Lied mit. Als Will Töllning Forsters Tochter Alice, die an vollen Abenden im *Kornspitz* kellnerte, an den Hintern fasste und dabei sein Bier umkippte, hatte ich genug.

So, Schluss jetzt, sagte ich, trat hinter der Theke hervor und zog den Stecker. Die Musik stoppte. Mit einem Leiern.

Spiel dich nicht so auf, Morgen, sagte Maik Eisenbach. Mach uns lieber noch ne Runde fertig.

Ich mache gar nichts, sagte ich. Du, Will, entschuldigst dich jetzt bei Alice. Und dann marschiert ihr alle drei hier raus und lasst euch erst wieder blicken, wenn ihr wieder nüchtern seid.

Riskierst ne ganz schön dicke Lippe, Morgen, meinte Maik Eisenbach. Er stand auf und kam auf mich zu. Glaubst wohl, nur weil du die kleine Jordan fickst, kannst du hier auf starken Mann machen?

Nase an Nase standen wir da. Mitten im Raum. Ich konnte Maik Eisenbachs sauren Bieratem riechen.

Lass gut sein, Luke, sagte Alice.

Raus, sagte Arvid Forster, der im Bademantel hinter der Theke stand. Alle drei. Und du, Luke, steck den verdammten Stecker zurück in die Dose.

Es war früher Abend. Ein paar Monate später. Ich hatte den ganzen Nachmittag auf Authrieds Feld verbracht und seinen Mähdrescher repariert. Als ich fertig war, fuhr ich direkt zum Siebenseelensee. Ich zog mich aus und badete. Es war still und wunderschön im Wald. Ich schwamm auf dem Rücken und sah in den Himmel, der so tiefblau war, wie nur im August. Die Wipfel der Kiefern schwankten auf und ab im Wind.

Hey, Morgen, rief Maik Eisenbach.

Er stand auf dem Damm. In seiner grünen Bomberjacke und der hautengen, schwarzen Jeans, die er immer trug. In der Hand hielt er ein Gewehr.

Eisenbach, sagte ich.

Du glaubst, du kommst mit allem durch, Morgen, sagte er.

Was meinst du?

Ich meine, dass es mir nicht gefällt, dass du hier in unserem See rumplantschst.

Was meinst du damit: in eurem See?

Du weißt, dass der See uns gehört.

Der See gehört euch? Seit wann?

Schon immer.

Wer sagt das?

Ich sage das.

Maik, sagte ich, ich habe keine Ahnung, worauf du hinauswillst. Der See ist Hunderte von Jahren alt. Er war schon da, bevor der erste Bauer das Dorf besiedelte.

Wir haben ihn angelegt, sagte Eisenbach.

Ihr habt den Damm angelegt. Weil der See bei Regen immer den Wald geflutet hat und dein Vater nicht wollte, dass eure Weide drüben absäuft.

Es ist unser See.

Okay, Maik. Es ist euer See.

Na, siehst du, Morgen. Geht doch. Und nun möchte ich, dass du deinen Arsch aus unserem See raus bewegst.

Alles klar, sagte ich. Ich wollte sowieso gerade rauskommen.

Nein, sagte Maik Eisenbach. Wolltest du nicht.

Okay. Wollte ich nicht. Jetzt will ich aber.

Sag mir eins, Morgen, sagte Eisenbach. Wie fühlt sich die Fotze an? Ich meine, die von deiner kleinen verkrüppelten Dorfhure? So wie jede andere Fotze? Oder ist sie genauso klein und verkrüppelt wie der Rest von ihr?

Halt die Fresse, Maik, sagte ich.

Alle im Dorf wollen Alba Jordan ficken. Alle. Bis auf ihren Bruder. Der will, dass niemand sie fickt. Außer er selbst vielleicht. Oder was meinst du, Morgen?

Maik, sagte ich. Lass es gut sein.

Nur eins noch, Morgen, sagte er und richtete das Gewehr auf mich. Würdest du sie immer noch ficken, wenn du wüsstest, dass Caspar sie besuchen kommt, nachts, um ihre kleine süße Krüppelfotze zu stopfen, mit seinem dicken, harten, bösen Schwanz?

Ich hatte genug. Ich watete auf ihn zu. So schnell ich konnte.

Du Schwein, sagte ich.

Eisenbach legte an und schoss.

Sie zogen mich aus dem See. Jennie Drell und Lisa Zarenthin. Sie sagten, sie hätten mich gefunden. Bewusstlos. Im Wasser. Am Ufer. Sie fragten, was passiert sei. Mit mir. Mit meiner Schulter und meiner Brust, die blau und gelb verfärbt war an der Stelle, an der das Geschoss mich getroffen hatte. Ich zitterte am ganzen Leib. Jennie holte meine Sachen, während ich den Kopf an Lisas Schulter legte und zu weinen begann.

Ich hatte etwas gesehen. Im Schlaf. Im Wasser. Etwas so Schönes und Friedvolles und Erhabenes: Ein Haus, zartrosa, im Sonnenschein, von Bäumen umstanden. Ich ging darauf zu, als die Tür sich öffnete und jemand heraustrat. Eine Frau. Sie hielt etwas im Arm. Ein Tier. Oder ein Kind vielleicht. Ich war mir nicht sicher, weil die Sonne mich blendete. Und weil die Sonne mit dem Haus zu verschmelzen schien. Und ich mit ihr. Und mit dem Haus. Und auch wenn ich nicht wusste, wer ich war und wo ich war und wer mir dort entgegentrat, eins wusste ich mit Sicherheit: In diesem Haus wurden Engel geboren.

Jahreszeiten

Alba wälzt sich hin und her. Ihre Stirn ist heiß, ihr T-Shirt durchgeschwitzt. Sie spricht im Schlaf.

Luke –, sagt sie und setzt sich auf.

Ja.

Ich wollte nur wissen, ob du wach bist. Wie spät ist es?

Keine Ahnung. Vier. Fünf.

Ich hatte Albträume. Hast du etwas zu trinken für mich?

Ich stehe auf, fülle eine der Tassen mit Wasser und reiche sie Alba. Sie trinkt. Gierig.

Das ist gut, sagt sie und stellt die Tasse ab.

Lass uns ein Spiel spielen, sage ich.

Was für ein Spiel?

Stell dir den schönsten Ort vor, den du kennst.

Den Siebenseelensee, sagt Alba.

Okay. Meinetwegen. Den Siebenseelensee. Stell ihn dir vor. Im Frühling. Und sag mir, was du siehst.

Ich sehe die Sonne, sagt Alba. Funkelnd und glitzernd auf der Wasseroberfläche. Der Himmel ist hell. Fast weiß. Mit rosa Streifen darin. Die Birken grünen. Vögel singen in den Bäumen. Zeisig und Zilpzalp und Zaunkönig. Ein Mauersegler zieht seine Kreise. Es ist früher Morgen. Tagesanbruch.

Sommer –

Die Luft ist klar und wie reingewaschen. Weil es geregnet hat. Ein Platzregen. Wir baden. Lina, du und ich. Am Nachmittag. Der See ist grün und silbrig. Wir spritzen dich nass und fliehen vor dir. Wir kreischen. Als wir aus dem Wasser kommen, bibbern wir vor Kälte. Du nimmst ein Handtuch und trocknest mich ab. Die Sonne ist warm, das Licht orange. Fast braun. Die Grillen zirpen. Es riecht nach Harz und nach Wasser. Auf nackter Haut.

Herbst –

Im Herbst ist der See still. Die Luft ist blau. Die Blätter an den Bäumen leuchten in der Sonne. Eine Eule ruft aus dem Wald. Zugvögel ziehen am Himmel entlang. Es sind Kraniche. Sie bilden ein V. Im See taucht eine Frau empor. Sie ist wunderschön. Die schönste Frau, die es je gab. Sie singt ein Lied, leise, mit hoher Stimme, und kämmt sich das Haar dabei, das ihr über die Schultern fällt und ihre Brüste bedeckt. Dann taucht sie hinab. Auf den Grund des Sees.

Albas Stimme wirkt beruhigend und einschläfernd. Auf uns beide. Ich schließe die Augen, während sie vom Winter erzählt.

Der See ist zugefroren. Kinder laufen Schlittschuh. Reif wirbelt auf. Die Sonne ist blass und kaum zu sehen. Eine Krähe pickt rote Beeren von einem Zweig. Ein Fuchs sieht dem Treiben zu. Vom Uferrand aus. Versteckt, hinter einem Tannenzweig, der über und über mit Schnee bedeckt ist. Oder vielleicht ist es ein Luchs.

Unter dem Eis
Stille
farblos & starr

Darüber
der Winter
eisig & grün

Klirrender
Frost
Stimmen
von
Kindern –

Mittwoch

Morgenvisite

Mit den Vorräten, die Alba und Vogelshirtboy in Siemsgluss eingekauft haben, lässt sich ein fürstliches Frühstück bereiten. Ich decke den Tisch unten in der Küche, während der Doktor oben nach den Patienten schaut. Als er herunterkommt, reiche ich ihm eine Tasse Kaffee.

Möchten Sie etwas essen?

Nein, sagt der Doktor. Aber danke für den Kaffee. Er nimmt Platz am gedeckten Tisch. Warum hast du mir nicht erzählt, dass Alba in der Klinik war?

Ich wollte, dass sie es Ihnen selbst sagt.

Es wird noch ein, zwei Wochen dauern, bis sie über den Berg ist. Du musst gut auf sie aufpassen. Sie muss ordentlich schlafen. Und ordentlich essen. Dann ist es auch um ihr Nervenkostüm besser bestellt.

Ja, ist gut. Danke.

Was Homann angeht. Ich habe mit ihm gesprochen.

Und?

Er sagt, er springt aus dem Fenster, wenn ich versuche, ihn ins Krankenhaus zu bringen.

Und? Glauben Sie ihm?

Ich habe ihm gesagt, dass er viel zu schwach dafür ist, auch nur auf die Fensterbank zu steigen.

Unterschätzen Sie ihn nicht.

Ja, sagt Dr. Rakuhn. Das hat Homann auch gesagt.

Er nimmt eine Pflaume aus der Schale auf dem Tisch und schiebt sie sich in den Mund.

Homann hat mir erzählt, was passiert ist, sagt er und spuckt den Kern in die Hand.

Was hat er gesagt?

Dass die Sass-Brüder hier aufgetaucht sind. Aus Hohnerode. Und dass die Dinge etwas aus dem Ruder liefen.

Homann ist stur, sage ich. Und zäh.

Ja, sagt Dr. Rakuhn. Und die Sass-Brüder sind Verbrecher. Gemeingefährlich. So ziemlich jeder hier würde es gerne sehen, wenn sie hinter Gittern säßen. Er hält den Pflaumenkern zwischen zwei Fingern und betrachtet ihn. Und trotzdem –, sagt er und steht auf. Ich nehme an, du willst nicht, dass ich die Polizei rufe.

Nein, sage ich und stehe ebenfalls auf.

Weil du nicht möchtest, dass sich herumspricht, dass ihr hier seid. Alba und du.

Weil ich die Sache auf meine Weise regeln möchte.

Verstehe, sagt Dr. Rakuhn und lässt den Pflaumenkern in die Jackentasche gleiten.

Wir werden Ihnen nicht mehr lange zur Last fallen, Doktor, sage ich. Und wir werden Sie angemessen bezahlen. Aber Sie müssen noch etwas Geduld haben. Geben Sie mir 24 Stunden. Dann können Sie die Polizei rufen.

Dorffest

So nah war ich ihr nie gewesen. Wir saßen uns fast gegenüber, an der gedeckten Tafel, im Zelt, auf dem Dorffest. Verstohlen sah ich zu ihr hin, während ich meine Suppe löffelte und versuchte, den Gesprächen zu folgen, die meine Eltern mit den Tischnachbarn führten. Sie war noch schöner als in meiner Erinnerung. Noch schöner als in meinen Träumen. Seit Wochen hatte ich an nichts anderes mehr denken können. Ihr Gesicht im flackernden Schein des Feuers. Ihr Blick, der meinem standhielt, für einen Moment, als ich sie ansah. Sie trug ein Kleid, hellblau, mit kurzen Ärmeln. Das Haar wirkte heller im Licht der Glühbirnen über den Tischen. Kastanienbraun. Mit ein paar vom Sommer ausgeblichenen Strähnen darin. Etwas eingezwängt saß sie dort auf der Bank zwischen ihrer Mutter und ihrem Bruder. Mit gesenktem Blick. Sie sprach kein Wort.

Du isst ja gar nichts, Junge, sagte mein Vater.

Ich habe keinen Hunger.

Dann hättest du dir nicht so viel auftun sollen.

Nach dem Essen spielte eine Tanzkapelle. Aus Siemsgluss. Wie jedes Jahr. Stühle wurden gerückt. Die Alten versammelten sich am Rand des Festzelts und unterhielten sich. Die Jüngeren tanzten. Die Kinder gingen nach draußen auf die Festwiese und spielten. Die Männer des Dorfes trafen sich zum Trinken an der Theke. Ich hatte Alba aus den Augen verloren und ging mich nach ihr umsehen. So unauffällig wie möglich. Ich sah Caspar Jordan an der Theke stehen, zwischen Maik Eisenbach und Will Töllning, und war überrascht, als er sein Bierglas hob und den anderen zuprostete. Ich hatte davon reden hören. Caspar Jordan, hieß es, tränke gerne mal einen über den Durst. Gesehen hatte ich ihn noch nie dabei. Im *Kornspitz* bestellte er immer nur Cola. Hielt sich an seinem Glas fest und ging bald wieder. Nie blieb er länger als eine Stunde.

Draußen war es dämmrig und warm. Ich schlenderte über die Festwiese und sah mich um. Von Alba keine Spur. Ich fragte die alte Frau Albersinger, ob sie wüsste, wo Jordans seien. Ich müsste Herrn Jordan etwas fragen. Wegen einer Rechnung, die offengeblieben sei.

Jordans?, sagte Frau Albersinger. Die sind längst nach Hause. Er ist doch so hypochondrisch, sagte sie mit verschwörerischer Stimme. Alba ist auch mit. Nur Caspar ist noch geblieben. Vielleicht kann er dir weiterhelfen.

Eine Weile spielte ich mit den Kindern draußen Fangen. Dann, als es dunkel geworden war, stahl ich mich davon. Lief über die Festwiese. Bis an den Waldrand. Sah mich noch einmal um und verschwand im Gebüsch.

Stundenlang saß ich vor Vogelshirtboys Datscha und dachte nach. Ich sah den Mond aufgehen über den Bäumen. Ich sah die Augen der Tiere, die leuchteten in der Nacht. Der Wind wehte Stimmen und Fetzen von Musik von der Festwiese herüber.

Als ich zurückkam, sah ich Caspar Jordan. Er stand neben dem Eingang und redete auf ein Mädchen ein, das ich nicht kannte. In der einen Hand hielt er sein Bierglas. Mit der anderen stützte er sich an einem der Zeltmasten ab.

Im Zelt war es laut und stickig. Die Kapelle war dabei, zusammenzupacken. Ich sah meinen Vater im Gespräch mit dem alten Zahner. Er winkte mich zu sich herüber.

Na, mein Junge, fragte er, alles in Ordnung?

Ja, sagte ich. Danke. Alles bestens.

Deine Mutter ist schon nach Hause.

Und Lina?

Lina ist dort drüben. Bei den jungen Leuten.

Ich sah Lina im Gespräch mit Lisa Zarenthin, einem sehr hübschen Mädchen mit rabenschwarzem Haar, das ich aus der Schule kannte. Dann sah ich Alba. Auf der anderen Seite des Zeltes. An einem Tisch direkt am Ausgang. Mit Arnold van Nies. Sie lachte, als van Nies sich vorbeugte und ihr etwas ins Ohr raunte. Van Nies war eine Legende. Er war Holländer, lebte aber seit Jahren in Hartem, zusammen mit seiner Frau Ruth, die hier aus der Gegend stammte. In einem kleinen Häuschen mit Garten, gleich um die Ecke von den Badeteichen. Er schrieb Bücher und malte und fotografierte. Ein paar Mal war ich dort gewesen, zusammen mit meinem Vater, um van Nies‘ Klärgrube zu reinigen. Dabei hatte ich den Hausherrn nie zu Gesicht bekommen. Nur seine Frau, die sehr nett war und uns in die Küche zu einer Tasse *Nescafé* einlud. Am liebsten hätte ich van Nies im Vorbeigehen angerempelt und eine Schlägerei mit ihm angefangen. So wie es die Sass-Brüder und andere Streitsüchtige aus den umliegenden Dörfern machten, wenn sie zu viel getrunken hatten. Oder einen Sündenbock brauchten. Oder einfach nur ein wenig Spaß haben wollten. Alba hing ihm an den Lippen. Ab und zu jedoch ließ sie den Blick wandern. Um zu sehen, wo ihr Bruder war, wie ich vermutete. Als sie mich sah, lächelte sie. Für einen winzigen Augenblick. Sie sagte etwas zu van

Nies und stand auf. Das Herz blieb mir fast stehen. Sie kam direkt auf mich zu. Und lief direkt ihrem Bruder in die Arme.

Wir gehen nach Hause, sagte er, eine Spur zu laut, und legte seine Hand auf Albas Arm.

Man sah, dass er getrunken hatte.

Van Nies setzte sich in Bewegung.

Ah, der junge Herr Jordan, sagte er. Ich grüße Sie.

Caspar blickte van Nies an und runzelte die Stirn.

Ihre reizende Schwester war gerade dabei, mir einen Kaffee zu holen, sagte van Nies.

Caspar drehte den Kopf und sah hinüber zur Kaffeetafel, die eben angerichtet wurde.

Seien Sie so gut und lassen Sie mir die Dame noch ein halbes Stündchen, sagte van Nies. Meine Frau sitzt dort drüben mit ein paar anderen Vertreterinnen des schönen Geschlechts und lässt sich über Gott und die Welt aus.

Caspar schwankte ein wenig vor und zurück.

Es ist selten, dass ein so reizendes Mädchen einem Mann in meinem Alter so angenehme Gesellschaft leistet, sagte van Nies. Wir sprachen eben darüber, dass es unbedingt empfehlenswert ist, Tolstois *Krieg und Frieden* nicht nur in der allgemein gängigen vierbändigen Edition, sondern auch in der einbändigen Erstfassung zu lesen.

Caspar wurde sichtlich ungeduldig.

Sie ist ein sehr intelligentes Mädchen, Ihre Schwester, sagte van Nies. Und sehr höflich und vornehm. Seien Sie so gut und lassen Sie sie mir noch ein halbes Stündchen. Ich verspreche Ihnen, wir liefern sie wohlbehalten zuhause ab.

Caspar überlegte. Eine halbe Stunde, sagte er. Und sah Alba dabei an. Ausschließlich. Alba nickte.

Nacht, sagte Caspar und schwankte aus dem Zelt.

Fährt er in diesem Zustand noch?, fragte van Nies.

Ich hole Ihnen Kaffee, sagte Alba. Und ein Stück Kuchen.

Das Zelt leerte sich. Jemand schloss die Anlage an und drehte die Musik auf. Sehr laut. Ich sah, dass van Nies Alba ermunterte zu tanzen. Zuerst wollte sie nicht. Dann stand sie auf, sah sich noch einmal zu van Nies um. Wischte die Hände am Kleid ab und ging in Richtung Tanzfläche. Sie brauchte einen Moment, um sich zurechtzufinden. Dann sah ich sie tanzen. Das erste Mal. Sie wiegte den Oberkörper hin und her und hob die Arme, sodass ich ihr Gesicht kaum sehen konnte. Van Nies stellte die Kaffeetasse ab und ging hinüber zu seiner Frau. Die Zeichen standen auf Aufbruch. Als ich wieder zur Tanzfläche blickte, war Alba verschwunden. Auch van Nies sah sich nach ihr um. Schließlich hakte er seine Frau unter und ging mit ihr zum Ausgang.

Vielleicht ist sie schon vorgegangen, sagte er im Vorbeigehen, und wartet am Auto auf uns.

Ich konnte mir nicht erklären, wo sie geblieben war. Ich suchte nach ihr. Überall im Zelt. Dann bahnte ich mir den Weg an den Tanzenden vorbei, um van Nies nach draußen zu folgen. Irgendjemand rempelte mich an und ich verlor fast das Gleichgewicht. Plötzlich stand sie vor mir. Am Rande der Tanzfläche. Sah mich an und hielt mir ihren rechten Arm hin. Leicht angewinkelt. Als wollte sie, dass ich mich einhakte. Wie Frau van Nies sich bei ihrem Mann eingehakt hatte.

Das Band, sagte sie. Nimm es.

Das Band?

Ja, sagte sie. Schnell.

Ich legte meine Hand auf das Band, das um ihren Arm gewickelt war, und zog es ab. Mit einem Ruck.

Alba, kommst du?, rief Ruth van Nies vom Zelteingang her.

Ich schob das Band in die Hosentasche. Als wäre es etwas Verbotenes.

Erst zuhause, in meinem Zimmer, traute ich mich, meinen Schatz hervorzuholen. Auf wundersame Weise entfalte sich das Ding vor meinen Augen, als ich es aus der Hosentasche zog. Es war ein Strumpfband.

Caspar Jordan

Ich erzählte niemandem davon. Nicht meinen Eltern. Nicht Lina. Nicht Vogelshirtboy. In der Nacht legte ich das Strumpfband auf mein Kopfkissen und betrachtete es. Stundenlang. Nahm es in die Hand und besah es von allen Seiten. Vergrub meine Nase darin. Am Tage lungerte ich in jeder freien Minute in der Nähe ihres Hofes herum. In der Hoffnung, einen Blick zu erhaschen. Ein Wort mit ihr wechseln zu können. Ich träumte von einem Kuss, an der Landstraße, zwischen Bushäuschen und Scheune. Einem Liebesschwur. Einer Berührung.

So unauffällig wie möglich begann ich, meine Mutter auszuhorchen.

Seit wann interessierst du dich für Jordans?, fragte sie.

Ach, nur so, sagte ich. Ich habe mich mit Caspar Jordan unterhalten. Neulich. Beim Dorffest.

Das lass mal lieber sein, sagte meine Mutter. Mit deinem Freund Noah hast du dir schon genug aufgehalst. Caspar Jordan ist ganz bestimmt kein Umgang für dich. Außerdem ist er drei Jahre älter als du.

Ich hatte nicht vor, mit Caspar Jordan Blutsbrüderschaft zu schließen, sagte ich. Wir haben uns nur unterhalten.

Die Wahrheit ist, sagte Lina, die in die Küche kam, um sich ein Glas Wasser zu holen. Er ist verknallt in Alba Jordan.

Wer?, fragte meine Mutter. Caspar oder Lukas?

Lukas natürlich, Mama, sagte Lina. Nun fang du nicht auch noch an –

Und?, fragte meine Mutter. Stimmt es?

Was stimmt?

Bist du verliebt in die kleine Jordan?

Ich? Keine Spur.

Der Zufall wollte es, dass Caspar auf den Hof kam, ein paar Wochen später, um irgendetwas mit meinem Vater zu besprechen. Ich sah die beiden vom Fenster meines Zimmers aus. Sie standen vor der Werkstatt und unterhielten sich. Dann gaben sie sich die Hand. Ich raste die Treppe hinunter. In dem Buntglasfenster im Salon sah ich schemenhaft Caspars Auto vorbeifahren. Ich lief in die Scheune. Am Tor stoppte ich und sah hinüber zur Werkstatt. Mein Vater stand noch immer dort, die Mütze in der Hand. Er wischte sich mit dem Oberarm den Schweiß von der Stirn. Das war das Zeichen: Ich trat hinaus aus der Scheune und ging über den Hof. Hinüber zur Werkstatt. Als wäre nichts gewesen.

Armer Teufel, sagte mein Vater.

Was meinst du?, fragte ich.

Caspar Jordan, sagte er. War eben hier. Wollte fragen, ob ich ihm ein Teil besorgen kann für seinen Häcksler.

Und? Kannst du?

Kein Problem.

Dann ist doch alles gut.

Habe nie gesagt, dass es nicht gut ist.

Nein, sagte ich. Aber du sagtest, Caspar Jordan ist ein armer Teufel.

Das stimmt, sagte mein Vater und setzte die Mütze wieder auf. Hat es nicht leicht, sagte er.

Man sieht ihn nie lächeln, sagte ich. In der Hoffnung, das würde meinen Vater aus der Reserve locken. Und ich hatte Glück.

Jordans, sagte er, haben nicht immer dort gelebt, wo sie heute leben. Früher gehörte der Hof Neven Eilers. Er war Großbauer und im ganzen Dorf hoch angesehen. Seine Frau verließ ihn. Für einen anderen. Noch Größeren. Noch höher Angesehenen. Aus Hörsten. Ich komme gerade nicht auf den Namen. Na, macht nichts. Jedenfalls brach es Eilers das Herz. Er verkaufte den Hof und verabschiedete sich von allen. Ließ alles zurück und ging nach Amerika. Sein Sohn lebte dort. Ich habe nie wieder von ihm gehört.

Und Jordans?, fragte ich und versuchte, nicht zu ungeduldig zu klingen.

Jordans, sagte mein Vater, kamen irgendwo aus dem Osten. Paul Jordan. Und seine Frau. Dara. Die Kinder waren damals noch nicht geboren. Paul war ein guter Mann. Und ein guter Bauer. Kaufte Eilers Hof und rief die Bediensteten zusammen. Wer für Eilers gearbeitet hatte, der durfte bleiben, wenn er wollte. Zu gleichen Bezügen. Jordan war beliebt. Bei seinen Leuten. Und im ganzen Dorf. Wenn er auch etwas abseits lebte und bei Weitem nicht so sehr am Dorfleben teilnahm, wie Neven Eilers es getan hatte. Dara Jordan war eine eifrige Kirchgängerin. Für einige Jahre leitete sie den Chor. Damals, als es ihn noch gab.

Wieder begann mein Vater, seinen Gedanken nachzuhängen.

Und dann?, fragte ich.

Die Kinder kamen zur Welt, sagte mein Vater. Adam, Caspar und Alba. Paul Jordan war der stolzeste Vater, den man sich denken konnte. Besonders die Kleine hatte es ihm angetan. Beim Dorffest oder auf Hochzeiten saß er auf einer Bank und spielte mit ihr »Hoppe, hoppe Reiter«.

Adam?, fragte ich. Ich hatte den Namen noch nie zuvor gehört.

Ja, sagte mein Vater. Adam. Er war der Älteste. Drei oder vier Jahre älter als Caspar. Ich kann mich noch gut erinnern: Es war ein Tag wie heute. Noch nicht ganz Sommer, aber schon mild und warm. Der alte Jordan hatte Adam und Caspar in den Wald geschickt. Zum Fischen. Bei Färbers Karpfenteich. Er hatte ihnen eingeschärft, spätestens bei Einbruch der Dunkelheit wieder zuhause zu sein. Damit seine Frau die Karpfen ausnehmen und zubereiten konnte. Als die beiden Jungs am Abend nicht nach Hause kamen, wurde Dara unruhig. Ihr Mann stellte einen Suchtrupp zusammen. Er ging davon aus, dass die Jungen sich im Wald verlaufen hatten. Da kam Caspar auf den Hof. Allein. Mit einem Eimer in der Hand, in dem ein einzelner Karpfen schwamm. Adam war verschwunden. Und er blieb verschwunden. Wir haben tagelang nach ihm gesucht. Niemand weiß, was passiert ist an jenem Nachmittag.

Hat Caspar nichts erzählt?

Nein, sagte mein Vater. Niemals. Er sagte, er wäre eingeschlafen, beim Angeln. Und als er aufgewacht ist, war Adam nicht mehr da. Die Familie ist niemals darüber hinweggekommen. Die gesamte Hofwirtschaft begann, darunter zu leiden. Irgendwann wollten die Leute nicht mehr dort arbeiten. Der alte Jordan kam morgens nicht mehr aus dem Bett. Inzwischen scheint es wieder aufwärts zu gehen mit ihm. Soweit ich es übersehen kann, hat Caspar den Hof übernommen.

Ich habe von alldem nie etwas mitbekommen, sagte ich.

Caspar war sechs oder sieben Jahre alt damals, sagte mein Vater. Du warst noch klein. Genau wie Alba Jordan.

Kriegsrat

Der Himmel klart auf. Die Sonne wirft ein paar erste Strahlen auf den gedeckten Frühstückstisch. Alba sitzt auf ihrem Platz und trinkt Kaffee. Sie ist dick eingepackt: Jeans, Pullover, Strickjacke. Auf dem Kopf trägt sie eine Baseballkappe.

Steht dir gut, sage ich.

Ich habe vergessen, sie Noah zurückzugeben. Gestern, in der Aufregung.

Du musst etwas essen.

Ich habe keinen Hunger.

Mir zuliebe.

Sie nimmt ein Hörnchen aus dem Brotkorb und beißt die Spitze ab.

So ist es besser. Möchtest du noch Kaffee?

Alba nickt und hält mir die Tasse hin.

Ich habe einen Plan, sage ich und schenke ihr nach.

So?, fragt Alba.

Ich werde Vogelshirtboy anrufen. Er soll zu Toni gehen und ihm sagen, dass er herkommen soll.

Toni?

Es ist riskant. Aber Toni ist die einzige Verbindung, die wir zu den Sass-Brüdern haben.

Und was willst du ihm sagen?

Ich möchte wissen, was er weiß. Über die Nacht, als sie hier waren. Und ob sie vorhaben, wiederzukommen.

Warum sollten sie?

Um die Leiche verschwinden zu lassen.

Wahrscheinlich wissen sie, dass das Haus verkauft ist. Sie könnten Homann einfach in der Scheune liegen lassen, bis irgendjemand kommt und ihn findet.

Ja, sage ich. Aber ich will sichergehen.

Weil du nicht möchtest, dass die Sass-Brüder hier noch einmal auftauchen?

Ja. Und weil ich möchte, dass sie sich in Sicherheit wiegen.

Lass mich raten, sagt Alba. Du willst ihnen einen Besuch abstatten. Um das Geld wiederzuholen.

Ich sehe Alba an, die ganz ruhig dasitzt und ihren Kaffee trinkt.

Ich habe darüber nachgedacht, sage ich. Es ist die einzige Möglichkeit.

Du könntest die Polizei anrufen, sagt Alba. Oder noch besser: Homann ruft die Polizei.

Ich mache das allein, Alba, sage ich.

Ist dir das Geld so wichtig, dass du dein Leben dafür aufs Spiel setzen willst?

Es geht nicht um das Geld, sage ich. Es geht um das Haus. Um den Hof. Ich bin hier aufgewachsen. Meine Eltern haben hier gelebt. Es ist eine Sache, das Haus zu verkaufen. Eine andere ist es, dabei zuzusehen, dass die Sass-Brüder hier hereinspaziert kommen, Homann fast umbringen und, ganz nebenbei, auch noch das Geld mitnehmen, das mir gehört. Das uns gehört. Ich kann sie nicht damit durchkommen lassen.

Wann gehst du?, fragt Alba und stellt die Tasse ab.

Heute Nacht.

Die Sass-Brüder

Der Irre war weit über die Grenzen Hohnerodes hinaus bekannt. Manche meinten, er könne einem leidtun. Andere sagten, er sei ein Monster. Es wurden Versuche unternommen, ihn in der Anstalt in der Kreisstadt unterzubringen. Doch jedes Mal legte der Vater des Irren sein Veto ein. Jemand von der Behörde machte sich auf den Weg, um sich vor Ort von den Verhältnissen zu überzeugen. Als der Beamte das Dorf verließ, war der Fall für immer erledigt. Es stimmt: Der Irre konnte einem leidtun. Doch die eigentlichen Monster des Dorfes waren die Sass-Brüder. Karl, Jakob und Mark Sass. Auch sie überall in der Gegend bekannt. Als Diebe und Schläger der übelsten Sorte. Keine Sorge, hieß es, wenn die Sass-Brüder wieder irgendetwas angestellt hatten, früher oder später landen die alle im Gefängnis. Und so war es: Alle drei landeten im Gefängnis. Früher oder später. Doch nie alle drei zusammen. Und keiner von ihnen je lange genug. Schon bald tauchten sie wieder auf, an einer Theke, auf dem Schützenfest, auf einer Hochzeitsfeier. Ungebetene Gäste. Immer zu dritt. Immer schnell dabei, wenn es darum ging, einen Streit anzuzetteln. Es gab Dörfer, die einen Saalschutz engagierten, um die Sass-Brüder von ihren Feiern fernzuhalten. Freiwillige aus dem Ort. Manchmal kamen Profis. Sicherheitsdienste. Aus der Kreisstadt. Wenn sie am Eingang abgewiesen wurden, machten die Sass-Brüder ein paar Sprüche, stiegen ins Auto und verschwanden. Man konnte sicher sein: Irgendwann in der Nacht kamen sie wieder. Schwer angetrunken. Wenn die Türsteher müde waren. Oder schon auf dem Weg zurück in die Kreisstadt. Sie plünderten das Büfett, verprügelten die Partygäste, schmissen einen Spiegel ein. Oder die Fensterscheiben. Zum Schluss pinkelte Mark Sass auf die Tanzfläche.

Ich hab es im Urin, sagte er. Die Bullen kommen.

Das war das Zeichen zum Aufbruch. Sie sprangen ins Auto und rasten vom Hof. Keine fünf Minuten bevor die Polizei eintraf, die immer eine Ewigkeit brauchte auf ihrem Weg aus Hörsten oder der Kreisstadt. Nur einmal lief die Sache aus dem Ruder. Karl Sass, der Älteste und Anführer der Bande, vergewaltigte ein Mädchen. Vor aller Augen. Auf ihrer eigenen Geburtstagsfeier.

Dachte, das war eine 18 auf der Geburtstagstorte, sagte Karl Sass, als der Richter meinte, es sei eine Schande, ein gerade sechzehn Jahre alt gewordenes Mädchen für den Rest ihres Lebens unglücklich zu machen.

Karl Sass bekam die längste Haftstrafe, die je einem der drei Brüder aufgebrummt worden war. Sechs Jahre. Ohne Bewährung.

In der Zwischenzeit übernahm der Zweitälteste das Kommando. Jakob Sass. Er war der Umgänglichste der drei. Und sah am besten aus. In Karls Abwesenheit wurde es relativ ruhig. Jakob verlegte sich auf die Zuhälterei. Er platzierte Wohnwagen am Rande der Landstraße. Mit Mädchen darin, die kaum etwas anhatten, im Sommer wie im Winter. Und einem blinkenden roten Herz an der Windschutzscheibe. Außerdem klaute er Autos. Ließ sie neu lackieren, in der Kreisstadt, in einer Werkstatt im Industriegebiet, und verkaufte sie nach Russland weiter. Die Leute in der Umgebung begannen, ihre Autos abzuschließen, bevor sie abends ins Bett gingen. Und ihre Häuser. Irgendwann erwischten sie Jakob Sass. Der Typ, der die Autos umspritzte, hatte ihn verpfiffen. Als die Polizei vorfuhr, auf dem völlig verwahrlosten Hof hinter der Kirche, kamen die Eltern aus dem Haus. Der Alte sagte kein Wort. Doch seine Frau beschimpfte und bespuckte die Polizisten. Sie klammerte sich an ihren Sohn, als er abgeführt wurde.

Erst nehmt ihr mir meinen Ältesten, schrie sie. Und nun auch noch meinen Liebling.

Du hast ja noch mich, Mami, sagte Mark Sass, nahm seine Mutter in den Arm und brachte sie ins Haus.

Mark Sass war der Einzige der drei, der einen Spitznamen hatte. Küken. Er war auch der Unberechenbarste. Konnte aus heiterem Himmel eine Prügelei anzetteln. Wegen nichts und wieder nichts. Nicht aus Berechnung oder Langeweile, wie so viele andere in der Umgebung. Sondern weil er sich persönlich angegriffen fühlte. Es reichte aus, dass ihn jemand nach Feuer fragte, während er am Zigarettenautomat stand und sein Kleingeld zählte. Oder sich an der Bar mit einem Mädchen unterhielt. Wenn er einmal in Fahrt kam, verlor er jede Beherrschung. Schlug solange auf seine Opfer ein, bis seine Brüder kamen und ihn wegzogen. Und es brauchte beide Brüder, um Mark Sass zu bremsen.

Ruhig, Küken, ganz ruhig, sagten sie und brachten ihn zurück an seinen Platz. Drückten ihm ein Glas in die Hand. Eine Zigarette. Ein paar Minuten saß Mark Sass da. Wie betäubt. Stierte vor sich hin. Mit leerem Blick. Dann erschien das typische Grinsen in seinem Gesicht.

Hey, sagte er, was für ein Abend –

Doch schien er seine Brüder zu brauchen, um sich nach draußen zu trauen. In den Jahren, in denen Karl und Jakob Sass im Knast waren, sah man ihn kaum. Höchstens mal abends an der Tankstelle, wenn er sich eine Zigarette ansteckte, bevor er den Wagen volltankte.

Zuerst kam Jakob Sass aus dem Knast. Dann Karl Sass. Entlassen nach vier Jahren. Wegen guter Führung. Die Brüder fuhren in ihre Stammkneipe nach Hörsten. Um das Wiedersehen zu begießen. Unterwegs hielten sie an einem der Wohnwagen am Rande der Landstraße. Damit Karl sich nach all der Zeit mal so richtig austoben konnte. Dann fuhren sie weiter nach Sültlingen. Hielten vor Schraders Dekoladen, den es damals noch gab. Karl Sass stieg aus.

Was macht er da drin?, fragte Mark Sass.

Kauft Farbe, sagte sein Bruder. Und einen Pinsel.

Niemand hat je erfahren, was Karl Sass auf die Idee brachte. Vielleicht hatte er im Gefängnis eine Bekanntschaft gemacht. Oder er hatte einen Film im Fernsehen gesehen. Als sie zuhause ankamen, stieg er aus dem Wagen, holte den Farbeimer und den Pinsel aus dem Kofferraum, kletterte auf die Mülltonne neben dem Eingang und schrieb in großen Buchstaben »SA« links neben die Haustür. Er sprang von der Mülltonne, schob sie auf die andere Seite der Haustür, kletterte hinauf und schrieb in ebenso großen Buchstaben »SS«. Als er fertig war, warf er den Pinsel in den Eimer, trat ein paar Schritte zurück und betrachtete sein Werk.

Nicht übel, sagte er. Oder?

Und wofür soll das gut sein?, fragte Mark Sass.

Das, Küken, sagte Karl Sass und nahm seinen kleinen Bruder in den Schwitzkasten, erklärt Jakob dir. Er ist der Schlaue in der Familie.

Verhör

Ich sitze in der Küche, das Gewehr auf dem Schoß, und warte auf Nachricht von Vogelshirtboy, den ich am Mittag vom Werkstatttelefon aus angerufen habe. Es ist ruhig im Haus. Alba schläft auf dem Sofa in der Stube. In sämtliche verfügbare Wolldecken verpackt. Auch Homann schläft. So tief und fest, dass ich im ersten Moment glaubte, er atmet nicht mehr, als ich nach dem Frühstück oben war, um nach ihm zu sehen. Die Stille. Das sanfte, warme Licht der Nachmittagssonne. Das Knacken der Holzscheite im Ofen. Das Ticken der Wanduhr. Für einen Moment schließe ich die Augen. Eine Minute vielleicht. Oder zwei. Dann höre ich den Transporter.

Es war viel einfacher als gedacht, sagt Vogelshirtboy und zieht einen Stuhl für Toni heran. Der Bursche lief mir praktisch in die Arme. Er stellt sich hinter Tonis Stuhl und legt die Arme auf die Lehne.

Toni hält den Kopf gesenkt. Als ginge er davon aus, dass ich jeden Augenblick das Gewehr auf ihn richten könnte, um ihm zu sagen, ich hätte es mir anders überlegt und sein letztes Stündchen wäre angebrochen.

Lungerte am Eingang vom Hof der Witwe Schönau herum, sagt Vogelshirtboy.

Ich mache Besorgungen für sie, sagt Toni. Mit dem Fahrrad. In Siemsgluss.

Besorgungen? Für die Witwe Schönau? Kann sie nicht selbst einkaufen fahren in ihrem schönen, weißen *280er*?

Manchmal fahren wir zusammen, sagt Toni. Manchmal bittet sie mich, etwas für sie zu erledigen. Weil sie nicht gerne rausgeht.

Und?, sagt Vogelshirtboy. Was bekommst du dafür?

Toni beißt sich auf die Unterlippe. Er sieht kurz zu mir auf. Dann senkt er den Blick.

Manchmal einen Fünfer, manchmal einen Zehner, sagt er. Und einmal hat sie mich eingeladen, zu Kaffee und Kuchen. Am Karfreitag. Als wir von der Messe zurückkamen.

Toni, sage ich.

Ja, sagt er. Leise. Ohne aufzusehen.

Toni, sage ich wieder.

Er hebt den Kopf und sieht mich an.

Ich weiß, du hast es nicht mit Absicht getan.

Nein, sagt Toni, ich wollte nur –

Ich war selbst oft dort oben, sage ich. Um Ruhe zu haben. Und nachzudenken. Der Dachboden war alt und morsch. Es war einfach Pech, dass du es warst, der ihn zum Einstürzen brachte.

Toni nickt.

Mein Vorschlag ist der: Wir vergessen die Sache. Unter einer Bedingung –

Und die wäre?

Dass du die Wahrheit sagst, wenn ich dir jetzt ein paar Fragen stelle.

Okay, sagt Toni.

Warst du am Montag wirklich nur hier, um dich auf den Dachboden zu verkrümeln? Oder war es noch etwas anderes?

Toni senkt den Blick.

Es war noch etwas anderes, sagt er.

Was war es, Toni?

Ich wollte nachsehen. Ob Homann wirklich dort liegt in der Scheune.

Woher wusstest du davon?

Von Homann?

Ja, sage ich. Woher wusstest du, dass Homann in der Scheune liegt?

Ich habe gelauscht, sagt Toni, so leise, dass man ihn kaum versteht. Ich wollte es nicht, aber mein Vater hat so geschrien, dass ich wach wurde davon. Und da bin ich runter und habe gehört, was geredet wurde.

Dein Vater hat geschrien? Warum?

Karl Sass war da. Am Montag. Er hat gesagt, Homann wäre tot. Und dass sich da nichts machen lässt.

Und dein Vater?

Mein Vater war außer sich.

Und dann?

Dann ist Karl Sass gegangen. Und ich bin hergekommen, um zu sehen, ob Homann wirklich tot in der Scheune liegt, wie Karl Sass es gesagt hat.

Und dann?

Dann habe ich gesehen, dass Homann nicht tot in der Scheune liegt, und dann bin ich rauf auf den Dachboden, um in Ruhe über alles nachzudenken. Und da ist es dann passiert –

Okay, sage ich. Der Dachboden ist eingestürzt. Wir haben uns unterhalten. Du bist nach Hause gegangen. Und dann?

Mein Vater stand auf dem Hof. Als ich nach Hause kam. Er hat mich gefragt, wo ich war. Und warum ich aus der Nase blute.

Und? Was hast du gesagt?

Ich habe ihm gesagt, dass ich hier war.

Du hast ihm –

Es macht keinen Sinn zu lügen, weil er ohnehin alles weiß. Er weiß auch, dass ich manchmal herkomme.

Und was hast du ihm erzählt?

Ich habe ihm erzählt, dass der Dachboden eingestürzt ist. Und dass der Verwalter darunter begraben liegt.

Das war alles?

Ja. Das war alles.

Bist du sicher?

Mein Vater war sehr zufrieden. Er sagte, ich solle mich waschen und in die Küche kommen. Er hatte mir ein Glas Milch auf den Tisch gestellt. Und etwas von dem Kuchen vom Sonntag. Er sagte, ich soll mir keine Sorgen machen. Er wird die Sache für mich regeln.

Waldecks Armee

Als Homann aufwacht, bringe ich ihm eine Tasse Kaffee, schwarz und stark, so wie er ihn am liebsten mag. Ich lasse ihn den Kaffee trinken. Dann flöße ich ihm eine Schale Brühe ein. Er trinkt die Brühe. Langsam und bedächtig. Das Brot, das ich ihm reiche, lehnt er ab.

Es gibt noch etwas, das du wissen musst, sagt er und schließt die Augen.

Vielleicht ist es besser, wir sprechen ein andermal, sage ich. Du hast dich sehr angestrengt gestern.

Lukas, sagt Homann, wir haben nicht mehr viel Zeit.

Wer sagt das? Der Doktor?

Nein, sagt Homann. Ich fühle es. Hier. Er pocht mit der Faust aufs Herz. Doch darum geht es gar nicht.

Dann sag mir, worum es geht.

Sie nennen sich Waldecks Armee, sagt Homann. Treffen sich in Waldecks Haus. Seit Jahren. Ich weiß davon, weil ich ein paar von ihnen kenne. Und weil ich die Augen offenhalte. Im Gegensatz zu vielen anderen hier im Dorf. Er öffnet die Augen und sieht mich an. In den letzten Monaten sind die Treffen häufiger geworden. Dann fingen die Übungen an. Sie spielen Krieg, Lukas, direkt vor unserer Haustür. Er atmet tief durch und schließt die Augen. Ich habe die Polizei verständigt, sagt er. In Hörsten. Doch niemand hat sich blicken lassen. Also bin ich in die Kreisstadt gefahren, um die Behörden darauf aufmerksam zu machen. Man hat mir gesagt, man würde sich darum kümmern. Passiert ist nichts. Also habe ich die Zeitung informiert. Sie haben einen Reporter geschickt, der sich mit Waldeck unterhalten hat. Danach kam er zu mir. Ich fragte ihn, warum er nicht am Wochenende kommt, wenn Waldecks Leute auf dem Feld herumtoben und mit Platzpatronen um sich schießen. Er sagte, am Wochenende hätte er anderes zu tun, als reichen Spinnern, die sich langweilen, dabei zuzusehen, wie sie im Dreck herumwühlen. Um es kurz zu machen: Niemand nimmt die Sache ernst.

Vielleicht, weil niemand die Sache ernst nehmen will, sage ich. Weil sie kein gutes Licht auf das Dorf wirft. Und den Landkreis.

Möglich, sagt Homann.

Und im Dorf gibt es niemanden, der dagegen vorgeht?

Sie haben Angst, sagt Homann. Alle. Vor Waldeck. Angst davor, dass Waldeck seine Leute aufmarschieren lässt. Oder dass Waldeck die Sass-Brüder losschickt.

Wie viele sind es?

Waldecks Armee? Ich weiß es nicht. Fünfzig. Vielleicht sechzig.

Was ist das für eine Zusammenkunft, von der du gesprochen hast?

Am Wochenende treffen sie sich. Auf Spahns Hof. Waldecks Leute. Es sollen auch andere dazukommen. Aus aller Herren Länder. Es wird eine Art Gründungsakt.

Ist Spahns Hof nicht verfallen?

Waldeck hat ihn restaurieren lassen. In den letzten Jahren. Sehr aufwendig.

Was bezweckt er mit alldem?

Er ist ein Blender. Hält sich für auserwählt. Es gibt nur einen Grund dafür, dass er hergekommen ist: die Nähe zu den Waffendepots. Auf den Truppenübungsplätzen hier in der Gegend. Es gab Überfälle. Und es gibt Verbündete. Einflussreiche Verbündete. Homanns Brust hebt und senkt sich.

Es ist gut jetzt, Homann, sage ich, du musst dich ausruhen.

Ja, mein Junge, du hast recht. Das muss ich.

Hauptstadt

Im Morgengrauen passierten wir die Landkreisgrenze. Dann, in der aufgehenden Morgensonne, erreichten wir das ehemalige Zonenrandgebiet. Wir tankten an einer freien Tankstelle an der früheren Grenze.

Lass uns weiterfahren, sagte Alba. Nach Osten.

Die Landschaft verwandelte sich vor unseren Augen. Die Straßen wurden krumm und bucklig. Die Wälder undurchsichtig. Die Dörfer verwinkelt und grau. Wir hielten an einem Supermarkt und kauften ein. Alba bezahlte mit ihrem letzten Zwanziger. Das Geld ging uns aus. Noch nie waren wir so weit weg von zuhause gewesen.

Es war Albas Idee, nach Berlin zu fahren.

Niemand wird uns dort vermuten, sagte sie beim Frühstück, in einem Wäldchen irgendwo an der Landstraße. Niemand wird uns dort finden.

Am Nachmittag erreichten wir die Stadt. Sie kam uns riesig vor. Laut und unüberschaubar. Überfüllte Straßen. Autos. Taxis. Busse. Bahnen. Lieferwagen. Züge auf Bahndämmen über sechsspurigen Straßen. Flugzeuge im Landeanflug über den Bahndämmen. In der Nacht schliefen wir im Auto. In irgendeinem Vorort im Osten der Stadt. Am Morgen kaufte ich eine Zeitung am Kiosk und sah mir die Stellenanzeigen an.

Zusammen fuhren wir durch die halbe Stadt. Nach Mariendorf. Zum Dreifaltigkeitsfriedhof.

Wir suchen einen qualifizierten Gärtner, sagte der Mann in dem kleinen, zugigen Raum im Haupthaus. Er hatte die Brille auf die Stirn geschoben und trank Kaffee, die aufgeschlagene Zeitung neben der Frühstücksdose vor sich auf dem Tisch.

Der Raum war leer. Bis auf einen Metallschrank, einen Besen und einen Sechserpack Cola in 1,5-Liter-Flaschen auf der Fensterbank.

Ich sagte, ich wäre auf einem Hof groß geworden, auf dem Lande, und würde mich auskennen mit allen möglichen Garten- und Feldarbeiten. Ich sagte, ich wäre harte Arbeit gewohnt.

Okay, sagte der Mann, wir können es probieren.

Die Sache ist die – wir sind neu in der Stadt.

Wer ist wir?

Meine Freundin und ich.

Er sah mich über den Rand seines Kaffeebechers hinweg an.

Ihr habt nicht zufällig irgendwas ausgefressen?, fragte er.

Nein.

Ihr kommt aus eurem Dorf hierher? Ohne einen Cent in der Tasche?

Wir sind nicht direkt hierher gekommen, sagte ich. Das Geld haben wir unterwegs ausgegeben.

Wo ist deine Freundin?

Im Auto. Auf dem Parkplatz.

Der Mann sagte, wir könnten oben im ersten Stock wohnen. Unter dem Dach. Bis zum ersten Gehalt. Dann müssten wir uns etwas anderes suchen.

Fürs Erste sollte das reichen, sagte er und drückte mir einen Fünfziger in die Hand. So, und nun ziehst du dich um und machst dich an die Arbeit. Ach so, sagte er und reichte mir die Hand, mein Name ist Günter-Schmidt. Günther Günter-Schmidt, um genau zu sein.

Ein halbes Jahr wohnten wir in dem Zimmer unterm Dach. Auf engstem Raum. Mit nichts als einem schmalen Bett. Einem Tisch, einem Stuhl und einem Waschbecken im Klo auf dem Gang. Ich besorgte einen Gaskocher, auf dem wir einfache Gerichte zubereiteten. Nudeln. Reis. Suppe. Kartoffeln. Gemüse. Alba kaufte Kissen, Kerzen und eine Blumenvase. Abends wusch sie sich an einer der Wasserpumpen auf dem Friedhofsgelände die Haare.

Günther Günter-Schmidt und ich kamen gut miteinander aus.

Du bist kein Qualifizierter, sagte er, aber du kannst zupacken.

Abends, nach Feierabend, saßen wir zusammen beim Bier, und er erzählte mir von seiner Familie, die in Reinickendorf lebte. Er zeigte mir Fotos von seiner Frau Sonja und seinen zwei Kindern.

Ob du es glaubst oder nicht, sagte er. Als ich hörte, dass Sonja Günter mit Nachnamen heißt, wusste ich sofort, ich würde sie heiraten. Allein schon wegen des Namens. Auf dem Standesamt haben die alles versucht, um mir die Sache mit dem Doppelnamen auszureden.

Im Herbst brachte Günther Günter-Schmidt uns einen Heizstrahler. Inzwischen hatte Alba begonnen, eine Wohnung zu suchen. An einem kalten, verregneten Novembernachmittag kam sie über den Friedhof gelaufen und flog mir um den Hals.

Wir ziehen um, sagte sie.

Weihnachten verbrachten wir in unserer neuen Wohnung. Zwei Zimmer Altbau in Pankow. Ganz in der Nähe der Residenzen der früheren Staatsoberhäupter. Alba fand eine Anstellung als Kellnerin in einem Café im Scheunenviertel. Zu Silvester holte ich sie dort ab. Wir gingen etwas essen, in einem kleinen japanischen Restaurant und stießen mit einem Reisschnaps auf das neue Jahr an.

Günther Günter-Schmidt sagt, ich kann im nächsten Jahr nicht mehr auf dem Friedhof arbeiten, sagte ich.

Warum?

Im Winter gibt es nicht viel zu tun. Danach soll ein Gärtner kommen. Ein Gelernter. Frisch von der Schule. Er hat sich schon vorgestellt.

Das macht nichts, sagte Alba. Dann verdiene ich das Geld.

Sie kellnerte in einem Café, das von Miriam, einer Marokkanerin, betrieben wurde, die sehr streng war, aber große Stücke auf Alba hielt. Sie brachte ihr Kochen und Backen bei. Am Sonntag verwöhnte mich Alba mit marokkanischen Spezialitäten.

Na, fragte sie, wie ist es?

Nicht schlecht, sagte ich.

Alba probierte.

Hmm, sagte sie. Stimmt. Nicht schlecht. Aber nicht so gut wie es bei Miriam ist.

Einmal besuchten wir Günther Günter-Schmidt und seine Familie in Reinickendorf. Alba hatte einen Kuchen gebacken. Am Blumenstand vor dem S-Bahnhof kauften wir Blumen. Günther Günter-Schmidt sagte, seine Knochen machten ihm zu schaffen, vor allem in der kalten Jahreszeit, und er hätte beim Bezirk darum gebeten, in die Verwaltung wechseln zu dürfen.

All die Zeit hielt ich mich mit Gelegenheitsjobs über Wasser. Eine Weile arbeitete ich als Mechaniker in einer Autowerkstatt. Doch bald hatte ich genug davon. Ich war Kurier und Eisverkäufer und Taxifahrer. Ich arbeitete im Supermarkt und als Briefträger.

An einem frostigen Dezembermorgen, auf meiner Tour durch Wilmersdorf, betrat ich eine Telefonzelle und wählte Linas Nummer in der Kreisstadt. Eine Frau nahm ab. Sie sagte, Lina sei weggezogen. Wenn ich wollte, könnte sie nachsehen, irgendwo müsste sie Linas neue Adresse haben. Ich sagte, ich riefe später nochmal an. Es stellte sich heraus, dass Lina im Ausland lebte. Mit ihrem Mann. Levin. Sie hatte ihn beim Studium kennengelernt. Zusammen waren sie nach Frankreich gegangen und von dort aus nach Amerika. Es war gar nicht leicht, sie ausfindig zu machen. Als ich sie schließlich erreichte, in ihrer Praxis in Michigan, brach sie in Tränen aus.

Luke, sagte sie, ich bin so froh, dass du anrufst.

Ich habe ständig daran gedacht, sagte ich. Aber ich wollte kein Risiko eingehen. Wie geht es Vater?

Wir telefonieren ab und zu. Es geht ihm gut. Er fragt sich, was du machst.

Es geht mir gut, Lina. Sag ihm das. Wenn ihr das nächste Mal sprecht.

Sag du es ihm, Luke. Du musst ihn anrufen.

Ich weiß nicht –

Und wenn ich dich darum bitte –

Okay, sagte ich. Ich rufe ihn an.

Ich hielt mein Versprechen. Ich rief meinen Vater an. Eines Nachmittags nach der Arbeit. Wir sprachen eine Weile. Er sagte, er hätte sich große Sorgen gemacht. Er sagte, die Angelegenheit mit Caspar Jordan könne nicht so verfahren sein, dass man sie nicht aus der Welt schaffen könne. Er sagte, wir sollten zurückkommen ins Dorf.

Es muss ja nicht für immer sein, sagte er. Nur für einen Tag.

Wir überlegen es uns, sagte ich.

Als ich Alba davon erzählte, wollte sie nichts davon wissen. Niemals gehe ich zurück, sagte sie. Das weißt du.

Was die Sache kompliziert machte: Sie bekam es mit der Angst. Weil ich Kontakt zu meiner Familie aufgenommen hatte. Und weil ein Gast in ihrem Café aufgetaucht war, den sie von früher kannte. Dominik Kolberg. Ein Junge aus ihrer ehemaligen Klasse.

Warum sollte Dominik irgendjemandem davon erzählen, dass er dich in Berlin gesehen hat?

Und wenn er es doch erzählt.

Es ließ ihr keine Ruhe. Sie wollte weg. Aus Berlin. Lieber heute als morgen.

Ich mache dir einen Vorschlag, sagte ich. Ich fahre nach Hause, allein, für einen Nachmittag, und besuche meinen Vater. Und wenn ich zurückkomme, packen wir unsere Sachen und gehen woanders hin.

Am Telefon erzählte ich Lina von meinem Plan. Ich würde mit dem Zug in die Kreisstadt fahren. Von dort aus mit dem Überlandbus nach Hörsten. Homann würde mich in Hörsten abholen und zu meinem Vater bringen.

Ich freue mich, dass du Vater besuchen willst, sagte Lina, mit merkwürdig tonloser, heiserer Stimme. Die Sache hat nur einen Haken. Vater ist tot.

Lina

Auch wenn wir nie viel miteinander gesprochen haben, waren wir uns immer sehr nahe. Lina hatte ihre Freunde, ich hatte meine. Sie hatte ihre Beschäftigungen, ich hatte andere. Sie hielt Schulrekorde im Laufen und gewann Medaillen beim Schwimmen. Sie las Klassiker, die sie in der Bibliothek in der Kreisstadt auslieh. Manchmal verschwand sie tagelang in ihrem Zimmer, weil irgendein Roman sie so fesselte, dass sie nicht aufhören konnte, bevor sie das Buch zu Ende gelesen hatte.

Irgendwann begann sie, sich zu weigern, Fleisch zu essen. Sie sagte, sie hätte Will Töllning aus dem Schlachthaus kommen sehen. Mit je einer Schweinehälfte über der Schulter. Sie sagte, ihr wäre übel geworden bei dem Anblick. Noch übler jedoch, sagte sie, sei der Gestank, der von Töllnings Hof auf unseren herüberwehte, vor allem im Herbst, wenn die Frauen des Dorfes sich in Töllnings Küche versammelten, um Bratwurst und Rotwurst und Leberwurst einzukochen, die in Töllnings Schlachterladen in Sültlingen verkauft wurden. Meine Mutter, die eine versierte Köchin war, versuchte Lina zu überreden, wenigstens ein paar Bissen von dem Braten zu nehmen, den sie am Sonntag zubereitete. Doch Lina, die sonst so nachgiebig und großzügigwar, blieb stur. Bald darauf begann ich, ihrem Beispiel zu folgen. Meine Mutter sagte, wir würden unsere Meinung schon noch ändern, über kurz oder lang, weil wir merken würden, dass man ohne Fleisch nicht auskommen könne.

Sieh dir deine geliebten Viecher an, Linchen, sagte sie. Essen die etwa kein Fleisch?

Es stimmte: Lina liebte Tiere. Über alles in der Welt. Sie brachte die Katzen der umliegenden Höfe durch den Winter, mit Essensresten aus der Küche. Sie rettete Wespen, die im Limonadenglas schwammen. Sie päppelte Igel mit Rühreiern auf und brachte Vögel mit gebrochenem Flügel zum Tierarzt nach Hörsten. Konnte ein Tier nicht gerettet werden, beerdigte Lina es im Garten hinter dem Haus. Sie zimmerte Holzkreuze und streute Gänseblümchen auf die Gräber.

Bevor Maik Eisenbach und ein paar andere aus der Gegend sich der Sache annahmen, war es nichts Ungewöhnliches, dass Hunde einzeln und in Rudeln herrenlos um die Häuser herumstreunten. Lina war diejenige, die jeden einzelnen mit Namen kannte. Aus unserem Dorf und allen umliegenden Dörfern. Sie war diejenige, die den Hunden zu fressen gab und ihnen die Pfote verband, wenn sie in eine Scherbe oder in einen Dorn getreten waren. Sie war diejenige, die zu Falk Brinkmann ging, um ihn zu bitten, er solle Vito, seinen Schäferhund, von der Kette nehmen. Wenigstens für ein oder zwei Stunden am Tag. Es war ein unglaublicher Anblick. Für alle im Dorf. Am Mittag versammelten sich fünf oder sechs Hunde an der Bushaltestelle, um auf den Schulbus zu warten. Saß Lina nicht im Bus, warteten einige von ihnen auf den nächsten. Andere verzogen sich und kamen später wieder. Wenn Lina aus dem Bus stieg, begrüßte sie jeden einzelnen mit der gleichen Hingabe. Die Hunde folgten ihr bis vor die Haustür. Eine Weile warteten sie auf der Terrasse. Dann gingen sie ihrer Wege. Später half Lina in der Tierklinik in Hörsten aus. An den Nachmittagen oder in den Ferien. In der Schule strengte sie sich an, um einen guten Abschluss zu schaffen, weil sie Tiermedizin studieren wollte.

Ich weiß nicht, wie sie es machte, doch war sie die Erste, die Wind davon bekam, dass ich ein Auge auf Alba Jordan geworfen hatte. Ein paar Mal zog sie mich auf deswegen.

Jeder im Dorf weiß es, Luke, sagte sie. Auch wenn du noch so heimlich tust.

Niemals verlor sie auch nur ein Wort über Alba. Was sie von ihr hielt oder nicht hielt. Doch an dem Tag, an dem ich ihr gestand, dass sie recht gehabt hatte in all der Zeit und Alba und ich ein Paar waren, nahm sie mich in den Arm und sagte: Ich weiß, Luke. Und ich freue mich für dich.

Sie war die Einzige im Dorf, die sich zu freuen schien. Von Anfang an behandelte sie Alba wie ein Mitglied der Familie. Ohne jeden Vorbehalt. Stellte Blumen auf den Tisch, als Alba das erste Mal zum Essen kam. Lud uns ein, mit ihr nach Hörsten zum Eisessen zu fahren in ihrem ersten Auto, einem roten *2CV*, den mein Vater Madame Biancourt abgeschwatzt hatte.

Und so sehe ich sie, wenn ich an sie denke: im Sonnenschein. Vor dem Eiscafé. Der Kellner serviert den Eisbecher, mit langem Löffel und einer Waffel darin. Und einem japanischen Papierschirmchen, das Lina sich ins Haar steckt.

Der schwarze Kavalier

Das Auto steht in seinem Versteck hinter der Werkstatt. Links von den Ölfässern, die zwischen den beiden hinteren Werkstatttoren aufgestapelt sind. Ich löse die Handbremse, greife ins Lenkrad und schiebe den Wagen ein paar Meter rückwärts. Bis zu der Zapfsäule, die mein Vater vor Jahren vom Landkreis bewilligt bekam. Das Vorhängeschloss ist eingerostet, sodass ich den Schlüssel ein paar Mal hin und her bewegen muss, bevor es sich öffnen lässt. Ich tanke den Wagen voll, hänge das Schloss zurück an die Kette und lasse es einschnappen.

In der Küche ziehe ich mich um: schwarzes Hemd, schwarze Jeans, schwarze Jacke. Für einen Moment streife ich die schwarze Strumpfhose über den Kopf, in die Alba zwei Löcher geschnitten hat. Als Augenschlitze.

Furchterregend siehst du aus, sagt sie.

Wenn ich bis zum Morgengrauen nicht zurück bin, rufst du Vogelshirtboy an, sage ich und ziehe die Strumpfhose vom Gesicht. Er holt dich ab –

Und bringt mich in die Kreisstadt, sagt Alba. Ich weiß.

Versprich mir, dass du isst, sage ich und nehme ihre Hände.

Versprich du mir, dass du zurückkommst, sagt Alba.

Ich komme zurück, Liebste. Ich verspreche es.

Ich nehme das Gewehr, das an der Wand neben der Anrichte lehnt.

Ist das wirklich nötig?, fragt Alba.

Ich hoffe nicht, sage ich und öffne die Tür.

Der Himmel ist sternenklar. Ein kalter, weißer Halbmond steht über den Baumwipfeln, die sich im Wind auf und ab bewegen. Weißer Rauch quillt aus Töllnings Schornstein. Wie Watte. Ein Hund heult von irgendwoher.

Hier, sagt Alba und setzt mir den Cowboyhut auf. Sie legt den Kopf schief und küsst mich auf den Mund. Mein schwarzer Kavalier, sagt sie.

Ich nehme den Schleichweg. Vom Hof in den Wald. Am Siebenseelensee vorbei. Dann rechts ab Richtung Hohnerode. Eine Fahrt von zehn Minuten. Etwa 200 Meter, bevor ich die Landstraße erreiche, stelle ich den Motor ab und schalte das Licht aus. Ich lasse den Wagen ausrollen und halte am Wegrand, fünfzig Meter vor dem Ausgang des Waldes.

Kein Licht in den Häusern. Nur eine trübe gelbe Funzel über dem Marktplatz, im Zentrum von vier durchhängenden Kabeln, die von vier windschiefen Masten gehalten werden. Der Mond verschwindet hinter einer Wolke, als ich mich mit dem Rücken an der Wand um die Kirche herum bewege. Mein Herz rast. Es ist, als sähe ich mir selbst dabei zu, wie ich die Straße überquere. Von einem Platz oben vom Kirchturm aus. Und wie früher, als Kind, füllt sich mein Kopf mit Worten. Als wäre dies ein Comic oder die Folge einer amerikanischen Fernsehserie, deren unsterblicher Held auf dem Weg zum Showdown ist.

> Ich bin der Schatten in der Nacht.
> Der blinde Fleck im Augenwinkel.
> Phantom. Bandit. Vampir.
> Das Tier, das sieht, doch nicht gesehen wird –

Geduckt laufe ich über die Straße, von der Kirche bis zum Hoftor des Anwesens von Familie Sass. Alles hier sieht aus, wie ich es mir immer vorgestellt habe. Schrottteile, Mülltüten, alte Autoreifen, Batterien, Kanister liegen verstreut über einem ausgedörrten Stück Rasen. Ein aufgebockter, ausgeschlachteter Geländewagen am Zaun neben dem Eingang. In der Einfahrt zwei Autos. Ein weißer *Ford* und ein grauer *Opel*. Dahinter ein Quad. Schwarz. Mit riesigen Ballonreifen. Ein Baumstumpf steht am Weg zur Eingangstür, die von vier riesigen Lettern umrahmt ist. SA. SS. Wobei die S mehr Blitzen ähneln als Buchstaben. Auf dem Boden vor dem Baumstumpf ein paar Holzscheite. Im Baumstumpf eine Axt. Ich nehme die Axt und werfe sie ins Gebüsch. Für alle Fälle. Das Haus ist dunkel. Bis auf ein flackerndes Licht im äußeren von zwei Fenstern rechts von der Tür. Wie von einem laufenden Fernseher. Ich ducke mich und laufe an den Autos entlang zum Haus. Mit dem Rücken zur Wand warte ich, direkt neben der Eingangstür. Nichts regt sich. Ich laufe unter dem ersten Fenster entlang zum zweiten Fenster. Langsam, Zentimeter für Zentimeter, richte ich mich auf. Bis ich über den Rand der Fensterbank sehen kann. In der Mitte des Raumes ein Tisch. Auf dem Tisch ungezählte Flaschen, Dosen, Zigarettenpackungen, Aschenbecher, Videospiele. Und eine Pistole. Auf der linken Seite des Raumes ein altes, zerschlissenes Sofa. Auf dem Sofa Mark Sass, der wie gebannt auf die riesige Leinwand an der Wand gegenüber starrt, wo ein Paar Sex hat. An einem sonnigen Swimmingpool. Als die Haustür aufgeht, mit einem Knarren, suche ich an der Längsseite des Hauses Deckung. Vorsichtig spähe ich um die Ecke. Karl Sass steht dort. Vor dem Baumstumpf. In T-Shirt und Trainingshose. Er reckt sich und kratzt sich am Hinterkopf. Dann geht er an den Autos vorbei zum Gebüsch am Rande des Hofes, lässt die Hose ein Stück herunter und pinkelt. Im nächsten Moment stehe ich hinter ihm und drücke ihm den Gewehrlauf in den Rücken.

Keinen Mucks, sage ich. Hände hoch.

Karl Sass hebt die Hände und sieht sich um. Über die Schulter.

Oho, sagt er. Ein Maskierter.

Keinen Mucks, habe ich gesagt.

Karl Sass nickt.

Kann ich mein Ding einpacken?, fragt er.

Der Kofferraum des *Opels* ist abgeschlossen. Der Kofferraum des *Fords* ist offen.

Rein, sage ich.

Kumpel, sagt Karl Sass. Mach keinen Scheiß. Wir können doch über alles –

Ich stoße ihm den Lauf in den Rücken.

Rein!

Karl Sass klettert in den Kofferraum.

Ich knalle die Klappe zu. Erst jetzt bemerke ich das Pochen in den Schläfen. Den kalten Schweiß auf der Stirn. Die Schwäche in den Beinen. Ich atme ein paar Mal tief durch, um mich zu sammeln.

Ich bin der Schatten in der Nacht.
Der blinde Fleck im Augenwinkel.
Phantom. Bandit. Vampir.
Das Tier, das sieht und nie gesehen wird –

Durch die offene Tür gelange ich ins Haus. Es riecht modrig und feucht. Wie in einem Keller. Direkt gegenüber der Eingangstür führt eine Treppe ins obere Stockwerk. Rechts von der Tür geht ein schmaler Flur ab. Ich inspiziere das erste Zimmer zur Rechten. Die Küche. Soweit man das in dem Chaos erkennen kann. Pfannen stapeln sich in der Spüle. Eine Gasflasche steht mitten im Raum. Kreuzworträtselhefte liegen verstreut auf dem Tisch unter dem Fenster. Ich taste mich am zweiten Zimmer vorbei, unter dessen Türspalt das Fernsehlicht flimmert, und folge dem Flur, der nach links abbiegt. Am Ende des Flurs eine dritte Tür. Ich lege die Hand auf die Klinke und öffne sie. Sehr langsam und vorsichtig. Der Raum ist schmal. Und penibel aufgeräumt. Links ein Wandschrank. Mit Spiegel. In der Mitte ein Tisch. Zwei Stühle links und rechts. Unter dem Fenster an der Wand gegenüber ein Ofen. Rechts an der Wand ein Bett. Jakob Sass liegt dort. Auf dem Rücken. In voller Montur. Hemd, Hosenträger, Hose. Sein Jackett hängt am Bettpfosten. Die Stiefel stehen am Fußende des Bettes. Sass hat die Hände über dem Bauch gefaltet. Er schnarcht leise. Ich trete ins Zimmer und gehe hinüber zum Bett. Für einen Moment betrachte ich ihn. Fast wie ein Kind sieht er aus. Mit schönen, regelmäßigen Gesichtszügen. Jakob Sass. Der Hübsche der drei Brüder. Mamas Liebling. Ich drücke ihm das Gewehr auf die Brust. Er öffnet die Augen und greift danach.

Keine Bewegung, zische ich.

Er starrt mich an.

Ich möchte, dass du die Hände hinter dem Kopf verschränkst.

Er verschränkt die Hände hinter dem Kopf. Langsam und bedächtig.

Sehr schön, sage ich. Und nun gehst du rüber zum Fenster. Ich dirigiere Jakob Sass mit dem Gewehr durchs Zimmer. Setz dich, sage ich. Ich greife mit der Linken in die Jackentasche und ziehe die Wäscheleine heraus, die Vogelshirtboy von *Eisen-Kramer* aus Siemsgluss mitgebracht hat. Damit bindest du dir die Beine zusammen. Ich werfe Jakob Sass die Wäscheleine vor die Füße und sehe ihm dabei zu, wie er sich die Beine fesselt. Schön festziehen, sage ich. Und nun die Hände hinter den Rücken. Ich binde ihm die Hände zusammen. Dann schlinge ich den Rest der Wäscheleine um ihn und fessle ihn an den Ofen.

Was soll das?, fragt er. Was willst du?

Ich ziehe den Bezug vom Kopfkissen auf dem Bett und stopfe ihn Jakob Sass ins Maul.

Im Flur lehne ich mich an die Wand und atme tief durch. Die Beine versagen mir. Ich rutsche mit dem Rücken die Wand herunter und bleibe eine Weile auf dem Boden sitzen. Aus dem Zimmer schräg gegenüber hört man gedämpft das Stöhnen des Paares in dem Porno, den Mark Sass sieht. Die Worte füllen meinen Kopf:

> Ich bin der Schatten in der Nacht.
> Der blinde Fleck im Augenwinkel.
> Phantom. Bandit. Vampir.
> Das Tier, das sieht und nicht gesehen wird –

Ich stehe auf und bewege mich auf die Tür zu. Sachte, sehr sachte drücke ich die Klinke herunter. Als ich die Tür öffne, quietscht sie in den Angeln.

Karl, Alter, sagt Mark Sass, ohne aufzublicken, sieh dir das an –

Ich marschiere hinüber zum Tisch. Als wäre es das Normalste auf der Welt.

Hände über den Kopf, sage ich und richte das Gewehr auf Mark Sass.

Er starrt mich an.

Hände über den Kopf, sage ich wieder.

Mark Sass rührt sich nicht.

Wer bist du?, fragt er.

Heb die Hände über den Kopf.

Scheiß drauf, sagt Mark Sass und steht auf.

Die Fernbedienung fällt auf den Boden.

Erst jetzt sehe ich, dass er eine Zigarette in der Hand hält.

Schieß doch, sagt Mark Sass und kommt auf mich zu.

Ich weiche zurück. Auf die andere Tischseite.

Du hast nicht die Eier, sagt Mark Sass und springt. Wie ein Raubtier. Über den Tisch.

Ich weiche zurück und stoße mit dem Rücken gegen die Leinwand. Im selben Moment erwischt er mich. Ich lasse das Gewehr fallen und verliere das Gleichgewicht. Wir rollen über den Boden. Ineinander verkeilt. Mark Sass schreit wie ein Wahnsinniger und schlägt auf mich ein. Er zieht mich am Kragen hoch und schleift mich durch den Raum. Mit einem Krachen lande ich auf dem Tisch. Im nächsten Moment ist er über mir. Speichel tropft ihm aus dem Mund. Er holt aus und will mir die Faust ins Gesicht schlagen. Im letzten Moment bekomme ich die Pistole zu fassen. Ich drücke sie Mark Sass an die Schläfe.

Ganz ruhig, Mark, sage ich. Sonst ist es vorbei.

Er überlegt. Lange. Dann löst er sich von mir und steht auf. Er tritt zwei Schritte zurück und hebt die Hände.

Okay, sagt er. Was willst du?

Wo ist das Geld?, frage ich und lehne mich an den Tisch. Um nicht umzufallen.

Mark Sass starrt mich an.

Welches Geld?, fragt er.

Ich weiß nicht, was es ist. Der Schmerz. Die Angst. Die Wut. Die ganze Anspannung der letzten Minuten und Stunden und Tage. Jedenfalls habe ich genug. Ich schieße Mark Sass mit der Pistole in den Fuß. Er schreit auf und fällt zu Boden.

Wo ist das Geld, Mark?, frage ich.

Du Schwein, brüllt Mark Sass.

Wo ist das Geld? Ich trete vor und richte die Pistole auf Mark Sass, der am Boden liegt und sich den Fuß hält.

Unter dem Sitz, sagt er. Vom *Kymco*.

Dann holen wir es jetzt, sage ich und nehme das Gewehr.

Was ist hier los?, fragt der alte Sass, der in der Tür steht, plötzlich, im Schlafanzug, und seine Flinte auf mich richtet. Seine Frau drängelt sich an ihm vorbei ins Zimmer.

Es reicht jetzt, sage ich und halte Mark Sass die Pistole an den Kopf. Ich zähle bis drei, und Sie nehmen die Flinte runter oder ich schieße Ihrem Sohn ein Loch in den Schädel.

Eins, sage ich.

Zwei.

Tu, was er sagt, Papi, sagt Küken.

Oh, fick mich, du geiler Hengst, fick mich, sagt die Frau im Film an der Wand, von der die Tapete abblättert.

Im Gänsemarsch gehen wir zur Haustür. Mark Sass auf die Schulter seines Vaters gestützt. Dann die Mutter. Dahinter ich. Schwer bewaffnet. Gewehr. Flinte. Pistole.

Wir brauchen einen Schlüssel, sage ich. Für euren *Ford* vor der Tür.

Wozu?, fragt Mark Sass.

Weil ich es sage.

Mutti, hol den Schlüssel, sagt der alte Sass. Er liegt in der Küche.

Ich schiebe die Pistole in den Hosenbund und richte das Gewehr auf die beiden Männer, während Mutti den Schlüssel holt.

Ich finde ihn nicht, brüllt sie.

Klappe vorne rechts, sagt Küken.

Da hat er nichts zu suchen, brüllt Mutti.

Der alte Sass klappt den Sitz des Quads hoch.

Die Tüte, sagt Mark Sass. Gib ihm die Tüte.

Der alte Sass zieht eine Plastiktüte hervor und reicht sie mir.

Auf den Boden, sage ich.

Er sieht mich irritiert an.

Die Tüte. Leg sie auf den Boden.

Er legt die Tüte auf den Boden.

Und nun ihr.

Sie setzen sich. Alle drei. Mutti, Papi und Küken in der Mitte.

Hinlegen, sage ich.

Alle drei legen sich flach auf den Boden.

Ich hebe die Tüte auf und sehe hinein.

Okay, sage ich. Ich steige jetzt ein und fahre los. Und ihr rührt euch nicht von der Stelle. Ich öffne die Fahrertür. Ich habe kostbare Fracht an Bord, sage ich und klopfe mit dem Gewehrkolben auf den Kotflügel. Karl, frage ich. Kannst du mich hören?

Karl brüllt irgendetwas und klopft wie wild von innen gegen den Kofferraumdeckel.

Lassen Sie ihn raus, sagt Papi.

Er hat Platzangst, sagt Mutti. Immer schon gehabt. Von klein auf.

Mark Sass stöhnt und hält sich den Fuß.

Ich lasse ihn raus, sage ich. Wenn ihr schön brav seid und euch nicht vom Fleck rührt.

Ich parke den *Ford* auf dem Marktplatz. Mit laufendem Motor. Direkt unter der Funzel. Zu Fuß laufe ich die Landstraße hinunter. Bis zum Auto. Die Waffen lege ich in den Kofferraum. Das Geld werfe ich auf den Beifahrersitz. Ich lasse den Motor an und mache mich auf den Heimweg.

Ich bin der Schatten in der Nacht
Der blinde Fleck im Augenwinkel
Phantom Bandit Vampir
Das Tier, das sieht, doch nie gesehen wird
Ich bin –
der schwarze Kavalier.

Donnerstag

Die Katze

Ich öffne das Tor und fahre den Wagen in die Werkstatt. Ich nehme das Geld aus der Plastiktüte und lege es auf den Beifahrersitz. Ich wickle die Waffen in die Tüte und verstaue sie im Kofferraum. Nur das Gewehr nehme ich mit. Und das Geld, das ich in einen alten, zerbeulten Karton packe, den ich auf der Werkbank finde. Ich öffne die Ofenklappe und schiebe den Karton in den Ofen.

Es dämmert, als ich den Hof überquere. Ein Rauchschwalbenpaar zieht seine Kreise über dem Haus. Eine Katze kommt aus dem Schatten der Scheune zu mir herübergelaufen. Pechschwarz. Mit einem weißen Fleck unter dem linken Auge. Ein ganz klein wenig zieht sie das linke Hinterbein nach. Ich gehe in die Hocke und streichle sie. Sie stellt den Schwanz auf und streicht mir um die Beine. Schnuppert am Lauf des Gewehrs und reibt ihr Köpfchen daran.

Im Haus ist es ruhig. Die Küche ist warm und aufgeräumt. Die Wanduhr tickt. Im Ofen glüht die Asche. Genau so, wie ich es mir vorgestellt hatte. Nur dass Alba nicht am Tisch sitzt und auf mich wartet. Ich stelle der Katze ein Schälchen Wasser und etwas zu essen hin, falte ein Küchenhandtuch zusammen und lege es vor den Ofen.

Um deine Pfote kümmern wir uns später, sage ich.

Als ich die Treppe hinaufsteige, knarren und knacken die Stufen unter mir.

Luke?

Ja, Liebste. Ich bin es.

Im nächsten Moment steht Alba vor mir und schlingt die Arme um mich.

Ich habe dich wieder, sagt sie.
Ich habe so gewartet, sagt sie.

Ich dachte, du kommst nie mehr, sagt sie.
Ich hatte solche Angst.

Sie nimmt meinen Kopf in beide Hände. Starrt mich ungläubig an. Küsst mich.

Ich habe eine Katze mitgebracht, sage ich. Sie hinkt ein wenig. Hast du geschlafen?

Alba schüttelt den Kopf.

Hier war der Teufel los, während du weg warst, sagt sie. Und im selben Atemzug: Ist dir nichts passiert?

Du erzählst mir deine Geschichte, sage ich. Und dann erzähle ich dir meine.

Komm, sagt sie und zieht mich in Homanns Zimmer.

Er stirbt, sagt Alba. Der Doktor war hier. Vorhin. Ich habe Vogelshirtboy angerufen, weil ich nicht wusste, was ich machen sollte. Dr. Rakuhn kam. Homann hatte einen Anfall. Wie neulich. Nur schlimmer. Er bekam keine Luft mehr. Rakuhn hat ihm eine Spritze gegeben. Und etwas gegen die Atemnot. Er sagt, Homann wird sterben. Vielleicht noch in dieser Nacht. Wir sollen ihn anrufen, wenn es kritisch wird.

Homanns Brust hebt und senkt sich. Wie unter einer schweren Last. Er atmet sehr laut. Rasselnd. Und regelmäßig. Als wäre sein Atem das Letzte, was ihn am Leben hält. Um dem Körper Zeit zu geben, eine Funktion nach der anderen einzustellen. Es ist, als könnte man zusehen dabei.

Ich werde bei ihm bleiben, sage ich.

Ich weiß, sagt Alba. Und nun erzähl –

Ende der Welt

Eine Weile stehe ich am Fenster und sehe hinaus. Der Tag ist dunstig und trübe. Die Konturen des Dorfes verschwimmen. Wie hinter Milchglas. Vielleicht ist es auch nur die Müdigkeit.

Ich decke Alba zu, die auf ihrem Stuhl eingeschlafen ist. Ich rücke meinen Stuhl ans Kopfende des Bettes und lege meine Hand auf Homanns Arm. Noch immer atmet er sehr tief. Im immer gleichen Rhythmus. Für einen Moment schließe ich die Augen –

Wir fahren, sagte Alba, noch in der Tram, auf dem Weg in die Wohnung nach Pankow. Heute noch. Bis ans Ende der Welt, wenn es sein muss. Dort, wo uns niemand vermutet. Dort, wo uns niemand mehr findet.

Also fuhren wir. Nach Süden. Bis an den Rand des Erzgebirges.

Viel weiter geht es nicht, sagte ich. Dahinter kommt die Grenze.

Ein paar Tage verbrachten wir in einem Hotel in Tharandt. Der Tod meines Vaters ging mir nicht aus dem Kopf. Er war am Morgen aufgestanden. Hatte sich angezogen und gefrühstückt. Hatte Homann Anweisungen für den Tag gegeben. War in die Werkstatt gegangen. Wie an jedem Tag. Gegen Mittag hatte er Andrzej, dem polnischen Stift, gesagt, er würde kurz rüber zu *Eisen-Krohn* nach Siemsgluss fahren, um ein Ersatzteil zu holen. Andrzej hatte ihn auf dem Hof in den Wagen einsteigen sehen. Dann war Andrzej in die Mittagspause gegangen. Als er aus der Pause gekommen war, hatte das Auto auf dem Hof gestanden. An derselben Stelle wie zuvor. Andrzej hatte sich nichts dabei gedacht. Erst im Laufe des Nachmittags war ihm die Sache komisch vorgekommen. Er war über den Hof gegangen und hatte durch die Scheibe ins Auto gesehen. Mein Vater hatte auf dem Fahrersitz gesessen. Angeschnallt. Den rechten Arm am Lenkrad. Der Schlüssel im Schloss. Als Andrzej die Tür geöffnet hatte, war der Körper meines Vaters zur Seite gesackt, und Andrzej hatte ihn auffangen müssen, damit er nicht aus der Tür kippte. Es dauerte eine Weile, bis ich darüber hinweggekommen war. Dass er tot war. Und dass ich ihn nicht mehr hatte sprechen können.

Am dritten oder vierten Tag hatte Alba genug.

Die Berge machen mich krank, sagte sie.

Also fuhren wir zurück. Nach Chemnitz.

Zwei Tage wohnten wir im Hotel. Dann fanden wir eine Wohnung. Zweieinhalb Zimmer Dachgeschoss. In einem baufälligen Haus mitten in der Stadt. Niemand fragte uns nach Ein- oder Auskommen. Wir hinterlegten die Kaution und bekamen noch am selben Tag die Schlüssel ausgehändigt. Die Wohnung war dunkel und kalt. Die Heizung funktionierte nicht, sobald die Temperatur unter Null fiel. Bei starkem Regen regnete es durchs Dach. Und es regnete ständig. Vor allem im Sommer. Alba sagte, sie hätte einen Artikel in der Zeitung gelesen. Der Regen wäre ein Vorbote. Das Wetter würde sich ändern. Auf dramatische Weise. Und mit der Veränderung würde alles Leben nach und nach von der Erde verschwinden, angefangen bei den Insekten.

Alba arbeitete auf dem Wochenmarkt. Bei Magda und Tereza, zwei jungen tschechischen Bäuerinnen, die selbst gebackene Spezialitäten verkauften. Buchteln. Mohnkolatschen. Mit Karamell gefüllte Windbeutel. Am Abend klagte sie, dass ihr Bein wehtäte. Vom langen Stehen auf dem Markt. Ich fand Arbeit an einer Tankstelle. Als Mädchen für alles. Ich half an der Kasse aus und füllte Waren auf. Ich beriet die Kunden beim Kauf von Motoröl und füllte Bremsflüssigkeit oder Frostschutzmittel nach. In der kleinen Werkstatt neben dem Verkaufsraum reparierte ich Autos, wechselte Sicherungen, Spritfilter und Zündkerzen. Eine ganze Woche verbrachte ich damit, die Waschanlage instand zu setzen, die eines Nachmittags ihren Geist aufgegeben hatte. Wochenlang bekam ich den Geruch von Seifenlauge und Poliermittel nicht aus der Nase.

Wir richteten uns ein. In unserer Wohnung. In unserem Leben. Alba führte endlose Telefonate mit der Hausverwaltung, um einen Handwerker zu bekommen, der die Heizung reparierte. Einmal in der Woche gingen wir ins Kino. In der Spätvorstellung sahen wir berühmte Western. Im Original mit Untertiteln. »Stagecoach«. »Ride he High Country«. »The Misfits«. Alba weinte, als der unschuldige Rancher in »The Ox-Bow Incident« aufgehängt wurde. Ich fieberte mit Gregory Peck, der in »The Gunfighter« müde ist und genug hat vom Töten, aber von seiner eigenen Legende verfolgt wird, wohin er auch kommt. In all diesen Filmen, so schien es mir, ging es um Freiheit. Und immer war die Freiheit in dem Moment am größten, in dem der Held alles verlor. Die späteren Filme waren härter und realistischer. Doch am besten gefielen mir die klassischen Western aus den 50er-Jahren. Die Welt darin war klar und einfach. Die Gefühle waren sehr stark. Die Menschen waren so, wie man sich Menschen wünschte. Mit einem Ziel vor Augen. Mit Hoffnung. Und mit Demut.

Eines Abends, auf dem Weg nach Hause, kam ein Auto die Straße heruntergerast. Ich sah mich um. Der Wagen verlangsamte die Fahrt. Auf der Beifahrerseite lehnte jemand aus dem Fenster. Soweit ich sehen konnte, saßen fünf Leute in dem Auto. Zwei Männer vorne. Zwei Frauen und ein Mann hinten.

Geiles Teil, brüllte der Mann auf dem Beifahrersitz gegen die ohrenbetäubend laute Musik an.

Der Fahrer beugte sich über die Mittelkonsole und nickte.

Ey, Alte, brüllte der Beifahrer. Komm her. Steig ein. Hier kannst du lernen, wie eine deutsche Frau mal so richtig geklatscht wird. Er schlug mit der Faust in die flache Hand. Bist doch deutsch, oder?

Scheiße, die Bullen, brüllte der Fahrer.

Ich sah mich um: Ein Streifenwagen kam die Straße heruntergefahren.

Na, vielleicht beim nächsten Mal, brüllte der Beifahrer und ließ die Fensterscheibe hinauffahren.

Der Fahrer gab Gas.

Die Frau auf der Fensterseite der Rückbank reckte den Arm aus dem Fenster.

Ich wusste, Alba wollte weg. Am liebsten wäre sie schon nach ein paar Wochen weitergezogen. Sie blieb nur, um sich keine Blöße zu geben. Ein paar Mal machte ich ihr den Vorschlag, zu gehen.

Wir können nicht immer nur weglaufen, sagte sie müde.

Dann lief sie doch weg. Allein. Ohne mich. Fuhr mit den beiden Tschechinnen über die Grenze. Am Samstag. Nach dem Wochenmarkt. Kam am Sonntag mit einer Packung Tabletten zurück, die ihr ein tschechischer Arzt verschrieben hatte. Gegen die Schmerzen im Bein.

Am Samstag auf dem Markt tat es so weh, dass ich erst gar nicht fahren wollte, sagte sie. Magda und Tereza haben mich überredet. Damit ich auf andere Gedanken komme. Am Abend wurde es so schlimm, dass Magda den Arzt holen ging. Er war sehr nett. Sprach sehr gut deutsch. Er sagte, die Tabletten würden mir helfen.

Alle paar Wochen fuhr Alba nun nach Jáchymov. Immer am Samstag. Mit Magda und Tereza. Erst nach einer Weile wurde mir klar, dass es nicht darum ging, die Kolleginnen zu besuchen. Es ging um den Doktor. Oder besser: Es ging um die Tabletten.

Wochenlang bekniete ich sie. Schließlich gab sie nach. Wir fuhren nach Leipzig und suchten einen Spezialisten auf. Er machte Röntgenaufnahmen von Albas Hüfte. Er sagte, eine Operation könnte den Schmerz lindern. Einstweilen gab er Alba Tabletten. Gegen den Schmerz.

Sie wurde müde davon. Und gleichgültig. Es war, als lebte sie in einer Art Dämmerzustand. Morgens wurde sie nur schwer wach. Abends hatte sie Kopfschmerzen. Ein paar Mal musste sie sich übergeben. An ihren freien Tagen kam sie nicht mehr aus dem Bett. Sie veränderte sich. Vor meinen Augen. Schließlich hatte ich genug. Ich rief Lina an. In Ann Arbor. Sie sagte, ich dürfte nicht länger warten. Alba bräuchte Hilfe. Dann sagte sie, sie wolle das Haus verkaufen. Mit Hof und Werkstatt und allem anderen. Sie sagte, sie würde nie wieder zurückkehren. Wie es mit mir sei? Ich sagte, sie könne das Haus verkaufen. Ich hätte nichts dagegen. Auch ich hätte nicht vor, jemals wieder zurückzukehren.

Dann gebe ich Homann Bescheid, sagte Lina. Wir erteilen ihm die Vollmacht. Für den Verkauf des Hauses. Mach dir keine Sorgen. Ich kümmere mich um alles. Du musst nur unterschreiben.

Und was macht Homann, wenn das Haus verkauft ist?

Für Homann finden wir einen Platz. Ich bespreche alles mit ihm. Und du passt in der Zwischenzeit auf Alba auf. Unternimm etwas mit ihr. Geht schwimmen. Mach Ausflüge mit ihr am Wochenende. Damit sie auf andere Gedanken kommt.

Am Sonntag fuhren wir nach Pirna.

Die Insekten verschwinden, sagte Alba. Wie ich es dir gesagt habe. Man kann es sehen.

Und es stimmte: Die Windschutzscheibe, die sonst übersät war von toten Insekten, sah auch beim Aussteigen auf dem Parkplatz am Pirnaer Bahnhof noch so aus wie am Morgen, als wir aufgebrochen waren.

Wir liefen durch die Stadt und hinauf zum Schloss oben auf dem Hügel. Wir tranken Kaffee im Kaffeegarten oben im Park und sahen hinunter auf die bunten Dächer und Kirchtürme und Schornsteine.

Ich muss mal, sagte Alba. Sie trank ihren Kaffee aus und nahm ihre Tasche. Als sie zurückkehrte, war sie wie von Sinnen. Wir müssen gehen, sagte sie. Ich habe Brinkmann gesehen.

Alvin Brinkmann?

Nein, sagte sie. Den alten Brinkmann.

Ich sah mich um.

Bist du sicher?, fragte ich. Wo?

Als ich von der Toilette kam. Er stand am Verkaufsstand. Mit dem Rücken zu mir.

Bist du sicher –

Absolut sicher. Sie zog mich über den Hof zum Ausgang. Pausenlos sah sie sich nach allen Seiten um.

Die Kellnerin lief hinter uns her.

He!, rief sie. Hallo! Ihre Rechnung!

Auf der Rückfahrt sprachen wir kein Wort. Es begann zu regnen. In Strömen. Kurz vor Chemnitz bat Alba mich anzuhalten. Ich hielt am Rande der Landstraße. Alba sprang aus dem Wagen, lief hinüber zum Waldrand und erbrach sich. Sie knickte um, auf dem Weg zurück zum Wagen, und fiel hin. Sie sah schwer mitgenommen aus, als ich ihr aufhalf. Kreidebleich. Klitschnass. Der Klebestreifen einer Damenbinde haftete an ihrem Kleid.

Brinkmann

Falk Brinkmann hasste uns. Von Herzen. Er ließ keine Gelegenheit aus, schlecht über uns zu reden. Vor allem, wenn er zu viel getrunken hatte. Er zog über meinen Vater her. Nannte ihn einen Heuchler und einen Blender, der einen Zwölf-Zylinder nicht von einem Acht-Zylinder unterscheiden könnte. Er beleidigte meine Mutter, vor aller Augen und Ohren, auf der Einweihungsfeier des neuen Feuerwehrhauses, oben, hinter Spahns Hof, am Ende des Weißen Wegs Richtung Hartem.

Er sagte, sie sei die letzte heruntergekommene Dorfdirne, schlimmer als Monika Schneeweiß. Es war das eine Mal in meinem Leben, dass ich meine Mutter weinen sah.

Mach dir nichts draus, sagte mein Vater. Er nahm sie in den Arm und brachte sie nach Hause.

Am Abend auf der Terrasse sprachen wir darüber.

Falk Brinkmann spuckt Gift und Galle, sagte mein Vater, aber im Grunde seines Herzens ist er ein anständiger Kerl.

Und warum beleidigt er Mutter?, fragte ich.

Weil er eifersüchtig ist. Sie war seine große Liebe. Seit Schultagen. Wusstest du das nicht?

Nein, das wusste ich nicht.

Deine Mutter war sich nicht sicher. Sie ist ein paar Mal mit ihm ausgegangen. Einmal waren sie zusammen in der Oper. In der Landeshauptstadt. Schließlich hat sie ihm einen Korb gegeben.

Weil du dich um sie bemüht hast?

Nein, sagte mein Vater. Ich hatte nichts damit zu tun. Während Brinkmann deiner Mutter den Hof machte, war ich mit anderen Dingen beschäftigt. Habe Patente angemeldet. Im Katasteramt in der Kreisstadt. Deine Mutter fiel mir erst auf, als es mir dämmerte, dass es zum Konstrukteur nicht reichte und es noch andere Dinge im Leben gab als Maishäckslertrommeln. Da hatte Brinkmann schon längst seine Lehre begonnen. Als Metallbauer. In Hörsten. Bei *Engelhard*. Außerdem hatte er einen Fimmel für Autos und wollte Kfz-Mechaniker werden. An den Wochenenden reparierte er die Wagen seiner Kumpels. In der Garage hinter dem Haus. Sein Vater war strikt dagegen. Es gab Streit. Falk Brinkmann ist ein harter Knochen, wie du weißt. Aber Lothar, sein Vater, war noch einmal eine andere Liga. Als ich klein war, erzählte man im Dorf, Brinkmanns Vater wäre eines Nachts im Winter, bei tiefem Schnee und Minusgraden, den ganzen Weg von der Kreisstadt nach Hause gelaufen, weil ihm seine *BMW* unterwegs verreckt war. Er brauchte fast zehn Stunden, weil er das Motorrad nicht stehen lassen wollte. Also schob er es den ganzen Weg nach Hause. Als er hier ankam, hingen ihm die Eiszapfen von den Augenbrauen. Sein Bart hatte sich weiß gefärbt. Sie sahen einander ähnlich. Falk und Lothar. Klein. Drahtig. Beide immer ein bisschen nervös. Es gab Auseinandersetzungen zwischen ihnen. Einmal soll Brinkmanns Mutter die Polizei in Siemsgluss gerufen haben, weil die Männer aufeinander losgegangen waren. Sie prügelten mit Gürteln aufeinander ein, und es brauchte vier Männer, die beiden zu trennen. Brinkmanns Vater starb bald darauf. Die Leute im Dorf sagten, der Alte wäre nicht darüber hinweggekommen, dass sein Sohn den Hof nicht weiterführen wollte. Na, jedenfalls fuhr Falk Brinkmann nach Hörsten, sagte mein Vater. Jahrelang. Zuerst mit dem Moped. Dann mit dem Auto. Jeden Morgen Punkt fünf. Bei Wind und Wetter. Manchmal war er wochenlang weg und wir wussten: Er ist auf Montage, irgendwo im Ausland. Brachte ihm eine ordentliche Prämie ein. Als er genug zusammengespart hatte, kündigte er bei *Engelhard* und eröffnete seine eigene Werkstatt. Auf dem Hof seines Vaters. Hängte sein Schild in die Toreinfahrt. Mit der Zündkerze drauf. Und stellte seinen alten *Triumph* auf Rathjens Feld, mit einem Werbebanner auf dem Dach, damit jeder, der vorbeifuhr, wusste, dass er seinen Wagen zu Brinkmann bringen konnte. Ungefähr zu jener Zeit tauchte Vroni auf. Eine Österreicherin, die er auf Montage kennengelernt hatte. Nun fuhr er hinunter nach Tirol, um sie zu holen. Sie heirateten in der Kreuzkirche in Sültlingen. Als ich das nächste Mal an Brinkmanns Hof vorbeikam, hielt ich an. Um dem Brautpaar zu gratulieren. Brinkmann wollte nichts davon wissen. Ich zähle bis zehn, Morgen, sagte er. Wenn du deinen Arsch bis dahin nicht von meinem Hof bewegt hast, hetze ich den Hund auf dich. Eins musste man ihm lassen: Er verstand mehr von Autos als irgendwer sonst. Und er hatte mehr als genug zu tun. Manchmal sah man ihn noch am Sonntag im Blaumann, weil er versprochen hatte, einen Auftrag zu erledigen. Trotzdem behauptete er, ich würde ihm die Kunden ausspannen. So wie ich ihm die Frau ausgespannt hätte. Was soll ich sagen: Natürlich kam es vor, dass jemand zu uns kam, weil Brinkmann keine Kapazitäten hatte. Oder weil jemand mit ihm und seiner Art nicht zurechtkam. Doch niemals habe ich Brinkmann irgendeinen Kunden abgeschwatzt. Mein Vater gähnte. Er war bei der Feuerwehr, sagte er. Genau wie vor ihm sein Vater und heute sein Sohn. Trug seine Uniform zur Schau bei jeder Gelegenheit. Beim Dorffest. Und beim Osterfeuer. Du kennst deine Mutter. Nachdem sie mir das Ja-Wort gegeben hatte und zu mir auf den Hof gezogen war, sagte sie: Gnade uns Gott, falls es je bei uns brennen sollte. Nichts auf der Welt wünscht Falk Brinkmann sich mehr, als unseren Hof in Schutt und Asche liegen zu sehen. Und wo wir gerade von ihr sprechen. Ich gehe mal nach ihr sehen. Die Sache hat sie doch sehr mitgenommen.

Falk Brinkmann hatte seinen Hass auf seinen Sohn übertragen. Alvin. Der ein Jahr älter war als ich, aber die erste Klasse wiederholen musste, sodass wir zusammen eingeschult wurden. Er tyrannisierte mich. Warf mein Pausenbrot in den Müll. Stellte mir ein Bein im Turnunterricht. Im Winter seifte er mich ein. Einmal schwärzte er mich bei der Lehrerin an, als ich den nassen Tafelschwamm auf ihren Stuhl gelegt hatte. Ich war froh, dass er nach der Vierten nach Hörsten ging und nicht nach Sültlingen. Sein Vater tat so, als gäbe es mich nicht. Was mir nur recht war. Auch später, in den Jahren nach der Grundschule, versuchte Alvin bei jeder sich bietenden Gelegenheit, Streit mit mir anzufangen. Doch ging ich nicht weiter darauf ein. Eine Zeit lang traf er sich mit ein paar anderen an der Bushaltestelle. Am Nachmittag. Sie rauchten und hörten Musik. Wenn ich auf dem Fahrrad vorbeifuhr, trat Alvin Brinkmann aus dem Bushäuschen.

Morgen!, rief er und spuckte auf die Straße. Lust auf eine Abreibung?

So wäre es immer weitergegangen, wenn die Sache mit dem Hund nicht gewesen wäre. Oder besser: die Sache mit Lina und dem Hund. Vito. Einem Schäferhundrüden, der Tag und Nacht an der Kette lag und anfing, wie wild zu bellen und die Zähne zu fletschen, sobald man sich dem Hoftor näherte.

Anstatt sich zu beklagen, dass wir ihm die Kunden streitig machen, sagte meine Mutter, sollte er lieber darüber nachdenken, seinen Köter von der Kette zu nehmen. Die Leute haben Angst vor ihm.

Eine Kuhle hatte sich vor der Hundehütte gebildet, weil Vito sich Tag für Tag in dem kleinen Kreis bewegte, den die Kette ihm an Bewegungsraum ließ. Betrat jemand den Hof, stürzte er sich auf den Eindringling, wurde jedoch nach ein paar Metern von der Kette zurückgerissen.

Allen im Dorf tat der Hund leid. Doch niemandem tat er so leid wie Lina.

Wir müssen etwas unternehmen, sagte sie.

Sie versuchte alles: fuhr in die Kreisstadt und sprach bei Behörden vor, schrieb an eine Tierschutzorganisation in der Landeshauptstadt, telefonierte mit dem Tierarzt in Hörsten. Schließlich gab sie es auf und fasste einen Entschluss.

Ich gehe zu Brinkmann und spreche mit ihm, verkündete sie beim Abendbrot.

Das wirst du schön bleiben lassen, mein Fräulein, sagte meine Mutter.

Alle reden und niemand unternimmt etwas, sagte Lina. Es ist die einzige Möglichkeit.

Keine Sorge, sagte ich. Ich begleite sie.

Als ob das ein Grund wäre, sich weniger Sorgen zu machen, sagte meine Mutter.

Am Nachmittag nach der Schule gingen wir hinüber zu Brinkmanns. Vito kam angeschossen und schnappte nach uns.

Ruhig, Vito, ganz ruhig, sagte Lina und kniete sich auf den Boden im Abstand von einem Meter zu Vito, der an der Kette zerrte und bellte.

Der Sabber tropfte ihm das Kinn herunter.

Was wollt ihr hier?, fragte Falk Brinkmann, der aus seiner Garage geschossen kam.

Herr Brinkmann, sagte Lina. Sie stand auf, ging auf ihn zu und reichte ihm die Hand.

Was wollt ihr hier?, fragte Brinkmann wieder.

Vito bellte. Ein Vorhang im Haus wurde zur Seite geschoben.

Herr Brinkmann, sagte Lina, ich wollte Ihnen vorschlagen, mit Ihrem Hund spazieren zu gehen. Einmal am Tag. Wenn es Ihnen recht ist. Oder ein paar Mal die Woche. Damit er etwas Auslauf hat.

Brinkmann sah sie an. Mit schiefgelegtem Kopf und zusammengekniffenen Augen.

Was geht dich mein Hund an?, fragte er.

Ich weiß, Sie sind sehr beschäftigt, sagte Lina. Vielleicht würde es Vito guttun, wenn er ab und zu ein wenig Bewegung hätte.

Was ich nie für möglich gehalten hätte: Brinkmann schien tatsächlich über das Angebot nachzudenken.

Hast du keine Angst?, fragte er.

Nein, sagte Lina.

Noch immer bellte Vito wie verrückt.

Wer weiß. Vielleicht hätte Falk Brinkmann Lina tatsächlich die Erlaubnis gegeben, Vito von der Kette zu nehmen. Einmal am Tag oder ein paar Mal in der Woche. Wenn Alvin Brinkmann nicht auf den Hof gefahren wäre. In seinem *Ford Fiesta*. Mit den zwei weißen Streifen auf der Motorhaube.

Was ist denn hier los?, fragte Alvin schon beim Aussteigen. Er lehnte sich mit dem Rücken an den Kotflügel und spielte mit seinem Autoschlüssel.

Die Kleine will den Hund ausführen, sagte Falk Brinkmann, ohne seinen Sohn dabei anzusehen.

So, fragte Alvin. Will sie das?
Falk Brinkmann nickte.
Was meinst du dazu?, fragte er.
Alvin spuckte aus.
Ich meine, dass die Kleine hier verschwinden sollte. Mitsamt ihrem Anhang. Sonst könnte es sein, dass ich auf die Idee komme, den Hund auszuführen und er mir aus Versehen von der Leine geht.
Herr Brinkmann –, sagte Lina.
Du hast gehört, was Alvin gesagt hat, sagte Brinkmann.
Herr Brinkmann –
Verschwindet von meinem Hof. Alle beide.

Das Versteck

Es ist Homann, der mich weckt.
Lukas, sagt er. Mit hoher, dünner Stimme. Irgendwo in meinen Träumen. Lukas –
Ich schlage die Augen auf.
Homann, sage ich und beuge mich über ihn, weil er kaum zu verstehen ist.
Es gibt etwas, das du wissen musst, Junge, sagt er. Seine Augen sind hell und wässrig. Als wäre er blind. Oder würde irgendetwas sehen können, was niemand außer ihm sieht.
Was ist es, Homann?, frage ich.
Bevor ich Verwalter wurde, hier auf dem Hof, sagt er, war ich allein. Meine Eltern sind umgekommen, im Krieg. Du kennst die Geschichte. Die Deutschen kamen ins Dorf und zwangen sie, ein Loch zu graben. Zusammen mit den anderen Dorfbewohnern. Sie schaufelten ihr eigenes Grab. Dann wurden sie erschossen. Mein Bruder war im Krieg gefallen. Meine Schwester verschwand, als wir flohen vor den zurückweichenden Truppen. Kurz vor Kriegsende. Aus unserem Versteck. Einem Hof, in der Nähe des Dorfes, in dem meine Eltern umgekommen waren. Verwandte hatten

uns dort untergebracht. Gute Leute. Ich habe sie nie wiedergesehen.

Er schließt die Augen und schüttelt den Kopf.

Ich war ein kleiner Junge, Lukas. Und ich war auf der Flucht. Halb verhungert. Ich hatte tagelang nichts mehr gegessen. Dein Großvater las mich auf. Auf der Straße nach Hartem. Kurz hinter den Bahngleisen. Ich grub in der Erde nach Kartoffeln. Mit bloßen Händen.

Hast du Hunger?, fragte er.

Ich hörte auf zu graben.

Komm mit, sagte er.

Ich folgte ihm die Landstraße hinunter. Im Abstand von ein paar Metern. Für alle Fälle. Ich wusste: Er würde mir nichts tun. Aber ich war schwach. Und voller Angst. Wenn er es darauf angelegt hätte, wäre ich ihm ausgeliefert gewesen. Er brachte mich in die Küche und gab mir zu essen. Kalte Gurkensuppe. Und ein Stück Brot. Und eine Rübe. Ich schlang alles in mich hinein. Deine Großmutter erschien. Sie sagte, ich solle mich waschen. Sie würde in der Zwischenzeit ein Bett für mich herrichten.

Homann öffnet die Augen und sieht mich an.

Es ist dieses Bett hier, mein Junge.

Alba kommt ins Zimmer. Auf Zehenspitzen. Ich lege den Finger auf die Lippen. Alba nickt und setzt sich. Auf den Boden vor dem Fenster.

Zwei Tage habe ich mich ausgeruht, sagt Homann. Dann habe ich begonnen zu arbeiten. Von früh bis spät. Für drei Mahlzeiten am Tag. Es ging uns nicht schlecht. Wir hatten alles, was wir brauchten, und mehr als die meisten. Ich war Stallbursche und half bei der Ernte. Dein Vater wurde geboren. Ich brachte ihm alles bei, was ich über den Hof wusste. Alles, was ich von deinem Großvater gelernt hatte. Später, nach dem Tod deines Großvaters, machte dein Vater mich zum Verwalter. Er sagte, ich verstünde mehr als er von den

Dingen, die den Hof betrafen. Dein Vater war ein großzügiger Mann. Wir hatten nicht eine einzige Auseinandersetzung in all den Jahren. Nicht einen Streit. Er hat sehr viel für mich getan, Lukas, und ich werde ihm ewig dankbar dafür sein. Homanns Brust hebt und senkt sich. Er legt eine Hand aufs Herz. Mit der anderen umklammert er meine Rechte. Ich sehe, wie dünn und weiß seine Arme sind. Wie braunfleckig die Haut auf den Rückseiten der Hände.

Es war kurz nach dem Krieg. Zwei oder drei Wochen, nachdem ich hergekommen war. An einem Sonntag. Ich war im Wald, um Waldmeister zu pflücken. Deine Großmutter hatte mich darum gebeten. Da sah ich sie: zwei Männer. In Uniform. Im Unterholz. Ganz nah bei Eisenbachs Teichen. Sie zogen sich aus, bis auf die Unterwäsche, und gruben ein Loch. Mit bloßen Händen. Wie ich, an dem Tag, an dem dein Großvater mich auf dem Kartoffelacker aufgelesen hatte. Sie warfen die Uniformen in das Loch. Und ihre Tornister. Ihre Waffen. Abzeichen. Munition. Sie zogen irgendwelche Lumpen an, die sie sonstwo unterwegs aufgesammelt hatten, und schütteten das Loch zu. Dann schlugen sie sich durchs Dickicht zum Hauptweg und verschwanden Richtung Dorf. Viel Waldmeister brachte ich nicht nach Hause an jenem Nachmittag. Aber die Pistolen grub ich aus. Und die Munition. Und einen Feldstecher. Ich versteckte die Sachen in einer Kiste oben auf dem Dachboden, der schon damals eine Menge Dinge beherbergte, aber noch nicht so löchrig und morsch war wie heute.

Danach ging ich jedes Wochenende in den Wald. Ich weiß nicht, was es war. Doch irgendetwas sagte mir, dass diese beiden Männer an jenem Sonntag nicht die Letzten sein würden, die ihre Waffen dort vergruben. Über die Jahre grub ich sieben Pistolen, fünf Gewehre, zwei Maschinengewehre, vier Handgranaten, eine Signalfeuerpistole und zwei Stangen Dynamit aus. Vielleicht hatte ich einen Riecher dafür. Vielleicht war ich auch nur der Einzige, der sich die Mühe machte, im Wald zu warten, bis die Männer zurückkamen. Aus dem Krieg. Und den Krieg beerdigten. Und wer weiß, wie viele ich verpasst habe. Und wie viele Männer hier im Dorf versucht haben, ihre Vergangenheit an einem Sonntagnachmittag im Wald zu begraben. Ein für allemal.

Bald hörte es auf, und ich ging nicht mehr in den Wald. Doch wollte es der Zufall, viele Jahre später, dass ich auf dem Hochsitz saß, an der Kante von Dekkers Weide und unserem Tannenwäldchen, als ich Motorengeräusche hörte. Zuerst dachte ich, es wäre Fried Dekker, der am Sonntag nach seinen Tieren sah. Dann sah ich sie: Soldaten. In einem Militärwagen. Sie fuhren direkt am Wald entlang. Bis zur Sandgrube. Vier Männer stiegen aus. Sie öffneten die Ladefläche und begannen damit, Waffen abzuladen. Maschinenpistolen. Maschinengewehre. Handgranaten. Panzerfäuste. Kistenweise Munition. Ich wusste nicht, wer die Männer waren. Aber ich wusste, woher die Waffen stammten. Es hatte einen Überfall gegeben. Auf ein Depot auf dem Truppenübungsplatz. So hatte es in der Zeitung gestanden. Die Männer, die ich sah, luden die Waffen in die Sandgrube. Einer von ihnen verteilte Schaufeln, und sie begannen, die Grube zuzuschütten.

Wochenlang fuhr ich hinaus. Zur Sandgrube. Und grub alles wieder aus. Den gesamten Bestand. Immer auf der Lauer. Immer in der Angst, sie könnten wiederkommen. Doch niemand kam. Ich wusste nicht, wohin mit all den Waffen. Dein Vater hatte den Dachboden so vollgepackt, dass kein Platz dafür war. Dann fiel es mir ein. Das Versteck, von dem dein Großvater mir erzählt hatte. Das alte Kohlenlager unter der Klappe im Boden der Scheune. Er hatte Leute dort untergebracht. Im Krieg.

Ich hatte die Waffen an verschiedenen Stellen gelagert. Auf dem Dachboden. Im Hohlraum unter dem Öllager. An genau markierten Stellen im Wald. Immer in der Sorge, jemand könnte eines meiner Verstecke aufspüren. Dann kam der große Tag. Deine Eltern hatten beschlossen, zur Taufe deiner Cousine nach Bremen zu fahren. Es war das einzige Mal in all den Jahren, dass ihr das ganze Wochenende über unterwegs wart. Ich winkte euch, als ihr vom Hof fuhrt. Im nächsten Augenblick machte ich mich an die Arbeit. Ich zog die Gummimatte aus der Scheune und öffnete die Klapptür. Ich stieg die Treppenstufen hinab und sah mich um. Der Raum war wie für meine Zwecke gemacht. Den ganzen Samstag über klapperte ich ein Versteck nach dem anderen ab. Bis meine Sammlung vollständig war. Den Sonntag verbrachte ich damit, alles einzulagern. Und zu sortieren. Am Abend war ich fertig. Ich schloss die Klappe und zog die Gummimatte zurück an ihren Platz. Keine fünf Minuten später kamt ihr auf den Hof gefahren.

Du fragst dich vielleicht, warum ich mir die Mühe gemacht habe. Was all die Waffen sollen, die ich dort gesammelt habe. Ich habe mir diese Frage selbst sehr oft gestellt. Es ist mir lange Zeit nicht gelungen, eine vernünftige Antwort darauf zu finden. Ich nahm an, dass es etwas damit zu tun hatte, nicht völlig tatenlos zusehen zu müssen. Wenn sie wiederkommen, mit ihren Gewehren und ihren Schaufeln –

Schwur

Wir sitzen auf der Terrasse und essen zu Mittag. Schwarzbrot. Butter. Salz. Obst. Kalter schwarzer Tee. Die Katze döst auf der Fensterbank in der Sonne. Es hat aufgeklart. Ein sanfter Wind weht von Westen her. Keine Wolke am Himmel.

Du hast Karl Sass in den Kofferraum seines Wagens gesperrt?, fragt Alba und angelt eine Mirabelle aus der Schale. Und Mark Sass in den Fuß geschossen?

Ja, sage ich. Ich weiß auch nicht, was es war. Eine Kurzschlussreaktion.

Luke, Liebster, sagt Alba und schiebt mit zwei Fingern die Mirabelle in den Mund. Du brauchst dich nicht zu entschuldigen. Sie steht auf, setzt sich auf meinen Schoß und schlingt die Arme um mich. Ich würde dich auf der Stelle belohnen, sagt sie. Für deinen Heldenmut. Aber erst einmal müssen wir unseren Patienten verarzten.

Alba hält die Katze, während ich ihre Pfote untersuche. Die Katze ist ruhig und geduldig. Erst als ich den Finger auf die verletzte Stelle lege, zieht sie die Pfote weg.

Es ist ein Dorn, sage ich.

Hier, sagt Alba und reicht mir die Pinzette.

Lina wäre stolz auf uns, sage ich und ziehe der Katze den Dorn aus der Pfote.

In der Werkstatt zeige ich Alba die erbeuteten Waffen. Und das Geld im Karton hinter der Ofenklappe.

Gutes Versteck, sagt Alba.

Ja, sage ich. Solange niemand auf die Idee kommt zu heizen.

Eine Weile sitzen wir nebeneinander auf der Werkbank und lassen die Beine baumeln. Ein trockener, metallischer Geruch von Staub und Eisen liegt in der schweren, sonnenwarmen Luft.

Was glaubst du, fragt Alba, werden die Sass-Brüder tun?

Ich weiß es nicht, sage ich. Wahrscheinlich werden sie sich gegenseitig die Schuld in die Schuhe schieben, weil sie glauben, dass einer von ihnen gequatscht hat. Dann werden sie sich auf ihre Familienehre besinnen. Und sich fragen, wer von dem Geld wissen könnte. Vielleicht haben sie davon gehört, dass das Haus verkauft wurde. Vielleicht sind sie schlau genug, eins und eins zusammenzuzählen. Vielleicht auch nicht. In jedem Fall müssen wir noch wachsamer sein. Weil sie hier auftauchen werden über kurz oder lang. Um nachzusehen.

Das heißt, sagt Alba, wir werden hierbleiben, bis Homann –

Ja, sage ich.

Und du wirst damit beginnen, Homanns Lager auszuheben.

Um ihn zu rächen, sagt Alba.
Um dich zu rächen, sagt Alba.
Um uns zu rächen, sagt Alba.

Es tut mir leid, sage ich. Ich weiß, du –

Es braucht dir nicht leidzutun.

Ich wollte nicht, dass du in all das hineingezogen wirst –

Es ist gut, Liebster.

Du bist mir nicht böse?

Nein. Ich bin dir nicht böse.

Also bringen wir es zu Ende, sage ich und reiche Alba die Hand.

Ja. Bringen wir es zu Ende, sagt Alba und schlägt ein.

Schulschwänzer

Zum ersten Mal im Leben schwänzte ich die Schule. Ich nahm den Bus nach Hörsten und wartete auf sie. In einem Hauseingang. Mit Blick auf das Schultor. Nach Schulschluss sah ich sie, in ihrer dunkelblauen Windjacke und der ausgeblichenen Jeans. Sie verabschiedete sich von einer Freundin und schlug den Weg zur Bushaltestelle ein. Ich folgte ihr. Auf der anderen Straßenseite. Bis zur Kreuzung. Dann nahm ich all meinen Mut zusammen und rief ihren Namen.

Alba –

Sie sah sich um. Nach allen Seiten. Dann sah sie mich.

Was machst du hier?, fragte sie.

Wir standen uns gegenüber. Auf ihrer Seite der Straße. So nah wie nie. Ihre tiefblauen Augen schienen sich zu verändern. Alle paar Sekunden. Wie das Meer, unter einem Himmel aus dahinziehenden Wolken.

Ich habe auf dich gewartet, sagte ich. In ihrem Rücken, am Ende der Straße, sah ich den Bus kommen.

Alba folgte meinem Blick und drehte sich um. Auch sie sah den Bus.

Ich muss nach Hause, sagte sie.

Ich nickte.

Ich wollte dich fragen – ich biss mir auf die Lippe und blickte zu Boden.

Ja?, sagte sie.

Ich dachte, wir könnten vielleicht zusammen in die Kreisstadt fahren und Kaffee trinken. Oder Eis essen. Oder was immer du willst.

Alba nickte.

Heute geht es nicht, sagte sie und blickte sich um.

Der Bus bog in die Haltestelle ein, an der sich die Schüler drängten.

Ich werde es einrichten, sagte sie.

Die Bustüren öffneten sich. Die Schüler stiegen ein. Sie lief los. Ein paar Meter. Dann stoppte sie und kam zurückgelaufen. Nie werde ich den Ausdruck in ihren Augen vergessen, als sie aufsah zu mir. Im Moment, bevor sie mich küsste. Das erste Mal. Kurz und flüchtig. Halb auf den Mund. Halb auf die Wange. Alles lag darin: Angst. Scheu. Sehnen. Flehen. Freude. Verlangen. Kostbarste Schätze aus Silber und Gold am tiefsten Grund unwägbarer, aufgewühlter Ozeane. In letzter Sekunde erreichte sie den Bus. Ich sah sie am Fenster, als sie vorbeifuhr. Sie kramte in ihrer Tasche nach ihrer Monatskarte. Ein letztes Mal sah sie sich um. Dann war sie verschwunden.

Ich wusste nicht, wohin mit mir. Also fuhr ich in die Kreisstadt und vertrödelte den Nachmittag. Ich lief herum. Ziellos. In Vierteln, in die ich noch nie einen Fuß gesetzt hatte. Irgendwann ging ich zurück in die Stadt. Ich kaufte eine Brezel, setzte mich auf eine Bank im Park und fütterte die Enten. Es war, als wäre die Welt in Watte gehüllt. Eine Weile stand ich vor dem Kino und betrachtete die Plakate. Am Abend nahm ich den letzten Bus nach Hause. Meine Mutter fragte, wo ich mich rumgetrieben hätte. Ich sagte, ich würde es ihr später erzählen. Das Abendbrot schwänzte ich. Nachts, als das ganze Haus schlief, schlich ich in die Küche und aß etwas. Ich wollte nur noch eins: allein sein. Oder besser: Ich wollte nur noch allein sein, bis ich nie mehr ohne Alba sein würde.

Die nächsten Wochen verbrachte ich mit Warten. Mein Vater fragte, was los sei, weil ich mich bei der Arbeit nicht konzentrieren konnte. Ich brachte ihm 17er-Maulschlüssel, wenn er 19er-Ringschlüssel wollte, und schraubte beim Ölwechsel so lange erfolglos an der Ölwanne herum, bis er die Geduld verlor und die Schrauben selbst löste. Es war, als trüge ich den Kopf in den Wolken. Ich malte mir aus, was Alba mir sagen würde. Wann und wo und wie. Und obwohl es ewig zu dauern schien und ich es kaum erwarten konnte, waren diese Wochen vielleicht die schönsten von allen. Weil ich wusste, bei allem Hoffen und Bangen, bei allen Zweifeln und Fragen, sie würde nicht nein sagen, und nichts wäre danach, wie es vorher gewesen war. Ich war sicher: Das war der Grund, warum sie mich warten ließ. Um das Glück hinauszuzögern. Ich hatte keine Ahnung, wie schwer es für sie war, sich einen Nachmittag freizumachen.

Es dauerte Wochen, bis der Brief kam. Ohne Absender.

Du hast Post, hatte meine Mutter gesagt, beim Abwasch, als ich aus der Schule nach Hause gekommen war. Ich hab sie dir oben aufs Bett gelegt.

Stunden verbrachte ich damit, meinen Namen anzuschauen. Von ihrer Hand geschrieben. Mit blassblauer Tinte. In einer geschwungenen, leicht nach rechts kippenden Schrift. Mit einem Bogen über dem u in Lukas und einem g in Morgen, das aussah wie ein Kringel.

Ich kostete den Moment aus. Bis zum späten Abend. Ich sagte allen Gute Nacht. Dann schloss ich die Tür, zog mich aus und legte mich ins Bett. Der Brief bestand aus vier Zeilen. Blassblau. Auf weißem Karopapier.

»Lieber Lukas,
würde es Dir Donnerstagnachmittag passen?
Um 3 an der Marienkirche?
Deine Alba«

Ich las den Brief wieder und wieder. Ich küsste ihn und strich mit den Fingern darüber. Ich steckte ihn in den Umschlag und legte ihn unters Kopfkissen, nur um ihn zwei Minuten später wieder hervorzuholen. Das Ganze erschien mir wie ein Wunder. Und das größte Wunder, so wusste ich, waren die letzten beiden Worte.

Deine
Alba

Am Donnerstag schwänzte ich Mathe und fuhr in die Kreisstadt. Punkt drei stand ich vor der Marienkirche. Ich sah sie die Straße überqueren. Sie trug die gleiche Jacke wie bei unserem ersten Treffen in Hörsten. Darunter einen Pullover. Braun. Mit roten und weißen Streifen. Dazu eine dunkelblaue Jeans, die wie neu aussah. Ganz unmerklich zog sie bei jedem Schritt das linke Bein etwas nach. Ich ging auf sie zu.

An einem Stand am Englischen Garten kaufte ich ihr ein Eis. Zwei Kugeln. Walnuss und Kirsche. Als es zu regnen begann, stellten wir uns in der Toreinfahrt des Theaters unter. Einmal, sagte Alba, sei sie auf dem Weihnachtsmarkt gewesen, als kleines Mädchen. Mit ihren Eltern und ihrem Bruder. Damals hätte sie das Theater gesehen. Zum ersten Mal. Oben auf dem verschneiten Winterhügel. Mit seinen riesigen, hell erleuchteten Fenstern, den vorfahrenden Autos und den fein angezogenen Leuten, deren Regenschirme im Licht der Laternen glänzten. Danach, sagte sie, sei es für einige Jahre ihr sehnlichster Wunsch gewesen, hierher zu kommen und ins Theater zu gehen.

Ich sagte, ich würde sie einladen. Jederzeit.

Wir besahen uns die Plakate am Eingang.

Alba sagte, es liefe kein Stück, das sie interessierte. Außerdem wäre sie inzwischen im Theater gewesen. Und es wäre nicht halb so schön gewesen, wie sie gedacht hätte.

Wir tranken Kaffee in einem altehrwürdigen Café mit Blick auf den Marktplatz. Irgendwann traute ich mich, ihre Hand zu nehmen. Sie ließ es geschehen. Eine Weile saßen wir da, stumm und selbstvergessen, und sahen uns an.

Entschuldigung, sagte die Kellnerin. Wir schließen. Kann ich euch einen Moment stören und abkassieren?

Oh, mein Gott, sagte Alba. Schon so spät? Ich muss nach Hause.

Wir fuhren mit dem Bus. Bei strömendem Regen. Eine Fahrt von einer Dreiviertelstunde von der Kreisstadt zurück ins Dorf.

Ich muss die Nächste raus, sagte Alba, als wir die Sültlinger Landstraße erreichten.

Ich weiß, sagte ich.

Dann tat ich etwas, was ich nie im Leben für möglich gehalten hätte. Ich lehnte mich zu ihr hinüber, legte meine Hand auf ihre Wange und küsste sie. Auf den Mund. Und wie warm und weich ihre Lippen sich anfühlten. Und wie süß und köstlich sie schmeckte. Wir küssten uns. Atemlos. Und voller Hingabe. Und doch war sie nicht ganz bei der Sache.

Ich muss aussteigen, flüsterte sie und drückte den Halteknopf. Sie machte sich los. Sehr sanft. Aber bestimmt. Sie strich sich das Haar aus der Stirn und stand auf. Es war sehr schön, sagte sie.

Ich steige mit dir aus.

Nein.

Der Bus hielt. Die Türen fuhren auseinander.

Wir müssen vorsichtig sein, sagte sie und lief hinaus in den Regen.

Waschtag

Alba sammelt die Wäsche zusammen, lässt die Badewanne volllaufen und löst ein Stück Seife im Wasser auf.

Soll ich dein Hemd mitwaschen?, fragt sie.

Nein, sage ich. Es ist das letzte, das ich habe.

Zieh meins an.

Sie streift ihre Bluse über den Kopf und reicht sie mir. Als ich nach der Bluse greife, zieht sie die Hand zurück.

Erst du, sagt sie.

Ich ziehe das Hemd aus.

Wir tauschen. Hemd gegen Bluse.

Ich ziehe die Bluse an, die sehr eng ist und wunderbar süß duftet.

Alba wirft das Hemd zu den Sachen in der Badewanne.

Wir können die Wäsche im Kontor zum Trocknen aufhängen, sagt sie. Dann hast du morgen frische Hemden zum Anziehen.

Am Nachmittag kommt Dr. Rakuhn, um nach Homann zu sehen.

Sieht gut aus, Lukas, sagt er und weist auf die Bluse.

Danke, sage ich.

Er zieht den Flachmann aus der Tasche und nimmt einen Schluck.

Bemüht euch nicht extra, sagt er. Ich finde den Weg hinauf allein.

Wir warten in der Küche auf den Doktor. Zusammen mit der Katze, die noch immer auf der Fensterbank sitzt. Die Augen halb geschlossen. Die Pfoten untergeschlagen.

Wie wollen wir sie nennen?, frage ich.

Die Katze?, fragt Alba. Besser wir geben ihr keinen Namen. Sonst wächst sie uns zu sehr ans Herz.

Wir könnten sie mitnehmen.

Nein. Sie bleibt hier. Es ist ihr Zuhause.

Die Katze spitzt die Ohren. Als lausche sie jedem Wort.

Verdammt heiß für die Jahreszeit, sagt der Doktor und stellt die Tasche auf den Tisch. Er setzt sich auf die Küchenbank, zieht ein Stofftaschentuch aus der Brusttasche und tupft sich die Stirn. Ihr habt einen Gast, wie ich sehe.

Ja, sagt Alba. Sie ist uns zugelaufen.

Wie geht es Homann?, frage ich. Wie lange, ich meine –

Schwer zu sagen, sagt Rakuhn. Niemand weiß, wie sehr er sich am Leben festhält. Vielleicht fällt es ihm leicht, loszulassen. Vielleicht fällt es ihm schwer.

Ich habe darüber nachgedacht, was Sie gesagt haben. Dass man die Polizei rufen sollte, um die Täter zur Rechenschaft zu ziehen.

Und? Zu welchem Ergebnis bist du gekommen?

Dass Sie recht haben. Wenn Homann stirbt, sollten die Sass-Brüder dafür büßen.

Was das Büßen anbelangt, sagt Dr. Rakuhn. Nach allem, was man so hört, haben die Sass-Brüder gestern Nacht ihr Teil bekommen. Und was Homann angeht: Mach dir keine Gedanken. Homann stirbt nicht an der Wunde, die Mark Sass ihm zugefügt hat. Homann stirbt, weil er nicht mehr leben will.

Waldeck

Es hatte sich herumgesprochen: Der Irre hatte im Morgengrauen das Auto auf dem Marktplatz gefunden. Mit laufendem Motor. Er hatte sich auf den Fahrersitz gesetzt, den Klumpfuß aufs Gaspedal gestellt und am Lenkrad herumgekurbelt. Als man ihn fand, war er dabei, mit beiden

Händen den Ganghebel vor und zurück zu bewegen. Er war kurz davor, ihn abzubrechen, als man den Irren aus dem Auto zog. Von einer Kupplung hatte er zum Glück noch nie im Leben etwas gehört. Jemand stellte den Motor ab, zog den Schlüssel ab und schloss die Tür. Der Irre brüllte herum. Man gab ihm eine Limonade. Mit Strohhalm. Erst als Ruhe einkehrte, hörte man Karl Sass, der schrie und von innen gegen den Kofferraumdeckel trat. Sofort ging es herum wie ein Lauffeuer. Die Sass-Brüder hatten Besuch bekommen. Karl Sass war in den Kofferraum seines eigenen Wagens gesperrt worden. Mark Sass hatte eine Schussverletzung im Fuß. Über das Schicksal von Jakob Sass gab es die wildesten Spekulationen. Wie auch über den nächtlichen Besucher. Niemand wusste, wer er war. Niemand wusste, woher er gekommen oder wohin er verschwunden war. Niemand wusste, warum die Sass-Brüder nächtlichen Besuch erhalten hatten. Allen war klar: Es ging um irgendwelche schmutzigen Geschäfte. Und klar war auch: Die Sass-Brüder würden eine solche Schmach nicht auf sich sitzen lassen. Zusammen sah man sie in der Küche hocken, bei offenem Fenster, und Rachepläne schmieden.

Auch mir war klar, dass sie kommen würden, über kurz oder lang, um nachzusehen, ob nicht doch irgendetwas vorging auf dem Hof, von dem sie nichts wussten. Ich hatte keine Angst vor ihnen. Was mir vielmehr Angst machte, war Waldeck. Das Letzte, was er gebrauchen konnte, war eine Privatfehde der Sass-Brüder, die seine Zusammenkunft am Wochenende gefährdete. Alles hing von der Frage ab: Würde Waldeck die nächtlichen Ereignisse mit dem Angriff der Sass-Brüder auf Homann in Zusammenhang bringen? Oder würde er der Theorie Glauben schenken, die Karl Sass ihm aller Wahrscheinlichkeit nach auftischen würde: Das Ganze sei eine Privatangelegenheit und habe mit Waldeck nicht das Geringste zu tun. Oder anders gesagt: Würde Sass so weit gehen, Waldeck von dem Geld zu erzählen? Ich war mir sicher: einen Teufel würde er tun. Weil er zugeben müsste, Waldeck angelogen zu haben. Und weil er genauso gut wusste wie ich: Waldeck log man nicht an. Weil Waldeck gefährlich war. Fast wie der Teufel selbst.

Eines Morgens war er die Dorfstraße heruntergefahren gekommen, aus Richtung Siemsgluss. In einem dunkelgrünen *BMW*. Niemand wusste, wo er hergekommen war. Und warum er ausgerechnet hierher kam. Er hielt vor dem *Kornspitz* und stieg aus. Arvid Forster, der vor der Kneipe stand und Laub harkte, erzählte es uns. Wie Waldeck die Stufen zur Terrasse heraufgekommen war. In einem Aufzug, der Forster an eine Märchenfigur denken ließ. Oder eine Witzfigur. Kurzärmeliges, kariertes Hemd. Lederhosen. Knickerbocker. Jägerhut mit Feder.

Ich hielt den Burschen für einen Touristen, der nach dem Weg fragen wollte, sagte Arvid.

In einem hatte er recht: Waldeck fragte nach dem Weg. In einem irrte er sich: Waldeck war kein Tourist. Er hatte vor, für immer zu bleiben.

Schnell sprach es sich herum: Waldeck hatte das Hexenhaus gekauft. Im Kronsnest. Direkt neben der Alten Post. Niemand wusste, wem es gehörte und wer es Waldeck verkauft hatte. Und wie es sich bis in den Süden des Landes hatte herumsprechen können, dass es leer stand. Jahrelang war es sich selbst überlassen gewesen.

Irgendwann hatte das Dorf sich bewerben wollen bei der Ausschreibung »Schönstes Dorf Deutschlands«. Es hatte eine Kampagne gegeben. Eine Kommission war gekommen, das Dorf zu besichtigen. Zwei Männer und eine Dame aus der Landeshauptstadt. Sie waren einen Vormittag lang von Hof zu Hof gelaufen und hatten sich anschließend im *Kornspitz* bewirten lassen.

Sehr schön, sehr schön, hatten sie gesagt. Doch müsse zuerst der Schandfleck beseitigt werden. Das alte, halb zerfallene Grundstück gegenüber dem prachtvollen Anwesen der Witwe Schönau. Es hatte Stimmen gegeben, die dafür plädierten, das Haus abreißen zu lassen. Zahner, der Dorfarchivar, hatte Nachforschungen angestellt. Ein entfernter Verwandter war ausfindig gemacht worden, der sich als rechtmäßiger Erbe erwies. Der Verwandte hatte angekündigt, nach Manhorn kommen zu wollen, um vor Ort zu entscheiden, was mit dem Grundstück geschehen sollte. Es war bei der Ankündigung geblieben. Die Bewerbungsfrist für die Teilnahme an der Ausschreibung lief ab. Das Anwesen blieb sich selbst überlassen. Bis Waldeck kam.

In den ersten Wochen kampierte er in einem Wohnwagen, den er im Hof aufstellen ließ. Bauarbeiter rückten an. Restaurateure aus der Kreisstadt. Tischler, Klempner, Dachdecker aus dem Umland. Waldeck persönlich leitete die Arbeiten. Wie ein Regisseur stellte er einen Stuhl in die Mitte des Platzes und überwachte jeden Handschlag. Morgens war er der Erste auf dem Hof und abends war er der Letzte, der zu Bett ging. Man sah ihn im Gespräch mit Architekten, Malern und Stuckateuren. Unentwegt fertigte er Pläne an und machte sich Notizen in einem großen, in Leder gebundenen Buch, das er nie aus der Hand zu legen schien. Seine Frau Maria kochte und machte die Wäsche. Sein Sohn Toni stand etwas abseits vom Geschehen, die Hände in den Hosentaschen, und sah dem Treiben zu. Wenn es regnete, nahm Waldeck den Stuhl und stellte ihn unter die Remise. Als es zu schneien begann, verdoppelte er den Lohn der Arbeiter. Damit sie sich beeilten. Ohne dabei am Bau herumzupfuschen.

An Weihnachten zog er ein. In den Teil des Hauses, der fertig war. Er stellte einen riesigen Weihnachtsbaum auf. Mitten auf dem Hof. Mit bunten Kugeln und Lichtern und einem Stern auf der Spitze. Bei Töllning kaufte er ein halbes Dutzend Gänse. Am zweiten Weihnachtstag lud er die wichtigsten Familien des Dorfes zum Essen in sein Haus.

Eisenbachs. Töllnings. Zahners. Jordans. Uns. Alle kamen. Bis auf Jordans, die sich entschuldigen ließen: Caspar Jordan hatte die Grippe. Es war das erste Mal, dass ich in dem Haus war, seitdem die Hexe nicht mehr darin lebte. Und das einzige Mal, dass ich dort war, nachdem Waldeck eingezogen war. Wir verbrachten den Abend an einer langen Tafel in der Küche. Die Männer sprachen von den Dingen, von denen sie immer sprachen: der Arbeit, dem Land, das sie bearbeiteten, den Maschinen, die sie für die Arbeit benötigten. Die Frauen scharten sich um Maria Waldeck. Um aus ihr herauszubekommen, was alle am meisten interessierte: Wo waren die Waldecks her? Was hatte sie ausgerechnet in unser Dorf verschlagen? Frau Waldeck gab einsilbige Auskünfte. Niemand konnte ihr irgendetwas entlocken, was nicht ohnehin jeder wusste. Mit einer Ausnahme. Meine Mutter erzählte es beim Frühstück, am Morgen nach der Feier.

Maria Waldeck sagt: Wenn es nach ihr gegangen wäre, wären sie im Süden geblieben. Nicht, weil sie den Norden nicht mag. Weil der Süden ihr Zuhause ist.

Die Arbeiten am Haus zogen sich bis zum Sommer hin. Eines Tages im September nahm Waldeck seinen Stuhl, trug ihn in den Schuppen und kam mit einem zusammengelegten Stück Stoff wieder heraus. Er hisste seine Flagge. Am Rande der Toreinfahrt. An dem Fahnenmast, den er hatte aufstellen lassen. Ein geschwungenes W in Grün und Braun, das von Eicheln und Blättern umrankt war und entfernt an ein Hirschgeweih erinnerte.

Wieder gab es ein großes Fest. Diesmal auf dem Hof. Das ganze Dorf war versammelt. Es fehlte an nichts. Eine Kapelle spielte. Die Leute tanzten um die große Eiche, die inmitten des Hofes stand. Waldeck begrüßte jeden einzelnen Gast persönlich. Mit Handschlag. Er hatte sich einen Bart stehen lassen im Laufe der Monate und trug einen Anzug. Als die Reihe an mir war, ihm die Hand zu schütteln, sah ich seine dunklen, stechenden Augen, die seltsam glänzten, unruhig umherwanderten und so gar nicht zu seinem stoischen und unerschütterlichen Aussehen passten. Es war, als hätte er Fieber.

Auf gute Nachbarschaft, sagte er und drückte meine Hand.

Nach der Feier sah man ihn nur selten. Zum Gottesdienst fuhr er nach Pröbsten. Zur einzigen katholischen Kirche im Umkreis von zwanzig Kilometern. Es kam vor, dass Homann erzählte, er hätte Waldeck getroffen, auf den Wanderungen durch die umliegenden Wälder, die er fast jedes Wochenende unternahm. Auf Dorffesten ließ Waldeck sich nicht blicken. Doch veranstaltete er jedes Jahr im Herbst ein Fest auf seinem Hof. Zum Jahrestag der Einweihung. In den ersten Jahren stand er am Eingangstor, wie beim ersten Mal, und begrüßte jeden Gast per Handschlag. Doch ließ die Begeisterung über die Jahre auf beiden Seiten nach. Immer weniger Leute kamen. Waldeck selbst ließ sich auf seinem eigenen Fest nicht mehr blicken. Er bezeichnete sich als Privatier. Im Dorf hieß es, er hätte sich zur Ruhe gesetzt, um in aller Abgeschiedenheit ein Buch zu schreiben. Seine Memoiren, wie manche meinten. Ein großes philosophisches Traktat, wie andere zu wissen glaubten.

Lange Zeit erfuhr niemand etwas davon, dass Waldeck begonnen hatte, Land aufzukaufen. Verschiedene Parzellen um das Dorf herum. Irgendwann kam das Gerücht auf, er hätte Rathjens Feld gekauft, das direkt an der Hauptstraße lag, Richtung Siemsgluss, kurz vor dem Ortsschild. Das Feld hatte Rathjens gehört, solange irgendjemand, der im Dorf lebte, zurückdenken konnte. Weshalb niemand dem Gerücht Glauben schenken wollte. Bis Falk Brinkmann es bestätigte, eines Abends im *Kornspitz*. Nachdem er zu Rathjen gegangen war, um seine alljährliche Gebühr dafür zu entrichten, dass er seinen Wagen auf dem Feld abstellen durfte, um für seine Werkstatt zu werben.

Musst dich an Waldeck wenden, hatte Rathjen gebrummt. Das Feld gehört ihm.

Dann kaufte Waldeck die Alte Post, die direkt an sein Anwesen grenzte. Wir wussten es, weil das Grundstück der Gemeinde gehörte und er dem Gemeinderat offiziell ein Angebot machte. Nicht lange darauf begannen die Arbeiten an Spahns Hof –

Spahns Hof

Der Weiße Weg führt bergauf, links an der Dorfkneipe vorbei, und teilt sich nach etwa hundert Metern. Zur Linken geht es hinauf zur Kirche, zur Rechten hinauf zu Spahns Hof. Hinter Spahns Hof folgt eine weitere Anhöhe, auf der das Feuerwehrhaus steht, das am höchsten gelegene und letzte Gebäude des Dorfes in nördlicher Richtung. Dahinter nichts als Felder und Wälder und die Eisenbahngleise, die die Alte Hartemer Landstraße in Richtung Westen und Osten kreuzen. Mit seinen drei im rechten Winkel zueinander gruppierten Gebäuden erinnert Spahns Hof an eine Festung. Ein Eindruck, der noch dadurch verstärkt wird, dass das Haupthaus quasi mit dem Rücken zum Dorf steht. Zusammen bildet das Ensemble ein U: links vom Haupthaus ein Stall, rechts vom Haupthaus ein Schuppen. Die Gebäude sind eigentümlich. Und einmalig in unserer Gegend. Mit ihren Flachdächern, bunten, ausgeblichenen Fassaden und dem Brunnen in der Mitte des ungepflasterten Hofes. Und noch etwas ist eigentümlich: Es gibt keinen direkten Zugang zu Spahns Hof. Folgt man dem Weißen Weg, gelangt man auf die Rückseite des Haupthauses und muss zunächst um den Gebäudekomplex herumgehen, damit man zur Hofeinfahrt gelangt. Nimmt man den Weg über die Alte Hartemer Landstraße, muss man die Augen offenhalten, um den kleinen Pfad nicht zu verpassen, der sich durchs Dickicht bis vor die Rückseite des Schuppens schlängelt. Die einzige

Möglichkeit, den Hof von seiner offenen Seite her zu erreichen, führt ebenfalls über die Alte Hartemer Landstraße, ist jedoch mit Umwegen verbunden. Man folgt der Straße bis ans Ortsschild und hält sich links auf einem kurzen Stück asphaltierter Straße, die zum Feuerwehrhaus führt. Ein breiter, gut ausgebauter Feldweg führt von dort, leicht und stetig abfallend, zur Toreinfahrt von Spahns Hof.

Der alte Spahn war aus Amerika herübergekommen. Es hieß, er hätte nach Gold gegraben, in Kalifornien, und ein kleines Vermögen gemacht. Manche munkelten, er hätte Dreck am Stecken. Warum hätte er sonst herkommen sollen, in die tiefste Provinz, aus dem Land der unbegrenzten Möglichkeiten? In der Kreisstadt hatte er ein Stück Land gekauft. Dann war er hier aufgetaucht, in dem Pick-up-Truck, den er aus Amerika mit herübergebracht hatte. Mit ein paar Holzpfählen, einem Spaten, einem Hammer und einem Seil hatte er sein Land markiert. Vom ersten Tag an hatte es Widerstand gegeben.

Alles entzündete sich daran, dass das Land, das Spahn erworben hatte, auf halbem Weg zwischen dem Feuerwehrhaus und dem Dorf lag. Eine Abordnung besuchte Spahn und bat ihn, sein Vorhaben zu überdenken. Spahn dachte gar nicht daran. Er war ein umgänglicher, friedfertiger Mensch. Aber er war nicht bereit, den bürokratischen Weg noch einmal zu gehen und sein Land gegen ein anderes einzutauschen. Was bei den Verhandlungen erschwerend hinzukam: Spahn sprach kaum ein Wort Deutsch. Als die Abordnung zum dritten Mal kam, hatte Spahn genug. Er stieg auf die Ladefläche seines Wagens, nahm das Gewehr, das dort lag, und sagte, er würde davon Gebrauch machen, wenn die Eindringlinge sich nicht augenblicklich von seinem Grundstück entfernten.

Jahrelang war er damit beschäftigt, seinen Hof aufzubauen. Das meiste machte er mit eigenen Händen. Hin und wieder holte er sich Hilfe aus den umliegenden Ortschaften. Manchmal traf man ihn in Siemsgluss, bei *Eisen-Krohn*, wo er Werkzeug oder Nägel kaufte. Ein knorriger, sonnenverbrannter Mann mit weißem Bart und fleckigem Hut, dem ein Tabaksbeutel um den Hals baumelte.

Er kaufte Pferde. Und einen Hund. Eines Nachmittags stand er vor der Tür, den Hut in der Hand, und bat, hereinkommen zu dürfen. Wir waren alle sehr überrascht. Meine Mutter machte Kaffee. Noch immer sprach Spahn kein besonders gutes Deutsch. Und das Bisschen, das er sprach, klang so amerikanisch, dass Lina und ich uns zusammenreißen mussten, damit wir nicht loslachten. Spahn sagte, er würde nach Amerika gehen müssen, for a few weeks. Seine Verlobte herüberholen. Annie. Für die er diesen Hof erbaut hätte. In dem fernen, fremden Land seiner Vorfahren. Er sagte, er hätte gehört, es gäbe eine young lady auf diesem Hof, die im Ruf stände, sehr tierlieb zu sein. Er wollte meine Mutter höflich bitten, die young lady fragen zu dürfen, ob sie in seiner Abwesenheit auf seine Tiere aufpassen könnte.

Yes!, platzte es aus Lina heraus. Of course!

Wir werden darüber sprechen, sagte meine Mutter.

Ik will good dafur payen, sagte Spahn.

Jede freie Minute verbrachte Lina auf Spahns Hof. Sie führte die Pferde auf unsere alte Weide, hinten bei der Sandgrube, die mein Vater an Fried Dekker aus Benhorn verpachtet hatte. Sie brachte den Hund mit auf den Hof und ließ ihn, trotz aller Proteste meiner Mutter, nachts in ihrem Zimmer schlafen.

Nach drei Wochen war Spahn zurück. Mit seiner Frau. Einer alten Jugendliebe, wie er uns in seinem amerikanisch-deutschen Kauderwelsch erklärte. Sie kamen zu Besuch, am Sonntag, und brachten Blumen und Geschenke mit. Amerikanische Spezialitäten. Erdnussbutter und Tennessee

Whiskey. Spahn überreichte Lina einen Briefumschlag. Als Lina den Umschlag öffnete, fielen ihr fast die Augen aus dem Kopf. Meine Mutter nahm ihr den Umschlag ab und sah hinein.

Auf keinen Fall, sagte sie und schüttelte sehr energisch den Kopf.

Keep it, sagte Spahn. Ik hab more than enough davon –

Ein paar Mal lud Spahn uns ein, am Sonntag, und wir gingen hinüber zum Kaffee. Dann blieben die Einladungen aus. Zu Pfingsten schickte meine Mutter mich hinüber, um Spahns zum Abendessen einzuladen. Mehrmals klopfte ich an die große, breite Eingangstür. Es dauerte eine ganze Weile, bis Mrs. Spahn an der Tür erschien. Ich verstand nicht alles, was sie mir zu sagen versuchte. Weil sie so leise sprach, dass man sie kaum verstehen konnte. Und weil ihr Deutsch noch schlechter war als das ihres Mannes. Doch so viel begriff ich: Spahn ging es nicht gut. Irgendetwas mit den Augen.

Sag deiner Mutter vielen Dank für die Einladung. Doch momentan ist es impossible.

Eines Morgens wurde Dr. Rakuhn auf Spahns Hof gerufen. Doch war es nicht Spahn, dem es schlecht ging, sondern seine Frau. Dr. Rakuhn überwies sie zu einem Facharzt in der Kreisstadt. Der Facharzt überwies sie ins Krankenhaus. Genau haben wir nie erfahren, woran Annie Spahn starb. Doch nur zwei Wochen nach Dr. Rakuhns Visite wurde sie auf dem Friedhof hinter der Kirche beigesetzt. Mit Blick auf den Hof, den ihr Mann ihr gebaut hatte. Bald darauf tauchte die Frau auf, und das Gerede ging los.

Lass die Leute sich das Maul zerreißen, sagte meine Mutter. Was würdest du tun, wenn du fast blind wärst und Haus und Hof zu bewirtschaften hättest? Dir Hilfe holen. Was sonst? Und das ist genau das, was Spahn macht.

Was meine Mutter, die immer sehr pragmatisch an die Dinge heranging, außer Acht ließ: Die Frau war sehr jung.

Und sehr schön. Niemand hatte sie je zuvor gesehen. Das regte die Fantasie der Leute im Dorf an.

Sie hieß Bozena und wohnte bei ihm. Sie machte den Haushalt und kaufte ein. Genau wie meine Mutter gesagt hatte. Sie war höflich und zurückhaltend. Die Leute gewöhnten sich an ihren Anblick. Das Gerede hörte auf. Dann fing sie an, Freunde einzuladen. Am Wochenende. Zwei oder drei Autos parkten am Straßenrand. Ein paar Wochenenden später waren es sieben oder acht Autos. Eines stand so ungünstig, dass der Weg zum Feuerwehrhaus versperrt war. Jemand rief Brandmeister Blanck an, der sich sofort auf den Weg machte.

Blanck lebte in Sültlingen. Er war Brandmeister in dritter Generation und, wie seine Vorgänger, nicht eben dafür bekannt, große Reden zu halten. Umso schwerer wogen die Worte, die er verlor, als ihn die versammelte Dorfgemeinschaft nach seinem Besuch auf Spahns Hof vor dem *Kornspitz* erwartete.

Wenn ihr mich fragt, sagte Blanck und wies mit der Hand den Hügel hinauf, gehört die Räuberhöhle dort oben ausgeräuchert.

Bald standen die Autos nicht nur am Wochenende am Straßenrand, sondern die ganze Woche über. Immer mehr Motorräder kamen dazu. Maik Eisenbach, Alvin Brinkmann und ein paar andere schlichen sich hinauf, um mit eigenen Augen zu sehen, was auf Spahns Hof vor sich ging. Im Dorf verbreiteten sich unglaubliche Geschichten. Es war die Rede von rauschenden Festen, Drogen und Orgien.

Wie kann der alte Spahn nur zulassen, dass so etwas auf seinem Hof vorgeht?, war die am häufigsten gestellte Frage im Dorf. Und die Antwort, hinter vorgehaltener Hand: Er lässt es geschehen, weil Bozena und die anderen Mädchen ihm zu Willen sind.

Ein paar Wochenenden später rückte die Polizei an. Mitten in der Nacht. Falk Brinkmann hatte sie gerufen. Er hatte genug von der lauten Musik und den Motorrädern, die nachts an seinem Fenster vorbeirasten. Die Polizei sorgte dafür, dass die Musik leise gestellt wurde, und verhaftete einen Mann. Wegen Drogenbesitzes, sagten die einen. Widerstand gegen die Staatsgewalt, sagten die anderen. Was niemand für möglich gehalten hätte: Nach dem Polizeieinsatz hörte es auf. Schlagartig. Vielleicht hatte der alte Spahn ein Machtwort gesprochen. Vielleicht hatte Bozena genug von den ewigen Querelen. Vielleicht hatte es sich bis zu ihr herumgesprochen, dass Maik Eisenbach, Alvin Brinkmann und Will Töllning im *Kornspitz* damit geprahlt hatten, hinaufzugehen mit ein paar Kumpels aus den umliegenden Dörfern, um der Sache ein für allemal ein Ende zu bereiten.

Als Spahn starb, ging meine Mutter zur Beerdigung. Sie war die Einzige aus dem Dorf. Spahn wurde neben seiner Frau beigesetzt. Der Hof ging auf Bozena über.

Nicht lange nach Spahns Tod tauchte das Schild an der Dorfstraße auf: *Bozenas Hofladen.* Ein paar Neugierige gingen hinauf, um nachzusehen, was es damit auf sich hatte. Bozena hatte den Schuppen umgebaut. Sie verkaufte Kleider, die sie selbst schneiderte. Getöpfertes. Eingemachtes. Selbstgebrannten Obstschnaps. Jahrelang lebte sie dort mit dem Hund, der alt und grau geworden war, und dem Pferd, das sie gekauft hatte. Im Andenken an Spahn. Manchmal sah man sie ausreiten. Der Hund treu ergeben an ihrer Seite. Dann war irgendwann der Hund verschwunden. Es hieß, sie hätte ihn heimlich bei Nacht und Nebel auf dem Friedhof verscharrt. Neben seinem Herrchen. Dann verschwand irgendwann Bozena. Ohne ein Wort zu sagen. Mitsamt ihrem Pferd.

Ein einziges Mal kehrte sie zurück. An einem heißen Sommernachmittag sah man sie vor dem *Kornspitz* sitzen und

Zitronenlimonade trinken. Sie sagte, sie würde auf den Bus warten. Sagte, sie wäre gekommen, um Abschied zu nehmen. Sagte, sie hätte den Hof verkauft an einen Herrn aus dem Dorf, Waldach oder Waldeck, der ihr ein Angebot gemacht hätte, das sie nicht hätte ausschlagen können. Als Alvin Forster, der Wirt, sie fragte, ob Waldeck ihr gesagt hätte, was er mit dem Hof vorhätte, hatte sie genickt.

Der Hof, hatte sie gesagt, wird einc Erinnerungsstätte.

Pulverfass

Alba steht Schmiere, im halb geöffneten Scheunentor, während ich mit der Arbeit beginne. Als Erstes räume ich Homanns */8er* frei. Dann mache ich mich daran, das Gerümpel auf der Fahrerseite abzutragen. Bis sich die Tür soweit öffnen lässt, dass ich einsteigen kann. Alba öffnet das Tor und wartet, bis ich das Auto hinausgefahren habe. Dann schließt sie das Tor, steigt zu mir in den Wagen und angelt die zerknautschte Zigarettenpackung aus der Zwischenablage.

Ist dir aufgefallen, dass ich seit zwei Tagen nicht mehr geraucht habe?, fragt sie.

Wir parken den */8er* hinter der Werkstatt. Alba steigt aus und öffnet das rechte Tor. Zusammen befreien wir die Grube von den alten Autoreifen und Gummimatten, die über den Rosten liegen. Wir schieben die Werkzeugwagen und den Wagenheber beiseite, bis wir genug Platz haben, um das Auto in die Werkstatt zu fahren. Ich wende den Wagen und fahre ihn rückwärts hinein.

Die Sonne wirft ein paar letzte glutrote Strahlen an die Hauswand. Ein Schatten zerteilt diagonal das Scheunentor. Alba bezieht ihre Position. In der Hand hält sie die Zigarettenpackung und das Feuerzeug.

Nach und nach schichte ich das Gerümpel von der einen Seite der Scheune auf die andere. Bis genug Platz ist, um an den Anhänger zu gelangen. Ich manövriere den Anhänger durch die enge Gasse bis zum Scheunentor. Alba öffnet das Tor, und ich bugsiere den Anhänger hinaus auf den Hof. Mit dem Rücken zur Werkstatt ziehe ich ihn quer über den Hof, an der Vorderfront der Werkstatt vorbei, und stelle ihn auf der Rückseite an der Wand zwischen den Werkstatttoren ab.

Inzwischen ist die Sonne untergegangen. Der Horizont leuchtet in einem fahlen, ausgewaschenen Gelb. Der Himmel über dem Hof hat sich tiefblau gefärbt. Ein paar erste blasse Sterne funkeln darin.

Passwort?, fragt Alba, die am Scheunentor steht, die Hand auf dem Riegel.

Passwort »Pulverfass«, sage ich und salutiere.

Alba legt die Hand an die Stirn, grüßt mit militärischer Präzision und öffnet das Tor.

Die Petroleumlampe, die ich im Kontor gefunden habe, hänge ich an einen Haken am Deckenbalken. Ich nehme das Gerümpel, Stück für Stück, und werfe es auf den freigewordenen Platz in der Ecke rechts von der Hintertür. Nach einer Weile ziehe ich Albas Bluse aus und hänge sie an einen Nagel. Im Unterhemd arbeite ich weiter.

Als ich fertig bin, gehe ich in die Küche und hole eine Flasche Wasser. Mit dem Unterarm wische ich mir den Schweiß von der Stirn und trinke. In großen Schlucken.

Ich gehe zurück in die Scheune und betrachte mein Werk: Im hintersten Winkel, dort, wo vorher der Anhänger stand, türmt sich das Gerümpel bis unter die Decke. An den Seitenwänden stapelt es sich meterhoch. Die vier rechteckigen Gummimatten inmitten der Scheune liegen frei.

Draußen ist es Nacht.

Du musst mir helfen, sage ich und reiche Alba die Flasche.

Sie trinkt und wischt sich den Mund mit der Rückseite der Hand ab.

Und wer steht Schmiere?, fragt sie und reicht mir die Flasche zurück.

Es dauert nicht lange, sage ich.

Zusammen ziehen wir die Gummimatten beiseite. Das dicke, knorrige Holz der beiden Klappen darunter ist mit einer feinen Sandschicht überzogen. Ich klemme das Brecheisen, das ich aus der Werkstatt mitgebracht habe, zwischen die Türklappen und drücke die rechte Klappe hoch. Ich lege das Brecheisen auf den Boden und öffne die linke Klappe.

Wir brauchen Licht, sagt Alba. Sie stellt sich auf die Zehenspitzen und angelt die Lampe vom Haken. Du zuerst, sagt sie und reicht mir die Lampe.

Zwölf Stufen geht es hinunter. Rückwärts. Im Kriechgang. Auf einer uralten, schiefen, abgewetzten Steintreppe. Am Fuße der Treppe ein schmaler, kühler Raum, mit niedriger Decke, vollgestellt mit Waffen. Genau wie Homann es beschrieben hat.

Pass auf, dass du nicht aus Versehen die Lampe fallen lässt, sagt Alba.

Wir beginnen mit der Bergung. Alba leuchtet mir beim Abstieg in die Kammer, stellt dann die Petroleumlampe auf die oberste Treppenstufe und bezieht ihren Posten am Scheunentor. Ich klettere rückwärts die Treppe hinunter, im fahlen Licht der Lampe, und nehme so viel, wie ich mit beiden Armen tragen kann. Weil die Decke so niedrig ist, muss ich mich auf den letzten Stufen drehen, um die Last über den Kopf auf den Scheunenboden zu hieven. Dann klettere ich hinaus und staple die geborgene Ladung am Eingang.

Glaubst du, so ein Ding kann plötzlich hochgehen?, fragt Alba und tippt vorsichtig mit dem Fuß an eine Handgranate.

Keine Ahnung, sage ich.

Irgendwann ziehe ich das Unterhemd aus und arbeite mit nacktem Oberkörper weiter. Wie der erste Mensch in der ersten urzeitlichen Höhle sehe ich aus, im flackernden Licht der schiefen Steinwände der Kammer. Dutzende Male steige ich hinunter und wieder hinauf. Bis sich ein Berg aus Waffen vor dem Scheunentor aufgetürmt hat. Bei einem der Aufstiege stoße ich mit dem Kopf gegen die Wand und reiße mir das Ohr ein. Blut tropft mir auf den Arm und die Hand. Ich wische das Blut an der Hose ab.

Der Wind fühlt sich sanft und kühl an auf der nackten Haut, als ich zu Alba hinaustrete in die Nacht.

Lass uns den Anhänger holen, sage ich.

Und die Sass-Brüder?

Ich glaube nicht, dass sie jetzt noch kommen werden.

Alba fährt den */8er* aus der Werkstatt. Ich hebe den Anhänger auf die Kupplung. Sie rollt geradeaus bis an die Hofeinfahrt und legt den Rückwärtsgang ein. In einem fein gezirkelten Bogen manövriert sie den Anhänger zwischen die geöffneten Flügel des Scheunentors. Sie stellt den Motor ab, steigt aus und wirft mir den Schlüssel zu.

Und das alles ohne Führerschein, sagt sie und klettert auf den Anhänger.

Ich öffne die Ladeklappe und reiche ihr die Waffen hinauf. Gewehre. Pistolen. Granaten. Munition. Dann die Gasflaschen. Und die Kanister mit den Totenköpfen darauf, die ich beim Umschichten aus dem Gerümpelhaufen gezogen habe.

Im Rückspiegel sehe ich Alba, die wie eine Kriegsgöttin auf dem Anhänger thront. Wir rollen über den Hof um die Werkstatt herum. Ich lege den Rückwärtsgang ein und fahre den Anhänger durchs offene Tor. Ich steige aus und kupple den Anhänger ab.

Gar nicht übel hier oben, sagt Alba, die mit ausgebreiteten Armen über den Waffenberg balanciert.

Ich strecke die Hände aus und helfe ihr herunter.

Sie zieht die letzte Zigarette aus der Packung und zückt das Feuerzeug.

Die heben wir uns bis zum Schluss auf, sagt sie.

Johannes der Säufer

Die Nacht ist still. Der Mond wirft weißes Licht auf den Hof. Alba und ich sitzen auf der Bank vor der Werkstatt und teilen uns eine Flasche Bier, die Alba in einem Kasten oben auf der Galerie gefunden hat.

Das Haltbarkeitsdatum ist seit einem Jahr abgelaufen, sagt sie und nimmt einen Schluck. Sie reicht mir die Flasche.

Darf ich mich zu Ihnen gesellen?, fragt eine Stimme von der Hofeinfahrt her.

Ich greife nach dem Gewehr.

Sch–, sagt Alba. Alles gut. Es ist Johannes.

Im Mondschein sieht er aus wie eine wandelnde Vogelscheuche. Mit seinem Hut, dem löchrigen Mantel und der Krawatte, die ihm lose um den Hals baumelt. Mit staksigem, leicht schwankendem Gang kommt er auf uns zu und schwenkt die Flasche.

Towarischtsch, sagt er und verbeugt sich vor mir. Er nimmt Albas Hand und legt die Lippen auf ihre Finger. Eine ganze Weile verharrt er so. Vornübergebeugt. Mit geschlossenen Augen. Dann tritt er einen Schritt zurück, lässt sanft Albas Hand los und legt die rechte Hand aufs Herz. Es ist, sagt er mit heiserer, melodischer Stimme in seinem schweren russischen Akzent, ein Glück, Sie zu sehen, nach all den Jahren, so fröhlich und munter. Er verbeugt sich erneut, die Hand noch immer auf dem Herz. Dann erinnert er sich seiner Flasche. Er will eben ansetzen und einen Schluck nehmen, als er plötzlich innehält.

Moment, murmelt er und kramt in der Manteltasche. Nacheinander holt er eine Rolle Bindfaden mit Nähnadel, ein verklebtes grünes Bonbon, eine zerknautschte Streichholzschachtel und eine zusammengeknüllte Stoffserviette hervor. Er stopft alles zurück in den Mantel. Bis auf die Stoffserviette, die er in die Hosentasche steckt. Moment, sagt er wieder, leicht schwankend, und kramt in der anderen Manteltasche. Aaaah, sagt er, zwinkert uns zu und zieht eine kleine, völlig zerknitterte Tüte hervor. Er stellt die Flasche ab, dreht und wendet die Tüte in der Hand, bis er die Öffnung gefunden hat.

Die Katze kommt über den Hof gelaufen, mit aufgestelltem Schwanz. Sie miaut leise und nimmt Platz. Direkt neben Johannes.

Er nickt ihr zu und reckt den Zeigefinger. Wie der Zauberer in der Manege.

Obacht!, sagt er und legt die Öffnung der Tüte frei. Mit großer Sorgfalt und äußerster Konzentration. Mit spitzen Fingern greift er hinein und zieht eine Mandel hervor. Sakuska, sagt er und lächelt in die Runde. Er tritt einen Schritt vor und hält uns die Tüte hin. Rauchmandeln, sagt Johannes. Gut. Sehr gut.

Alba greift zuerst hinein. Dann ich.

Johannes nickt zufrieden und hält der Katze die Tüte hin. Die Katze schnuppert daran, reibt sich an seinem Bein, als wollte sie dankend ablehnen, und setzt sich zurück an ihren Platz. Johannes zuckt die Schultern, schiebt die Tüte umständlich zurück in die Tasche und zückt die Stoffserviette. Er trompetet ein paar Mal hinein, faltet die Serviette zusammen und steckt sie zurück in die Hosentasche. Dann greift er nach der Flasche.

Na zdarowje, sagt er, nickt uns zu, mit einem verschwörerischen Grinsen, legt den Kopf zurück und trinkt. Der Schnaps läuft ihm am Kinn hinunter, als er uns die Flasche reicht. Mit dem Ärmel wischt er sich die Bartstoppeln und wirft den Imbiss ein. Trinkt, sagt er, meine Freunde, trinkt!

Es hieß, sie hätten ihn aus seinem Heimatland verbannt. Niemand wusste warum. Und wann genau er aufgetaucht war. Die meisten meinten, er wäre immer schon da gewesen. Jahrelang verdingte er sich als Knecht bei Rathjens, der der Einzige war, der ihn mit richtigem Namen kannte. Ivan Petrowitsch Zverin. Und so wurde er von allen genannt: Ivan. Bis Ivan eines Tages bei Rathjens vorsprach und darum bat, Johannes genannt zu werden. Die deutsche Version seines Namens. Soweit er das Kauderwelsch seines Knechts verstanden hätte, sagte Rathjen, klänge es in dessen empfindlichen russischen Ohren wie eine Beleidigung, wenn sein Name von gewissen Mäulern im Dorf ausgesprochen wurde. Wir alle wussten, was er meinte. Die meisten von uns hatten kein Problem damit, Ivans Wunsch nachzukommen. Alle anderen zogen nach, nachdem irgendein Witzbold auf die Idee gekommen war, ihn Johannes den Säufer zu nennen.

Bis zu seiner Pensionierung trank er nach einem festen Ritual. Und immer nur am Wochenende. In der Woche war er fleißig und gewissenhaft. Sein Deutsch beschränkte sich auf das Nötigste. Danke. Bitte. Guten Tag. Auf Wiedersehen. Die Kammer, die Rathjen ihm gab, betrat er nur am Sonntag. Ansonsten schlief er draußen. Im Wald, auf dem Feld oder in der Scheune, wenn es draußen kälter wurde. Wenn Rathjen ihm am Freitagnachmittag den Lohn auszahlte, wusch Johannes sich, zog seinen guten Anzug an, klemmte einen Zehner unter eine leere Schnapsflasche und ging in den *Kornspitz*, wo er seinen Lohn versoff. Bis auf den letzten Heller. Am Morgen erschien er zur Arbeit. Als wäre nichts gewesen. Nur der hochrote Kopf und die glasigen Augen verrieten etwas von den Ausschweifungen der Vornacht. Am Samstagabend überkam ihn der Katzenjammer, und er fuhr auf seinem Moped zur Tankstelle nach Sültlingen, wo er sich von seinem zurückgelegten Zehner billigen Fusel kaufte, in kleinen Flaschen, um seinen Kummer zu ertränken. Man sah ihn auf der Bank oben am Friedhof sitzen und

Selbstgespräche führen. Auf russisch. Die Flaschen aufgereiht vor sich auf dem Boden. Kam irgendjemand in diesen Nächten an der Kirche vorbei, murmelte er die immergleiche Litanei: Ertodamigosporaetatsadistamia –

Niemand verstand ein Wort. Die Wenigen, die sich die Mühe machten zu fragen, wurden von Johannes zu einem Schluck aus der Pulle eingeladen. In Nächten, in denen er besonders traurig war, sang er für sein Publikum. Mit hoher, klarer Stimme. Traurige, sehnsüchtige russische Lieder. In anderen Nächten saß er nur kopfschüttelnd da, murmelte mit Fistelstimme vor sich hin und trank. Bis das Publikum sich heimlich, still und leise verabschiedete, weil Johannes es vergessen zu haben schien.

Ertodamigosporaetatsadistamia, sagte er dann und schwenkte die Flasche zum Abschied.

Johannes, sagt Alba. Seit Jahren murmelst du diese Leier vor dich hin. Willst du uns nicht verraten, was du da sagst die ganze Zeit?

Johannes nickt. Feierlich.

Okeh, sagt er.

Okay, sagt Alba und hält ihm die Bierflasche hin. Aber langsam, sagt sie. Damit wir es auch verstehen.

Johannes nickt. Er stellt die Schnapsflasche ab, tritt einen Schritt vor und nimmt die Bierflasche. Er verbeugt sich. Er führt die Flasche an die Lippen und trinkt. Er verbeugt sich wieder und reicht Alba die Flasche zurück. Er stellt sich in Positur. Die Katze links. Die Flasche rechts.

Etot –, sagt er und macht eine ausladende, das ganze Dorf umspannende Bewegung.

Etot, wiederholt Alba.

Johannes lächelt und nickt.

Damy, sagt er und weist mit der Linken auf Alba.

Damy.

I –

I –

Gospoda, sagt Johannes und weist auf mich.

Gospoda, murmeln Alba und ich im Chor.

Eta, sagt Johannes und breitet die Arme aus.

Eta, wiederholen wir.

Johannes nickt.

Zadnista, sagt er. Er dreht sich um und zeigt auf seinen Hintern.

Zadnista?, sagen wir.

Da, sagt Johannes. Zadnista. Mit den Händen beschreibt er einen Kreis in der Luft. Mira, sagt er.

Mira, echoen wir.

Eta zadnista mira, sagt er.

Eta zadnista mira –

Da, sagt er, nimmt die Flasche, legt die Hand aufs Herz und verbeugt sich. Kunstvoll umkurvt er die Katze und schwankt über den Hof zurück Richtung Dorfstraße.

Amerika

Im Morgengrauen sehe ich nach Homann. Er ist wach und nimmt meine Hand.

Als du klein warst, sagt er, sind wir zusammen in die Kreisstadt gefahren. Nur du und ich. Wir haben im Park Enten gefüttert und Kuchen gegessen. In einer dieser alten Konditoreien, die es alle nicht mehr gibt. Abends sind wir zurück nach Hause. Du warst vier oder fünf Jahre alt und saßt hinten auf der Rückbank. Mit deinem Comic-Heft, das du immer dabeihattest.

Homann, sagtest du, gibt es das wirklich?

Was?

Die Cowboys. Die Indianer. Das alles.

Ja und nein, sagte ich. Die Geschichte in deinem Heft hat jemand sich ausgedacht. Aber das Land, in dem die Geschichte sich zuträgt, gibt es wirklich.

Wie heißt das Land, Homann?

Amerika.

Amerika, sagtest du.

Dann sagtest du nichts mehr. Den ganzen Heimweg über. Kein Wort. Es war dämmrig und wir bogen auf die Dorfstraße ein. In ein paar Häusern brannte schon Licht. Du tipptest mir auf die Schulter und sagtest: Wohnen wir dort?

Was meinst du?, fragte ich und sah in den Rückspiegel.

Du beugtest dich vor und blicktest direkt in den Spiegel.

Unsere Blicke trafen sich.

Ich meine – Du suchtest nach den richtigen Worten. Ich meine, ist das, wo wir wohnen, Amerika?

Nein, Lukas, sagte ich, das ist nicht Amerika.

Ich erklärte dir, dass Amerika ein Land war. Weit weg. Auf der anderen Seite der Erde. Jenseits eines großen Ozeans. Und dass wir vielleicht hinfahren würden, eines Tages, um es uns anzusehen.

Inzwischen hatten wir den Hof erreicht. Ich parkte den Wagen, stellte den Motor ab und drehte mich auf dem Sitz um. Ich sah dir an: Du warst nicht überzeugt. Obwohl du wusstest, dass das Dorf nicht Amerika war, so wie du wusstest, tief im Herzen, dass es nicht der Weihnachtsmann war, der am Heiligen Abend die Geschenke brachte, konntest du doch nicht aufhören, daran zu glauben, dass es vielleicht doch so war, wie du es dir insgeheim vorstelltest. Und dass der Weihnachtsmann vielleicht doch existierte. Irgendwo dort draußen. Und nicht nur in deinem Kopf. Bis du sieben oder acht Jahre alt warst, gingst du hinauf ins Kontor, am Vorweihnachtsabend, und sahst aus dem Fenster. Die Dorfstraße hinunter. Bis dich die Müdigkeit übermannte und du einschliefst. Du schafftest es eben noch, vom Stuhl zu klettern und dich auf dem Teppich vor dem Schreibtisch einzurollen. Dort fanden wir dich, dein Vater und ich, und trugen dich ins Bett.

Ich weiß, so ganz hast du den Glauben nie aufgegeben. Doch lass mich dir sagen, mein Junge: Dies ist nicht Amerika. Amerika gründet sich auf Gewalt. Gier und Ausbeutung und Gewalt. Es bräuchte mehr als einen Cowboy, all das Unrecht wiedergutzumachen, das angerichtet wurde, seitdem Kolumbus den Kontinent entdeckte, den er fälschlicherweise für ein anderes Land hielt. Dieses Land, mein Junge, ist nicht Amerika. Es gründet sich nicht auf Gewalt. Es gründet sich nicht einmal auf Gier. Es gründet sich auf Sturheit und Gründlichkeit. Auf Rechtschaffenheit und Rechthaberei um jeden Preis.

Wenn du mich fragst, welches der beiden Modelle das bessere ist, unseres oder das der Amerikaner – ich habe keine Antwort darauf.

Freitag

Spaziergang

Erfüllst du mir einen Wunsch?, fragt Alba bei Tagesanbruch.

Kommt drauf an, was es ist.

Ich möchte zu unserem Hof. Ein letztes Mal.

Jetzt?

Ja. Warum nicht?

Wie Gespenster bewegen wir uns im Nebel über den Feldern. Mit dem bloßen Auge nicht zu sehen. Wir klettern über den Zaun auf der Rückseite von Töllnings Hof und schlängeln uns zwischen Eisenbachs Kühen hindurch Richtung Kronsnest. Wir schlüpfen durch das angelehnte Gatter des Hofes der Witwe Schönau und passieren die Alte Post. Im Schutz der Kiefern, die Waldecks Grundstück von der ehemaligen Ziegelbrennerei trennen, laufen wir hinüber zu Harpers Hof im äußersten Osten des Dorfes. Geduckt pirschen wir um Harpers Haus herum, sehen links und rechts die Landstraße hinunter, überqueren die Straße im Laufschritt und machen atemlos halt im Bushäuschen im Schatten der Scheune des Jordan'schen Anwesens.

Komm, sagt Alba und nimmt mich bei der Hand.

Ein schmaler Trampelpfad führt um die Scheune und die Remise herum zur Rückseite des Wohnhauses. Alba späht durchs Stubenfenster.

Niemand wach, sagt sie, fast enttäuscht.

Lass uns gehen, sage ich.

Einen Moment noch, sagt Alba und zieht mich mit sich. Durch einen Spalt in der Rückwand schlüpfen wir in die Remise. Alba weist auf die Leiter, die am Heuboden lehnt.

Nein, Alba, sage ich.

Bitte, sagt sie und sieht mich an dabei, so flehentlich und bittend, dass ich nicht anders kann.

Meinetwegen, sage ich.

Vom Heuboden aus führt eine schmale Treppe zu einem Dachfenster. Alba klettert die Treppe hinauf und öffnet es.

Komm, sagt sie wieder und reicht mir die Hand.

Der Blick ist wunderschön: die Baumkronen, die Dächer, die Schornsteine, der Kirchturm. Das ganze Dorf ist in ein unwirkliches, dunstiges, orangenes Licht getaucht.

Hier saß ich stundenlang, sagt Alba. Am Nachmittag. Wenn ich Kummer hatte. Genau wie du auf deinem Dachboden. Oder ich kam hierher, um an dich zu denken. Sie legt den Kopf auf meine Schulter. Dort, sagt sie, und weist in die Ferne, der rote Fleck, ein Stück rechts von der Kirche, das ist euer Haus. Plötzlich schreckt sie auf. Caspar –, sagt sie.

Zuerst höre ich nichts. Nur den Wind, leise und sacht, über den Feldern, die sich von der Rückseite der Remise bis nach Sültlingen erstrecken. Dann ein Husten und Schnauben. Vom Wohnhaus her.

Er duscht, sagt Alba. Komm, sagt sie. Nichts wie weg.

Wir klettern die Leiter hinunter, zwängen uns durch den Spalt in der Rückwand und laufen den Weg zurück, den wir gekommen sind. Bis zum Bushäuschen, wo wir für einen Moment verschnaufen.

Die Luft ist rein, sage ich schließlich. Komm –

Warte, sagt Alba und zieht einen Filzstift aus der Tasche. Sie steckt den Stift in den Mund und entfernt die Kappe mit den Zähnen. Die Buchstaben sind verblasst, sagt sie, die Kappe noch immer im Mund. Sie kniet sich auf die Bank und schreibt. Damit sie uns nicht vergessen, sagt sie, drückt die Kappe auf den Stift und tritt zur Seite, damit ich ihr Werk bewundern kann.

Elf schnörkellose, schwarze Großbuchstaben auf dunklem Holzgrund –

Dorfidioten

Zuerst trafen wir uns heimlich. In Sültlingen. Nach Schulschluss. Für eine kostbare Stunde. Zuhause erzählte Alba, sie hätte den Bus verpasst. Alle paar Wochen verbrachten wir einen Nachmittag zusammen in der Kreisstadt. Immer auf der Hut, nicht gesehen zu werden. Alba sagte, ihre Familie dürfte nichts davon wissen. Von mir. Von unseren Treffen. Weil sie ihr sonst den Umgang mit mir verbieten würden.

Manchmal, sehr selten, trafen wir uns im Dorf. An der Kastanie ganz hinten im Kronsnest. Wir gingen im Wald spazieren oder saßen am Ufer des Siebenseelensees, der jedesmal anders aussah, je nach Jahreszeit und Wind und Wetter. Still und träge und tief an heißen, brütenden Sommertagen. Klar und glitzernd und heiter am Morgen, wenn der Regen in der Nacht die schwüle Luft gereinigt hatte. Hart und grau an Herbstnachmittagen, wenn der Wind über das Wasser hinwegfuhr und die Oberfläche aufraute.

Wir waren wie Heilige in all den Monaten. Ein Kuss zum Abschied. Eine Berührung. Eine Umarmung. Das war alles, was es an Annäherung gab zwischen uns. Und ich war mir nicht einmal sicher, ob ich mir jemals mehr wünschte. So schön und still und vollkommen war es zwischen uns. So wenige Worte waren nötig. Stunden konnten wir zusammensitzen, irgendwo, ohne ein Wort zu sprechen.

An einem Oktobernachmittag, auf dem Weg zurück ins Dorf, fasste Alba einen Entschluss.

Ich habe genug von der Heimlichtuerei, sagte sie. Außerdem ist es zu kalt, um ewig durch den Wald zu laufen. Am Sonntag holst du mich zuhause ab, und wir fahren zusammen zum Erntedank nach Lohe.

Der Empfang bei Jordans war ganz anders, als ich es mir vorgestellt hatte. Albas Mutter bot mir heiße Schokolade und Kekse an. Der Vater saß am Küchentisch und las in der Zeitung. Er nickte mir zu. Brav trank ich meine Schokolade und aß meine Kekse. Frau Jordan sagte, sie freue sich, mich kennenzulernen. Alba hätte schon viel von mir erzählt.

Wo bleibt sie nur?, fragte sie und sah auf die Uhr.

Putzt sich raus, knurrte der Alte und stand auf. Er schlurfte durch die Küche, öffnete die Tür zur Diele und rief: Alba!

Sie kommt gleich, sagte Frau Jordan und rückte die Keksschale in meine Richtung.

Der Vater hatte recht gehabt: Sie hatte sich herausgeputzt. Wunderschön und etwas altmodisch sah sie aus in ihrem braunen Kleid mit dem weißen Kragen und den schwarzen Strickstrumpfhosen. Wie ein Mädchen auf einem Bild aus einem anderen Jahrhundert. Das Haar hatte sie mit Spangen hochgesteckt.

Komm, Kind, setz dich, sagte Herr Jordan.

Die Kinder müssen los, Vater, sagte seine Frau.

Nur ein paar Minuten.

Er faltete die Zeitung zusammen und fragte nach meiner Familie. Ob meine Eltern gesund seien. Ob Homann noch Verwalter auf dem Hofe sei. Wie die Geschäfte gegangen wären bei der großen Dürre im Sommer. Das alles machte mir nichts aus. Ich war darauf vorbereitet gewesen. Ich merkte, wie sich Alba beruhigte, die zuerst unruhig auf ihrem Platz hin und her gerutscht war. Sie nahm einen Keks und leckte mit spitzer Zunge die Marmelade aus der Mitte. Dann kam Caspar. Und alles änderte sich. Schlagartig. Ich stand auf und streckte die Hand aus. Er drückte sie, sehr kurz und sehr fest, und brummte einen Gruß. Dann ging er hinüber zum Ofen, öffnete die Klappe, nahm das Schüreisen und stocherte in der Glut herum.

Ich gehe Holz holen, sagte er, warf die Jacke über, die an einem Haken neben der Anrichte hing, und ging hinaus.

Dann mal los, ihr beiden, sagte Frau Jordan. Sonst kommt ihr noch zu spät.

Lukas, sagte Herr Jordan, wir gehen davon aus, dass du Alba pünktlich um 18 Uhr hier wieder ablieferst.

Im Dorf machte es die Runde. Einigen waren wir beim Erntedank begegnet. Einige behaupteten, sie hätten uns zusammen im Dorf gesehen. An einem Wintertag um Nikolaus herum begegneten wir Frau Biancourt, die mit dem Fahrrad auf dem Weg zum Musikunterricht nach Siemsgluss war. Auf dem Feldweg, der parallel zur Landstraße verläuft. Sie lächelte uns zu und grüßte.

Wir trafen uns nun immer öfter. Und immer offener. Alba kam zu Besuch zu uns. Ich hatte Angst, meine Mutter, die im ganzen Dorf für ihre spitze Zunge und ihre strengen Prinzipien bekannt war, würde Alba nicht mögen. Doch hieß sie Alba willkommen. Geradezu herzlich, für ihre Verhältnisse.

Du warst das bestgehütete Geheimnis, das Lukas je hatte, sagte sie.

Von wegen, sagte Lina.

Der Winter war wunderschön. Kalt und frostig und klirrend. Der Himmel leuchtete grün über der Schneelandschaft. Alba und ich liefen Schlittschuh auf dem zugefrorenen See. Am Ufer bauten wir einen Schneemann, zusammen mit ein paar Kindern aus dem Dorf. In meinem Zimmer unter dem Dach wärmten wir uns auf. Ich kochte Tee für uns. Der Tee wurde kalt, weil wir nicht aufhören konnten, uns zu küssen.

An Weihnachten war ich eingeladen. Bei Jordans. Zum Kaffee. Meine Mutter zwang mich, die Haare zu schneiden und meinen Anzug anzuziehen. In der Kreisstadt hatte ich Geschenke gekauft. Für die ganze Familie. Stoffservietten für Frau Jordan. Ein Tabakpfeifenreinigungsset für den Vater. Rasierwasser für Caspar.

Zum ersten Mal betrat ich Albas Zimmer. Es war viel schlichter, als ich es mir vorgestellt hatte. Ein Schreibtisch. Ein Stuhl. Ein Bett unter der Dachschräge. Ein Brett mit Büchern über dem Bett. Die Tapete hellblau mit weißem Muster. Alba saß auf dem Fußboden und war dabei, Geschenke einzupacken. Sie blickte auf und sah mich an, wie niemand mich je angesehen hatte.

Der Kaffee wurde in der Stube getrunken.

Caspar kommt später, sagte Frau Jordan. Er muss noch nach der Wasserpumpe sehen. Sie ist eingefroren gestern Nacht. Wir fangen schon mal ohne ihn an.

Ich weiß nicht, was es war. Irgendetwas in mir hoffte, er würde den ganzen Nachmittag mit der Wasserpumpe beschäftigt sein. Ich wusste, die Stimmung würde sich ändern, sobald er den Raum betrat. Und ich wusste auch warum: Er mochte mich nicht.

Als Caspar schließlich kam, war es schon dunkel. Er nickte in die Runde und setzte sich. Frau Jordan legte ihm ein Stück Kuchen auf den Teller und goss ihm eine Tasse Kaffee ein. Eine Weile unterhielt er sich mit Albas Vater über die Reparatur. Die Wasserpumpe lief wieder, musste jedoch spätestens zum nächsten Winter ausgetauscht werden.

Lukas war so lieb, dir etwas mitzubringen, sagte Frau Jordan und reichte ihm das Geschenk, das etwas deplatziert aussah mit seinem goldenen Schleifchen und dem Aufkleber der Parfümerie, in der ich es gekauft hatte.

Caspar brummte und nickte. Er wickelte das Geschenk aus.

Danke, sagte er und stellte den Karton zu den anderen Geschenken auf den Boden vor dem Weihnachtsbaum.

Im Januar erwischten uns zwei von Albas Klassenkameradinnen beim Knutschen nach der Schule im Musiksaal. Nun sprach sich das Ganze in Windeseile herum. Auf Schritt und Tritt wurden wir beobachtet. Es kursierten die merkwürdigsten Gerüchte und Geschichten.

Lass sie reden, sagte Alba.

An einem grauen Februartag prügelte ich mich mit Alvin Brinkmann, im Schneematsch auf dem verlassenen Hof hinter der Alten Post, weil er behauptet hatte, Alba Jordan treibe es mit jedem und ich sollte mir bloß nicht einbilden, etwas Besonderes zu sein.

Die Wahrheit war: Nichts von dem, was Alvin Brinkmann und die anderen über uns verbreiteten, hatte irgendetwas mit der Wirklichkeit zu tun. Wir waren Heilige. Alba und ich. Stillschweigend. Als würden wir uns füreinander aufheben. Für einen Moment, der jenseits von dem lag, was irgendjemand im Dorf sich vorstellen konnte. Für einen Moment, der jenseits von dem lag, was wir uns selbst vorstellen konnten. Wir wussten, wir würden wissen, wann der Moment gekommen wäre.

Eines Nachmittags hielt mich Caspar Jordan an. Auf dem Platz vor dem *Kornspitz*. Arvid Forster hatte mich gebeten, nach dem Zigarettenautomaten zu sehen, den ein paar Jugendliche aus den umliegenden Dörfern bei dem Versuch, das Ding zu knacken, demoliert hatten. Ich hatte Caspar kommen sehen, in seinem Jeep, und gehofft, er würde es, wie sonst immer, bei einem kurzen Gruß belassen. Oder so tun, als würde er mich nicht sehen. Doch hielt er an und stieg aus. Er zog die Hose am Bund hoch und kam zu mir herüber.

Ich möchte, dass das aufhört, sagte er und baute sich vor mir auf. Er schnaubte und wischte sich die Nase mit der Rückseite der Hand. Ich möchte nicht, dass der Name meiner Schwester weiter in den Dreck gezogen wird. Er sah mich an. Zum ersten Mal in seinem Leben. Ist das klar?, fragte er.

Ich nickte. Wie ein Idiot.

Gut, sagte er.

Alba war außer sich, als ich ihr davon erzählte. Sie ließ mich kaum ausreden.

Es reicht, sagte sie.
Und:
Ich habe endgültig genug.
Und:
Wer glaubt er, wer er ist?
Und:
Wir werden es ihnen zeigen.
Allen.

Sie fuhr in die Kreisstadt, kaufte zwei knallrote T-Shirts und einen schwarzen Filzstift. Am Sonntag stand sie vor meiner Zimmertür, eine Plastiktüte in der Hand.

Caspar hat mir verboten zu kommen, sagte sie und holte die T-Shirts und den Stift aus der Tüte. Sie setzte sich auf den Boden, steckte den Stift in den Mund und zog die Kappe mit den Zähnen ab. In Druckbuchstaben schrieb sie DORF auf das erste der beiden T-Shirts. Sie zog die Bluse aus. Mir stockte der Atem. Sie nahm das T-Shirt und streifte es über. Passt, sagte sie, die Kappe noch immer zwischen den Zähnen. Dann nahm sie sich das zweite T-Shirt vor. IDIOTEN, schrieb sie. In großen schwarzen Buchstaben. Zieh das an, sagte sie. Wir gehen in die Kirche.

Es war ein warmer Frühlingstag. Einer der ersten des Jahres. Das halbe Dorf war versammelt auf dem Platz vor der Kirche, um Marten Eisenbach zu gratulieren, dessen Enkelin getauft wurde. Alba und ich kamen zusammen den Weg herauf, Hand in Hand. In unseren T-Shirts. Wir grüßten in die Menge und nahmen Platz, in der Kirchenbank, ganz vorne, direkt hinter den Taufpaten. Ich spürte die Blicke und hörte das Getuschel. Ich sah die Unruhe im Blick des Pastors und konnte mir keinen Reim darauf machen. Die alte Albersinger kam und zischte Alba etwas ins Ohr.

Was sagt sie?, fragte ich, während die Orgel einsetzte.

Sie sagt, wir benehmen uns unmöglich, sagte Alba und hob die Stimme, um in den Gesang der Gemeinde einzustimmen.

Caspar wartete auf dem Parkplatz vor der Kirche. An den Kotflügel seines Jeeps gelehnt. Jemand musste ihm Bescheid gegeben haben. Als er uns kommen sah, setzte er sich in Bewegung. Er packte Alba am Arm und zog sie zum Auto. Er riss die Beifahrertür auf, schubste Alba in den Wagen und knallte die Tür zu. Dann kam er auf mich zugestapft. Die Menge um uns herum war wie gebannt. Er hob den Zeigefinger und sah mich an.

Das letzte Mal, sagte er. Er atmete ein paar Mal heftig aus und wieder ein. Dann stapfte er zurück zum Wagen, öffnete die Fahrertür, stieg ein, knallte die Tür zu, startete den Motor und fuhr mit quietschenden Reifen los. Der Kies spritzte auf und prasselte gegen die umstehenden Autos.

Will Töllning

Wir sind dabei, über den Zaun zu klettern, der Will Töllnings Grundstück von unserem trennt, als Alba mich am Ärmel zieht.

Der Schlachter!, sagt sie und wirft sich flach ins Gras.

Er steht mit dem Rücken zu uns in der Morgensonne, die Arme in die Hüften gestemmt, in seinem grauen Kittel. Dann dreht er sich um. Langsam. Auf dem Absatz. Als hätte er uns im Augenwinkel bemerkt. Er sieht sich um, lupft die Kappe, die er immer trägt, und kratzt sich am kahlen Schädel. Alba und ich senken die Köpfe und pressen die Nasen in die kalte, feuchte Erde. Als ich aufsehe, sitzt Töllning auf einem Holzstapel vor seinem Räucherhaus. Er zieht eine Zigarre aus der Brusttasche seines Kittels und beschnuppert sie. Er beißt das Ende der Zigarre ab und spuckt es aus. Umständlich kramt er in den Taschen nach seinem Feuerzeug. Es blitzt in der Sonne auf, als er es zum Mund führt. Er lässt die Klappe zurückschnappen und führt die Zigarre an die Flamme. Er pafft ein paar Rauchwolken in die Luft, lässt die Klappe zuschnappen und schiebt das Feuerzeug zurück in die Kitteltasche.

Luke, flüstert Alba und weist auf das Schlachthaus.

Ein schmuckloses, rechteckiges, gelb gekacheltes Gebäude mit einer schweren Eisentür und einer Reihe dicker Glassteinwürfelfenster an der Vorderfront. Zuerst weiß ich nicht, was Alba meint. Dann sehe ich es. Blut läuft in einer Lache unter der Schlachthaustür hervor.

Auch Töllning sieht es. Eine Weile sitzt er da und schaut zu, wie die Lache größer wird. Schließlich steht er auf und geht hinüber zum Haus. Er schließt den Schlauch an den Wasserhahn in der Außenwand an und dreht das Wasser auf. Breitbeinig steht er da und pafft seine Zigarre, den Schlauch auf die Lache gerichtet. Nach und nach vermischen sich Blut und Wasser zu einem hellroten Strom. Mit dem Schlauch dirigiert Töllning den Strom zum Ausguss, der in den Boden vor der Scheune eingelassen ist. Bis nichts als ein dunkler Fleck zurückbleibt. Töllnings Hund kommt aus dem Haus. Er schnuppert lustlos an seinen Näpfen und sieht sich verschlafen um.

Scheiße, sagt Alba. Nicht, dass der Köter uns verrät –

Im selben Moment richtet Töllning den Wasserstrahl auf den Hund. Der Hund macht einen Satz und jault auf. Dann läuft er los. Töllning hinterher. Erst als der Hund hinter dem Haus verschwunden ist, geht Töllning zurück zum Wasserhahn und dreht das Wasser ab. Sorgfältig wickelt er den Schlauch auf. Die Zigarre zwischen den Lippen.

Eine Weile steht er in der Tür, mit halb geschlossenen Augen. Dann drückt er die Zigarre am Türrahmen aus, schiebt den Stummel in die Kitteltasche und spuckt aus.

Scheißvieh, sagt er und stapft ins Haus.

Den Vormittag verbringe ich in der Werkstatt. Ich suche mir zwei Eisenstangen auf der Galerie, messe sie aus und flexe sie passgenau zu. Ich gehe zum Auto, öffne den Kofferraum und lege die beiden Eisenstangen hinein. Ich nehme die erbeuteten Waffen aus dem Kofferraum und lege sie zu den anderen auf den Anhänger. Ich suche mir eine Zange und schneide Draht von der Rolle an der Wand neben dem Werkzeuglager. Ein Dutzend Stück von jeweils etwa einem Meter Länge. Ich klettere auf den Anhänger, schiebe die Waffen zu einzelnen Stapeln zusammen und umwickle die Stapel mit Stoff. Alte Handtücher, Arbeitsjacken, Lappen, die ich in der Werkstatt finde. Dann winde ich den Draht um die einzelnen Waffenstapel. Bis ich eine Reihe fest verschnürter Pakete habe, die ich gleichmäßig über die Ladefläche verteile. Alba kommt und bringt mir Frühstück. Eine Weile sitzen wir schweigend auf der Werkbank, in der schräg einfallenden Sonne, und trinken Kaffee.

Bist du nicht müde?, fragt Alba.

Und du?, frage ich.

Ich weiß es nicht, sagt sie und pustet in den Dampf, der aus ihrem Becher aufsteigt.

Ich weiß es auch nicht, sage ich.

Sie räumt das Geschirr zusammen und stellt es aufs Tablett.

Wie lange brauchst du noch?

Nicht lange. Warst du bei Homann?

Ja. Er schläft tief und fest. Atmet schwer. Die Katze ist bei ihm.

Das ist gut.

Wir sehen uns an. Alba und ich. Und für einen Moment fühlt es sich an, als würden wir zerfließen, ineinander, wie Milch und Honig, in diesem stillen, sanften Sonnenfleck inmitten der dunklen, nach Rauch und Rost riechenden Werkstatt. Als wäre das Lächeln auf Albas Lippen eine

Einladung, mit ihr zu kommen. An einen Ort, den nur sie kennt. Ihr zu folgen. Dorthin, wo niemand je war. Aufzusteigen. Wie der Morgendunst im ersten Licht des Tages zum Himmel aufsteigt.

Ich schließe die Augen und ziehe Alba an mich. Halte sie fest. Sehr fest. Spüre ihr Herz an meiner Brust schlagen. Fühle ihre Haut an meiner. Sauge ihren Duft ein.

Alba –, sage ich. Und will ihr alles sagen. Alles. Und weiß, es gibt kein Wort für das, was ich ihr sagen will. Und weiß, es ist alles gesagt in dem Schweigen zwischen uns. Vielleicht doch besser, wenn ich mich ein Weilchen hinlege, sage ich schließlich.

Ja, mein Liebster, sagt Alba. Und ich lege mich dazu.

Waldecks Feld

Alle waren ausgeflogen an jenem verregneten Totensonntag. Alba rief an und sagte, ich solle herüberkommen. Ihre Eltern seien in die Kreisstadt gefahren, um Verwandte zu besuchen. Auch Caspar sei unterwegs, um die *Kreidler* einzufahren, die er sich gekauft hatte.

Beeil dich, sagte sie. Kann sein, dass er bald wieder da ist.

An jenem Nachmittag liebten wir uns das erste Mal. Auf Albas Bett. Im fahlen Licht eines eisgrauen Novembers. Danach lagen wir zusammen, eng umschlungen, im Halbschlaf, unter der Decke, die so wunderbar nach Alba duftete, und lauschten dem Regen, der ans Fenster prasselte, und dem Wind, der in Böen ums Haus wehte.

Du musst gehen, sagte sie. Er könnte jeden Moment hier sein.

Nur einen Moment noch, sagte ich.

Wir schliefen ein. Beide.

Als Caspars Motorrad auf dem Hof vorfuhr, schreckte Alba hoch.

Luke, sagte sie und sprang aus dem Bett, du musst hier weg.

Ich zog mich an, in Windeseile, während Alba am Fenster stand und hinaussah.

Schnell, sagte sie. Sie passte den Moment ab, in dem Caspar die Haustür öffnete.

Man hörte ihn unten in der Diele.

Jetzt, sagte sie, öffnete das Fenster und ließ mich hinaus.

Dort stand ich auf dem Dach, barfuß, unter einem wolkenverhangenen, dunklen Novemberhimmel, Schuhe und Strümpfe in der Hand. Klitschnass. Und glücklich wie nie zuvor im Leben.

Okay, Lukas Morgen, sagte ich, und nun musst du nur noch sehen, wie du hier wieder runterkommst –

Nachdem wir es einmal getan hatten, an jenem Sonntag, gab es kein Halten mehr. Wir verbrachten einen Winter im Bett in meinem Zimmer. An den ersten schönen Frühlingstagen gingen wir hinaus in den Wald und suchten uns einen Platz, der bequem war und nicht für jedermann einsehbar. Einmal kam ein Fuchs vorbei und sah uns zu. Dann trottete er seiner Wege.

Alba hatte eine Vorliebe für ausgefallene Plätze. Am liebsten hätte sie es überall im Dorf getan. In der Alten Post. Auf Rathjens Heuboden. In Eisenbachs Waschküche. Mit Müh und Not hielt ich sie davon ab, es in der Kirche zu tun.

Wie wäre es mit Brinkmanns Wagen?, sagte sie an einem heißen Augustnachmittag oben in meinem Zimmer. Du weißt schon, die alte Karre, die auf Rathjens Feld steht.

Kann sein, dass man uns von der Straße aus sieht, sagte ich.

Und wenn schon, sagte Alba.

Also trieben wir es in Brinkmanns *Triumph*. Auf dem sonnenglühenden, abgemähten Feld. Ich auf dem Fahrersitz, dessen Rückenlehne so heiß war, dass ich mich nicht mit dem ganzen Gewicht dagegenlehnen konnte. Alba auf mir. In ihrem roten, verwaschenen Kleid. Der Schweiß rann uns aus allen Poren und vermischte sich, während wir uns küssten. Als ich die Augen öffnete, sah ich das Höschen, das Alba am Außenspiegel drapiert hatte. Dann sah ich Caspar Jordan, der in der offenen Fahrertür stand.

Schluss jetzt, sagte er und packte Alba am Arm.

Sie schrie auf.

Sieh mal einer an, sagte Maik Eisenbach. Romeo und Julia beim Vögeln. In Brinkmanns Wagen. Was sagst du dazu, Alvin?

Was ich dazu sage, fragte Alvin Brinkmann und spuckte aus. Man sollte Morgen die Fresse polieren. Hier auf der Stelle.

Lass sie los, sagte ich zu Caspar, der Alba noch immer am Arm gepackt hielt. Ich knöpfte die Hose zu, zog den Gürtel fest und stieg aus.

Zieh das an, sagte Caspar und schubste Alba in Richtung des Autos.

Alba nahm ihr Höschen vom Außenspiegel und zog es an.

Was wollt ihr hier?, fragte ich.

Was wir hier wollen?, fragte Eisenbach und sah von einem zum andern. Dir eine Lektion erteilen, Morgen. Das wollen wir.

Du bist zu weit gegangen, sagte Brinkmann. Treibst es im Wagen meines Vaters mit der Schwester meines Freundes.

Schnauze, sagte Caspar. Er wartete, bis Alba ihr Höschen angezogen hatte. Und nun zu dir, sagte er.

Auf einen Wink packten mich Eisenbach und Brinkmann.

Caspar öffnete den Gürtel. Er zog ihn aus dem Hosenbund. Seelenruhig. Schlaufe für Schlaufe. Er fasste den Gürtel an beiden Enden, machte einen Schritt auf mich zu und begann auf mich einzudreschen.

Alba schrie.

Was soll das? Hört sofort auf damit!, rief eine Stimme von der Straße her.

Caspar hielt inne.

Zahner, sagte er.

Brinkmann und Eisenbach sahen sich um.

Was willst du?, brüllte Eisenbach.

Auch ich wendete den Kopf. So gut es ging.

Dort stand er. Am Straßenrand. Aaron Zahner. Der Sohn des Dorfarchivars. Mit seinem Fahrrad. Und seiner Brille, die er immerzu geraderückte.

Hört auf damit, sagte Zahner. Sonst hole ich die Polizei.

Verdammte Drecksau, zischte Eisenbach.

Lasst ihn los, sagte Zahner wieder.

Sie ließen mich los.

Im selben Moment stürzte ich mich auf Caspar.

Obwohl er viel stärker und massiger war als ich, konnte er mich nicht einfach abschütteln. Wir wälzten uns im Feld herum. Die Kornstoppeln zerkratzten unsere Haut. Alba schrie. Eisenbach und Brinkmann johlten. Für einen Moment kriegte ich ihn zu fassen. Ich holte aus und schlug ihm ins Gesicht. Eisenbach packte mich und zog mich zurück. Caspar richtete sich auf. Mit der Rückseite der Hand wischte er sich das Blut, das ihm aus dem Mund tropfte, vom Kinn.

So, sagte er. Jetzt ist es genug.

Ich versuchte mit aller Macht, mich aus Eisenbachs Umklammerung zu befreien. Ich sah mich nach Zahner um.

Dein Freund ist verschwunden, sagte Brinkmann.

Ich hoffte, Zahner würde die Polizei rufen.
Ich hoffte, die Polizei würde sich beeilen.
Ich hatte Angst um mein Leben.

Caspar, hörte ich Alba sagen. Lass ihn. Sie stellte sich zwischen uns. Lass ihn, Caspar, sagte sie. Bitte.

Er versuchte, an ihr vorbeizugehen. Erst links, dann rechts.

Ich mache dich fertig, sagte Caspar über ihren Kopf hinweg. Er schubste sie beiseite, packte mich am Hemdkragen und sah mich an.

Runter von meinem Feld, sagte eine Stimme vom Zaun her, der Rathjens Feld von unserem Hof trennte.

Alle drehten den Kopf. Auch Caspar. Wenn auch sehr langsam und widerwillig.

Dort am Gatter stand Waldeck. Das Gewehr in der Hand. Neben ihm sein Sohn. Toni. Sie setzten sich in Bewegung.

Was ist hier los?, fragte Waldeck.

Morgen hat Caspars Schwester ge-, sagte Eisenbach. Er biss sich auf die Lippen.

In unserem Wagen, sagte Brinkmann.

So, sagte Waldeck und trat auf mich zu. Es geht mich nichts an, junger Mann, was du in deiner Freizeit unternimmst. Doch solltest du lernen zuzuhören, wenn dir wohlmeinende Leute sagen, was du zu tun und was du zu lassen hast.

Ich habe ihn gewarnt, sagte Caspar.

Was mir nicht gefällt, sagte Waldeck, ist deine Weigerung, Ratschläge anzunehmen. Was mir noch weniger gefällt, ist die Art, mit der du all denen ins Gesicht lachst, die es gut mit dir meinen. Was mir am allerwenigsten gefällt, ist, dass du es hier tust. Vor aller Augen. Auf meinem Feld.

Ihrem Feld?, fragte Eisenbach. Ich wusste gar nicht, dass –

Erteil ihm eine Lektion, sagte Waldeck und hielt Toni das Gewehr hin.

Alle blickten auf Toni.

Für einen Moment glaubte ich, er würde ohnmächtig werden. Oder auf der Stelle kehrtmachen und weglaufen.

Nimm das Gewehr, sagte Waldeck.

Toni sah von einem zum anderen. Dann nahm er das Gewehr. Seine Hand zitterte.

Erteil ihm eine Lektion, sagte Waldeck.

Toni trat auf mich zu. Langsam und zögernd. Er stellte sich vor mich, das Gewehr vor der Brust. Hilfesuchend sah er sich nach seinem Vater um.

Erteil ihm eine Lektion, sagte Waldeck, jede Silbe betonend.

Toni sah mich an. Als wollte er mich um Verzeihung bitten.

Alba sank auf die Knie und fing an zu weinen.

Los!, kommandierte Waldeck.

Toni atmete schnell und heftig. Dann senkte er den Kopf.

Versager, sagte Waldeck. Er stapfte auf seinen Sohn zu, riss ihm das Gewehr aus der Hand, holte aus und schlug mir den Kolben ins Gesicht.

Zahner

Zahner war einer dieser Typen, die mit fast allem durchkamen. Er war klein, schmächtig und trug eine Brille, die er ständig zurechtrückte. Er zwinkerte immerzu und ging allen mit seiner hohen, etwas quäkigen Stimme auf die Nerven. Ich ging mit ihm zur Schule. Von der ersten Klasse an. Nach der Vierten wechselten wir zusammen aufs Gymnasium nach Sültlingen. Er war der Beste in allen Fächern. Ohne je irgendwas dafür zu tun.

Klar, sagten die Eltern der anderen Kinder, als Sohn des Dorfarchivars –

Die Wahrheit war: Zahner war so verdammt schlau, dass er sich nicht mal Mühe geben musste, den Lehrern zu gefallen. Ganz im Gegenteil: Alle paar Tage wurde er zum Direktor bestellt, weil er einer Mitschülerin Knallfrösche in die Frühstücksdose getan oder Kaugummi im Unterricht gekaut oder einfach nur den Bogen bei der Mathelehrerin überspannt hatte, weil er eine Diskussion über Sinn und Unsinn von Sinuskurven anzettelte, die eine komplette Schulstunde beanspruchte.

Er hatte Humor und konnte reden wie niemand, den ich sonst kannte. Wenn er in Schwierigkeiten geriet, berief er sich darauf, kleiner und schmächtiger zu sein als sein

Gegenüber. Wenn das nichts half, berief er sich auf seine Brille. Wenn auch das nicht zog, fing er an zu quatschen. So lange, bis sein Peiniger genug hatte: Okay, Zahner, es reicht. Zieh Leine und sieh zu, dass du Land gewinnst, bevor ich es mir anders überlege.

Zahner nahm die Beine in die Hand.

Hey, und Zahner –

Zahner blieb stehen, in gehörigem Sicherheitsabstand, drehte sich um und rückte seine Brille gerade.

Beim nächsten Mal bist du fällig.

Ein einziges Mal erwischte es ihn. Mirko Voigt, ein eigentlich friedfertiger Bauernsohn aus Hartem, lauerte ihm nach der Schule auf. Keine Ahnung, worum es ging. Zahner versuchte es mit seiner üblichen Masche und fing an zu reden. Ohne Punkt und Komma. Vielleicht war er sich zu sicher, sich aus der Sache herauswinden zu können. Vielleicht war Mirko Voigt einfach nur der Falsche.

Warte, sagte Zahner, als er merkte, dass er mit seinem Gerede nichts ausrichten konnte. Er tat so, als wollte er seine Brille absetzen. Dann lief er los. Niemand hatte Zahner je so schnell laufen sehen. Und niemals hätte Mirko Voigt ihn erwischt, wenn der Bus nicht gewesen wäre. Zahner musste bremsen, an der Kreuzung, sonst wäre er überfahren worden. Mirko Voigt packte ihn, zog ihn weg von der Straße und vermöbelte ihn. Nach Strich und Faden. Die Brille schlitterte über die Straße.

Lass gut sein, Mirko, sagte Vogelshirtboy und hob Zahners Brille vom Boden auf, die ein paar Kratzer abbekommen hatte, ansonsten jedoch heil geblieben war.

Ich hielt Mirko fest, der schnaubte wie ein Stier.

Schon gut, Mirko, sagte ich, beruhige dich, schon gut.

Mirko Voigt drohte Zahner mit der Faust. Dann lief er zurück zur Schule, wo er seine Tasche hatte stehen lassen.

Zusammen halfen wir Zahner auf, der aus der Nase blutete und in einem Höllentempo vor sich hin brabbelte.

Das ist der Schock, sagte Vogelshirtboy und setzte Zahner die Brille auf die Nase.

Ach, ihr seids, sagte Zahner und verzog den Mund zu einem schiefen Grinsen.

Er war ein Einzelgänger. Hatte eine Kamera, mit der er herumlief, um Fotos zu machen. Für das Archiv seines Vaters, wie er sagte. In Wirklichkeit fotografierte er Mädchen. Auch von Alba machte er Fotos. Er nannte sie die Schöne. Oder die Königin.

Ist das ist das ist das okay für dich?, fragte er mit dem Stottern, in das er manchmal verfiel, wenn er sehr aufgeregt war.

Kein Problem, sagte ich. Solange du die Bilder nicht an Maik Eisenbach und seine Freunde verkaufst.

Er war der Erste im Dorf, der einen Computer besaß. Lange vor Vogelshirtboy, der der Zweite war und Zahners alten Computer übernahm, als Zahner sich einen neuen kaufte. Einmal traf ich ihn in der Kreisstadt-Bibliothek. Er konnte gerade noch über den Berg aus Videospielen hinwegsehen, den er vor sich hertrug.

Du kannst doch nicht den ganzen Tag immer nur vor dem Computer hocken und zocken, sagte Vogelshirtboy an jenem Nachmittag, an dem wir Zahner zu Hause ablieferten, nachdem Mirko Voigt ihm die Abreibung verpasst hatte.

Och, sagte Zahner. Ich spiele nicht nur Videospiele.

Sondern?

Manchmal gucke ich Pornos, sagte Zahner und grinste.

Er machte ein Einser-Abi, und es hieß, er würde zum Studium in die Hauptstadt gehen. Vielleicht sogar ins Ausland. Irgendeine Organisation hatte ihm ein Stipendium zugesprochen.

Es stimmt: Obwohl ich ihn mochte und er praktisch gegenüber wohnte, sind wir nie Freunde gewesen. Seine Eltern leben noch immer, drüben in dem kleinen roten Backsteinhaus. Die Mutter kümmert sich um den Haushalt, der Vater arbeitet an seiner Geschichte des Dorfes. Vielleicht sollte ich sie besuchen gehen, heute oder morgen, auf eine Tasse Tee, und sie fragen, was aus Zahner geworden ist.

Letzte Worte

Ein letztes Mal sitze ich an Homanns Bett und halte seine Hand. Seine Stimme ist so leise, dass ich ihn nur verstehe, wenn ich den Kopf ganz nah an seine Lippen bringe. Sein Atem geht flach und rasselnd. Seine Arme sind so dünn, dass ich Angst habe, sie könnten zerbrechen, wenn ich mich zu weit vorbeuge.

Mein Junge –, sagt er und drückt meine Hand. Es ist vorbei.

Ich nicke und streiche ihm eine Strähne aus der Stirn. Fast durchsichtig schimmert sein Haar in der hereinfallenden Sonne.

Ja, sage ich mit belegter Stimme. Ich weiß.

Mein ganzes Leben, sagt er, habe ich damit verbracht, den Wald zu durchforsten. Und immer habe ich mich gefragt: Wofür? Was treibt mich hinaus, am Sonntag, in aller Frühe, ohne dass irgendwer davon weiß, um den halben Tag auf dem Hochsitz zu verbringen mit meinem Gewehr und meinem Fernglas. Was bringt mich dazu, ganze Wochen darauf zu verwenden, in der Erde herumzugraben, um meine Schätze zutage zu fördern? Denn das, Lukas, waren sie für mich: Schätze.

Dann plötzlich, eines Tages, auf der Lichtung hinter dem Tannenwäldchen, das wir gepflanzt haben, dein Vater, du und ich, wurde mir klar, warum ich all die Sonntage in all den Jahren dort draußen verbracht hatte. Und dass ich nicht nach Relikten aus einem Krieg grub, den ich, auch dank deines Großvaters, überlebt hatte. Ganz im Gegenteil:

Ich wusste, ich war dabei, mich zu wappnen. Nicht, wie du vielleicht denken magst, für den nächsten Krieg. Sondern darauf, den Krieg zu beenden. Ein für allemal. Vorbereitet zu sein, wenn er wiederkäme. Dafür zu sorgen, dass er niemandem mehr etwas anhaben kann. Damit wir blicken können, Lukas, von einer höheren Warte aus, wie ein Vogel oder ein Engel, auf das, was wir sind. Auf das, was sein wird. Und uns nicht länger damit aufhalten müssen, was einmal war.

Das, mein Junge, ist das Einzige, was uns bleibt. Uns zu erschaffen. Aufs Neue. Jeden Tag. Das Leben zu leben, um seiner selbst willen. Demütig und mutig. Zu lieben. Und zu zweifeln. Uns gegenüberzutreten, am Morgen, und uns im Spiegel neu zu erkennen. Ohne Angst. Er sinkt zurück in die Kissen und schließt die Augen. Mir ist kalt, sagt er und hört auf zu atmen.

Ich lege meinen Kopf auf seine Brust und lausche. Dann fühle ich seinen Puls. Er ist tot, sage ich und drehe mich zu Alba um, die am Fenster steht.

Was hat er gesagt?

Ich weiß nicht, ob ich alles richtig verstanden habe –

Stadt am Meer

Vielleicht ist es die Müdigkeit, vielleicht ist es die Erschöpfung. Jedenfalls verlasse ich das Zimmer ohne ein Wort und verkrieche mich dort, wo ich mich immer verkrochen habe. Auf dem Dachboden.

Der einzige Weg zum Sofa, das auf der anderen Seite des kreisrunden Lochs im Fußboden steht, nur ein paar Zentimeter vom Abgrund entfernt, führt über ein paar unversehrt gebliebene Holzbohlen am Rand. Vorsichtig setze ich einen Fuß vor den anderen. Ich schiebe das Sofa ein Stück zurück, setze mich und schließe die Augen. Als ich sie wieder öffne, fünf Minuten, zehn Minuten oder eine Stunde später, sehe ich direkt in einen alten, rahmenlosen, fleckigen Spiegel, der auf einem Regal jenseits der Einsturzstelle steht, zwischen einer Nähmaschine und einem grünen Blechschild mit der Aufschrift *CASTROL.*

Niemand da, sage ich. Und sehe direkt in die Augen des Gesichts im Spiegel. Nur du und ich. Ich richte mich auf, um das Gesicht besser sehen zu können. Niemand da, sage ich wieder.

Das Spiegelgesicht nickt.

Ja, sagt es. Alle weg.

Alle, sage ich. Außer Alba.

Und doch –, sagt das Spiegelgesicht.

Ich weiß, es hat keinen Sinn, dem Gesicht etwas vorzumachen. Also, warum es nicht zugeben? Ja, sie hatte mich verlassen. Nicht für einen anderen Mann. Oder ein anderes Leben. Im Grunde genommen waren wir noch immer unzertrennlich. Doch fühlte es sich nicht so an. Es fühlte sich an, als wäre ich dorthin zurückgekehrt, wo ich gewesen war, bevor ich Alba getroffen hatte. Nur dass es sich nun nicht mehr so anfühlte, als wäre alles gut dort. Weil ich nun wusste, wie es war, mit Alba zusammenzusein. Und nicht allein. Immer allein.

Wir fuhren von Süden nach Norden. Von einem Rand der Republik an den anderen. Als wir Berlin passierten, schlug ich vor, für eine Nacht dort zu bleiben. Doch wollte Alba nichts davon wissen. Wir übernachteten in einem Motel am Rande der Autobahn. Am Morgen fuhren wir weiter. Gegen Mittag schlug das Wetter um. Der Regen, der uns die ganze Fahrt über begleitet hatte, hörte auf und die Sonne kam heraus.

Dies ist das Erste, woran ich denke, wenn ich an Wismar denke: Die Hitze. In all den drei Monaten, die wir dort waren. Tag für Tag. Die Trockenheit auf den Feldern. Die schwarzen Stellen, dort, wo es gebrannt hatte. Die Rauchsäulen über den

Wäldern. Die vertrockneten Wiesen und staubigen Parks. Das Licht der Mittagssonne, das in den Augen brannte. Endlose Nachmittage ohne jede Bewegung. Die Abende mit ihren kurzen, trüben Sonnenuntergängen, die die Stadt für einen Moment erglühen ließen. Als stünde sie in Flammen.

Wir fanden eine Wohnung in der Innenstadt. Bademutterstraße. Unter dem Dach. Mit Blick auf die Altstadt. Die Tage verbrachten wir in einer Art Dämmer. Nachts rissen wir sämtliche Fenster auf, um etwas Luft in die Wohnung zu lassen. Teer tropfte aus den Ritzen des Daches in der Kammer hinter der Küche.

Im Hafen war es leicht, Arbeit zu finden. Ich half beim Ausladen von Stückgut, kellnerte in einem Café und verschraubte Einrichtungsteile in Schiffskabinen. Ein paar Wochen fuhr ich hinaus nach Wendorf, um einem reichen, frisch gebackenen Yachtbesitzer dabei zu helfen, sein Schiff instandzusetzen. Ich kümmerte mich um den Motor und das Getriebe und verpasste dem Kahn einen neuen Anstrich. Herr Severin, der Yachtbesitzer, bot mir an, ihn und seine Frau ein Stück auf ihrer Reise zu begleiten.

Wir können dich jederzeit irgendwo an Land absetzen, sagte er.

Danke für das Angebot, sagte ich. Aber ich werde schon seekrank, wenn ich nur daran denke.

Herr Severin lachte und steckte mir ein paar Scheine zu, die ich in die Hosentasche schob.

Danke für alles, sagte er.

Zuhause zog ich die Scheine aus der Tasche. Es waren zehn nagelneue, druckfrische Fünfhunderter. Am Morgen fuhr ich raus nach Wendorf, um Herrn Severin zumindest die Hälfte davon zurückzugeben. Doch war er bereits in aller Frühe losgesegelt.

Am Abend, wenn ich nach Hause kam, brachte ich Alba Blumen mit. Oder Eis. Um ihr eine Freude zu machen. Es schien, als könnte ich tun, was ich wollte. Nichts schien sie aufzumuntern. Nichts war ihr recht. Oder besser gesagt: Alles war ihr recht. Was noch viel schlimmer war. Sie war abwechselnd gleichgültig und reizbar. Sie änderte alle fünf Minuten ihre Meinung. Ihre Launen wurden unerträglich. Es kam vor, dass wir zusammen das Haus verließen und sie an der ersten Straßenecke umkehrte, weil sie nicht mehr wusste, was sie wo besorgen wollte, oder es ihr inzwischen nicht mehr wichtig war.

An einem Sonntag, auf einem unserer Ausflüge aufs Land, war sie so außer sich, dass es zum Streit kam. Wegen irgendeiner Nichtigkeit. Ich hielt an, sprang aus dem Auto, lief um die Motorhaube herum und riss die Beifahrertür auf.

Raus!, brüllte ich.

Und Alba gehorchte. Stieg einfach aus und ging, die Arme verschränkt, wie eine Schlafwandlerin die Landstraße hinunter.

Ich raste an ihr vorbei. Fuhr zwei oder drei Kilometer und hielt an. Ich überlegte. Dann wendete ich den Wagen und fuhr zurück.

Sie fing an zu rauchen. Sie färbte sich die Haare blond. Sie schleppte Zeitschriften und Klamotten an, die sich überall in der Wohnung stapelten. Eines Tages nahm sie mich mit ins Kaufhaus und klaute vor meinen Augen ein Kleid. Sie stopfte es in die Tasche, nahm meine Hand und dirigierte mich zur Rolltreppe.

Bist du wahnsinnig?, fragte ich, als wir atemlos vor dem Ausgang standen.

Was regst du dich so auf?, fragte Alba. Es ist nur ein Kleid.

Keine Ahnung, woher sie die Medikamente bekam. Thomas, ein Kollege aus dem Café, in dem ich an zwei Abenden in der

Woche aushalf, sagte, er hätte sie unten am Hafen gesehen. Mit zwei Typen. In der Nähe des Trockendocks. Die Sache war ihm komisch vorgekommen. Deswegen wäre er hingegangen und hätte Alba gefragt, ob alles okay sei.

Alles okay, hatte Alba gesagt.

Die beiden Typen hätten Thomas gemustert.

Dein Freund?, hatte einer der beiden gefragt.

Alba hatte den Kopf geschüttelt.

Verpiss dich, du Penner, hatte der Typ gesagt.

Ich rief Lina an und bat sie um Rat. Sie sagte, Alba müsse in die Klinik, zum Entzug, besser heute als morgen, es gäbe keine andere Möglichkeit, ihr zu helfen. Lina sagte, es wäre gut, dass ich bei Alba geblieben wäre in all der Zeit, doch dass es eine Grenze gäbe und ich gut daran täte, sie vor die Wahl zu stellen. Sie sagte, vielleicht wäre es gut für Alba, ins Dorf zurückzukehren. Das Haus allerdings sei so gut wie verkauft. Sobald ich unterschrieben hätte, würde Homann vor Ort alles in die Wege leiten.

Bleibt etwa eine Viertelmillion für jeden, sagte Lina. Eine für dich. Eine für mich. Eine für Homann.

Zwei der Fünfhunderter, die ich in einer Zuckerdose auf dem Schrank versteckt hatte, verschwanden. Als ich sah, dass Alba den dritten genommen hatte, ging ich hinunter zum Hafen, legte mich auf die Lauer und wartete. Tag für Tag. Schließlich gab ich es auf. Wer immer die Typen gewesen waren, die Thomas mit Alba gesehen hatte, sie schienen nicht die Einzigen zu sein, von denen Alba ihre Pillen bekam. Die Tage wurden mir lang. Der Sommer schien kein Ende zu nehmen. Die Monate kamen mir vor wie Jahre. Alba kam und ging, wann sie wollte. Verließ tagelang das Haus nicht oder blieb stundenlang verschwunden. Am schlimmsten jedoch waren die Phasen, in denen sie ganz sie selbst war, oder ganz sie selbst zu sein schien, für einen Nachmittag oder einen Abend, bevor sie mir wieder entglitt und zurückkehrte in ihr Reich, in dem nur sie existierte und ich nur ein Schatten war. In dem unsere Liebe nichts bedeutete. Nicht einmal als Erinnerung. Irgendwann hielt ich es nicht mehr aus. Die Lügen. Die Geheimnisse. Das Schweigen. Es war am Abend, in der Küche. Alba stocherte in ihrem Essen herum und war mit den Gedanken woanders.

Alba, sagte ich.

Sie hörte mich nicht.

Alba, sagte ich wieder. Etwas lauter diesmal.

Ja, sagte sie und sah mich an. Was?

Gibt es einen anderen?

Einen anderen?

Du hast verstanden, was ich gesagt habe: Gibt es in deinem Leben einen anderen Mann?

Alba starrte mich an. Fassungslos. Dann fing sie an zu lachen. Sie hielt die Rückseite der Hand vors Gesicht und lachte.

Entschuldige –, sagte sie und lachte nur noch mehr.

Schließlich hatte ich genug.

Du musst dich entscheiden, sagte ich. Entweder du hörst auf, deine Tabletten zu nehmen, oder wir trennen uns.

Alba gluckste.

Welche Tabletten?, sagte sie.

Ich fand nicht die Kraft, sie zu verlassen. Ich ließ es geschehen. Ich sah zu, wie sie sich in jemanden verwandelte, der nicht sie war. Jemanden, den ich nicht kannte. Jemanden, den ich nicht wiedererkannte. Und doch liebte ich diese Person, die mir so fremd war und so unheimlich. Eine Weile spielte ich mit dem Gedanken, ihr zu folgen in ihr Dämmerreich. Einen der knisternden Scheine aus der Dose zu nehmen und ihr zu sagen: Komm, wir gehen, beide, zusammen, dorthin, wo nur du warst bisher, wohin ich dir nicht folgen konnte, und wir werden wieder zusammen sein, so wie früher, und nichts wird uns je wieder auseinanderbringen, wenn ich nur erst weiß, wie es dort ist, wenn du mir nur die Hand reichst –

Schließlich war sie es, die es beendete.

Luke, sagte sie, eines Nachts, mit schreckgeweiteten Augen, als hätte sie im Traum irgendwelche unsagbaren Dinge gesehen. Hol mich hier raus. Bring mich irgendwohin, nur weg von hier, und ich verspreche dir, ich werde alles tun, was du verlangst. Der kalte Schweiß stand ihr auf der Stirn. Sie drückte sich an die Wand, als wäre irgendetwas im Raum, das ihr Angst machte. Die Tabletten, sagte sie. Nimm die Tabletten und wirf sie ins Klo.

Wo sind sie?, fragte ich. Ich hatte tausend Mal danach gesucht.

In der Waschmaschine. Hinter der Flusensiebklappe.

Ich sprang aus dem Bett.

Nein, Liebster, sagte Alba. Nicht jetzt. Bitte. Nicht jetzt.

Lass mich nicht allein.
Mit diesem –
Mit dieser –

Abschied

Ich wusste, dass ich dich hier finde, sagt Alba von der anderen Seite des Abgrunds. Als ich aufsehe, steht sie genau vor dem Spiegel, den Cowboyhut in der Hand. Ich habe Homann gewaschen, sagt sie. Und ihm ein frisches Hemd angezogen.

Komm her zu mir, sage ich und strecke die Hand aus.

Schulter an Schulter sitzen wir auf dem Sofa und sehen hinunter auf die Schuttberge, die sich in der Scheune auftürmen.

Geht es dir besser?, fragt Alba.

Ja.

Was hast du hier oben gemacht?

Was ich immer hier oben mache. Hier gesessen. Nachgedacht.

Worüber?

Ich sehe sie an, von der Seite, und zucke die Achseln.

Ich weiß nicht, sage ich.

Alba setzt mir den Cowboyhut auf.

Raus mit der Sprache, Sheriff, sagt sie.

Wir warten noch damit, Rakuhn anzurufen.

Warum?

Weil ich glaube, dass die Sass-Brüder kommen werden, heute Nacht, um nach dem Rechten zu sehen.

Und was hat das eine mit dem anderen zu tun?

Um das herauszufinden, braucht es den Sheriffstern, sage ich und setze ihr den Hut auf den Kopf.

Du möchtest nicht, dass Rakuhn hier ist, wenn die Sass-Brüder kommen.

Falsch, sage ich und nehme ihr den Cowboyhut vom Kopf. Ich möchte, dass Homann noch hier ist, wenn die Sass-Brüder kommen.

Sag mir nicht, du willst –

Doch, das will ich.

Nein, Luke. Das kannst du nicht machen.

Doch, Alba. Das kann ich.

Sie starrt mich an.

Homann würde es genau so wollen, sage ich. Und du weißt es.

Manchmal bin ich mir nicht sicher, ob ich dich noch wiedererkenne, sagt sie.

Ja, sage ich. Das geht mir auch so.

Sieh mal, sagt Alba. Dort drüben. Im Spiegel.

Das Gesicht ist verschwunden. Im Spiegel nur Alba. Und ich. Lukas Morgen. Von allen immer nur Luke genannt. Wegen einer besonderen Vorliebe für eine Comic-Western-Serie im Alter von sieben oder acht Jahren.

Du hast mich gefragt, was ich hier oben gemacht habe, sage ich und blicke in die blauen Spiegelaugen der Frau rechts von mir.

Ich weiß, was du gemacht hast, sagt sie. Du hast dich von Homann verabschiedet.

Von Homann, sage ich. Ja. Und von noch etwas anderem. Von meiner Kindheit. Ich setze Alba den Cowboyhut auf. Lass uns runtergehen in die Werkstatt, sage ich. Es wartet viel Arbeit auf uns.

Winkelzüge

In der Werkstatt treffe ich die letzten Vorbereitungen. Ich hieve die Gasflaschen auf den Anhänger und klemme sie zwischen die Waffenstapel, die ich am Morgen mit Draht umwickelt habe. Ich sammle sämtliche Kanister zusammen, die ich in der Werkstatt finden kann, und trage sie hinüber zur Zapfsäule, wo ich einen Kanister nach dem anderen fülle. Ich breite eine Plane über die erste Schicht und verteile darauf die Kanister. Zusammen mit den Dosen und Flaschen, die ich am Abend zuvor beim Umschichten in der Scheune zusammengetragen habe. Aus dem Bestand auf dem Dachboden. Farben. Lacke. Terpentin. Brennspiritus. Kerosin. Petroleum. Pestizide. An den Rändern polstere ich das Ganze mit Munitionsschachteln aus. Ich suche mir ein paar Kartons, leere sie aus und trete sie platt. Die Kartons lege ich auf die zweite Schicht. Darauf eine alte Plastikplane, die ich auf der Galerie finde. Zum Schluss spanne ich die Fahrradgurte, die Alba aus der Scheune mitgebracht hat, von einem Seitenteil des Anhängers zum anderen. Insgesamt fünf Stück.

Vom Telefon im Werkstattbüro aus rufe ich Vogelshirtboy an.

Luke, sagt er. Was gibts?

Homann ist tot, sage ich.

Oh. Das tut mir leid. Soll ich meinen Vater –

Nein.

Nein?

Warte noch damit. Fürs Erste. Sag es ihm morgen früh.

Oh. Okay.

Ach, und Noah –

Ja?

Komm vorbei morgen, wenn es passt. Und bring Toni mit.

In der Scheune hat Alba ganze Arbeit geleistet. Homanns Mercedes steht an seinem Platz. Die Gerümpelberge, die wir bei der Bergung der Waffen aufgetürmt hatten, sind verschwunden. Alles sieht aus wie in der Nacht, als der Dachboden einstürzte.

Macht Spaß, sagt sie und klatscht die Hände zusammen, dass es staubt. Den ganzen Kram umzukippen und durch die Gegend zu schmeißen.

Sehr gut, sage ich. Und nun zum unerfreulichen Teil der Angelegenheit.

Homann liegt auf dem Sofa, die Hände auf dem Bauch gefaltet. Seine Haut ist weiß und wie aus Wachs. Er ist schwer und kaum hochzustemmen. Erst beim dritten oder vierten Versuch gelingt es mir.

Zieh ihm das Unterhemd an, sage ich. Ich halte ihn fest solange, damit er nicht umkippt.

Muss das wirklich sein?, fragt Alba.

Ja, Alba, sage ich, es muss sein.

Sie knöpft das Schlafanzugoberteil auf und streift es Homann von den Schultern.

Und die Hose?

Die auch.

Sie zieht mit beiden Händen an den Hosenbeinen.

Warte, sage ich und hebe Homann ein wenig an.

Geschafft, sagt Alba und legt die Schlafanzughose zusammen mit dem Oberteil über die Sessellehne. Und nun das Unterhemd, sagt sie. Heb die Arme hoch.

Mit der einen Hand halte ich Homann fest. Mit der anderen hebe ich seine Arme auf Brusthöhe.

Alba streift ihm das Unterhemd über die Hände und zieht es ihm über den Kopf.

Okay, sage ich. Halt du die Türen auf. Ich nehme Homann.

Ich schultere den Leichnam und trage ihn durch die Küche und den Flur in die Scheune.

Hilf mir, sage ich.

Alba hält Homanns Kopf, als ich ihn vorne rechts am Eingang so vorsichtig wie möglich ablege.

Das dürfte ziemlich genau die Stelle sein, sage ich.

Was ist mit dem Blut?, fragt Alba.

So genau werden sie nicht hinsehen.

Zur Sicherheit verteilen wir ein paar Gerümpelteile über der Leiche. Einen alten Campingstuhl. Eine gefaltete Zeltplane. Ein paar Schuttbrocken.

Das ist das Furchtbarste, was ich je in meinem Leben gemacht habe, sagt Alba.

Ja, sage ich. Ich weiß.

Und wenn die Sass-Brüder nicht kommen?

Sie werden kommen. Heute Nacht. So sicher wie das Amen in der Kirche.

Besuch

Ich hoffe, du kannst mir die Sache mit Homann verzeihen, Alba. Du weißt, ich habe Mitleid mit der kleinsten Kreatur. Der Biene, die sich beim Frühstück im Honig verfängt. Dem Käfer, der auf dem Rücken liegt und mit den Beinen strampelt, in sengender Sonne, auf dem ausgetrockneten Feldweg. Der Eintagsfliege, die verzweifelt versucht, nach draußen zu gelangen, und immer wieder an der Fensterscheibe abprallt.

Wie kommen wir da rauf?, fragt Alba und beschattet die Augen mit der flachen Hand gegen die untergehende Sonne.

An der Wand sind Sprossen, sage ich. Hinter dem Nussbaum.

Sieht aus wie eine Feuerleiter, sagt Alba und klettert los.

Mein Vater hat sie angebracht. Als wir das Dach reparieren mussten.

Die Sprossen sind rostig, aber stabil. Siebzehn Stück. Dann ist man oben.
Und du bist sicher, dass man nicht einbricht?
Na hör mal, sage ich. Ich hab das Dach selbst geflickt.

Wie schön es ist, sagt Alba und setzt sich in einen Sonnenfleck mitten auf dem Dach. Das Dach ist warm, sagt sie.
Ja, sage ich und setze mich zu ihr. Im Sommer wird es so heiß, dass es nicht auszuhalten ist.
Wir blicken Richtung Siemsgluss. Auf Rathjens Feld, das nun Waldecks Feld ist. Auf den Wald dahinter. Auf einen Schwarm Feldspatzen, der über dem abgemähten Korn aufsteigt.
Was glaubst du, fragt Alba, wann werden sie kommen?
Keine Ahnung. Irgendwann in der Nacht.
Wird es nicht kalt werden hier oben?
Ja, sage ich und stehe auf. Ich hole die Sachen.
Bring mir den dicken Pullover mit, sagt Alba. Du weißt schon, den grünen mit dem Rollkragen.

Im Haus sammle ich zusammen, was wir für die Nacht brauchen. Eine Wolldecke. Albas Pullover. Das Gewehr. Homanns Fernglas. Wasser. Die Flasche mit dem Wacholderschnaps. Ich kontrolliere sämtliche Ausgänge und verlasse das Haus durch die Hintertür. Ich schließe ab und schiebe den Schlüssel in die Hosentasche. Ich bahne mir einen Weg durch das Gerümpel und trete hinaus auf den Hof. Ich schließe das Scheunentor und sehe auf zum Himmel, der sich in der Zwischenzeit schwarz gefärbt hat. Bis auf einen schmalen Streifen Licht über den Bäumen im Westen. Zur Sicherheit kontrolliere ich die Werkstatttür. Dann sämtliche Tore. Insgesamt drei Mal klettere ich die Sprossen hinauf.

Oben erwartet mich Alba, um mir die Sachen abzunehmen.
Du hast ja den halben Hausstand angeschleppt, sagt sie.
Vielleicht wird es eine lange Nacht.
Und was willst du mit dem Gewehr?

Die bösen Buben erschießen.

Haha, sagt Alba. Sehr witzig.

Es ist nicht ungemütlich oben auf dem Werkstattdach. Wir breiten die Decke aus, legen uns auf den Rücken und sehen in den sternenklaren Himmel.

Alba, sage ich. Wenn du die Wahl hättest –

Ja?

Ich meine, wenn du frei entscheiden könntest –

Ja? Sie dreht sich auf die Seite und sieht mich an.

Würdest du hierbleiben?

Hier? Im Dorf?

Ja, sage ich. Würdest du hierbleiben wollen?

Mit dir? Du weißt, das geht nicht.

Und ohne mich?

Ohne dich?

Ja. Würdest du hierbleiben wollen? Wenn es mich nicht gäbe.

Es gibt dich aber.

Ja, ich weiß, aber –

Kein Aber.

Sie sieht mich an. Sehr lange.

Es gibt das Dorf, sagt sie. Und es gibt dich. Ich habe mich entschieden. Vor langer Zeit. Das weißt du.

Du könntest es dir anders überlegt haben.

Warum sollte ich?

Keine Ahnung.

Komm her, sagt Alba. Sie schlingt die Arme um mich und küsst mich. Ich werde dich nie verlassen, Luke, sagt sie. Ich dachte, du weißt das.

Ja, sage ich. Weiß ich auch. Es ist nur –

Was?

Ich weiß, was das Dorf dir bedeutet und –

Es hat dir Angst gemacht, sagt Alba.

Was?

Es hat dir Angst gemacht, als ich – als ich mich verändert habe.

Ja, sage ich. Eine Höllenangst. Um die Wahrheit zu sagen.
Es ist vorbei jetzt, Liebster, sagt Alba. Es ist vorbei.

Stundenlang liegen wir da. Alba in ihrem grünen Pullover. Ich in einen Zipfel der Decke gewickelt.
Hörst du das?, fragt Alba plötzlich.
Ich spitze die Ohren und lausche.
Ein Auto, sage ich.
Wir setzen uns auf und spähen in die Nacht. Zuerst hören wir nur das Motorengeräusch. Dann sehen wir die Lichter.
Sie kommen, sagt Alba. Aus dem Wald.
Ja, sage ich und nehme Homanns Fernglas. Das sind sie.

Etwa zweihundert Meter von uns entfernt stoppt das Auto. Die Lichter erlöschen. Der Motor tuckert noch einen Moment vor sich hin. Dann Stille.
Leg dich flach auf den Bauch, sage ich. Gleich sind sie da.
Zuerst sehe ich Karl Sass. Er läuft zur Zapfsäule, duckt sich und sieht sich um. Dann pfeift er. Auf zwei Fingern. Leise und durchdringend. Mark Sass taucht aus der Dunkelheit auf. Eine Zigarette in der Hand. Er humpelt. Jakob Sass ist dicht hinter ihm.
Sobald seine Brüder an der Zapfsäule eingetroffen sind, setzt Karl Sass sich wieder in Bewegung. Er läuft bis zur Werkstatt. Wieder der Pfiff. Mark und Jakob Sass folgen ihm.
Wo sind sie?, flüstert Alba.
Ich lege den Zeigefinger auf die Lippen. Es scheint eine Ewigkeit zu vergehen. Dann hören wir Fußtritte. Erst unter uns. Dann hinter uns. Leise drehen wir uns um uns selbst, um Richtung Hof blicken zu können.
Wir sehen Karl Sass, der zum Scheunentor läuft. Er sieht sich noch einmal um. Dann öffnet er das Scheunentor. Im selben Moment kommt Mark Sass über den Hof gehumpelt. Karl Sass flucht unterdrückt.
Verdammt, Küken, sagt er. Hau ab.
Mark Sass lässt sich nicht beirren.

Will selber sehen, wie es da drin aussieht, sagt er und drängt sich an Karl Sass vorbei in die Scheune.

Karl Sass sieht sich nach allen Seiten um, bevor er seinem Bruder folgt.

Von Jakob Sass ist nichts zu sehen. Unwillkürlich blicke ich zur Feuerleiter, um sicherzugehen, dass niemand die Sprossen heraufkommt. Alba legt die Hand auf meinen Arm. Mit dem Kopf weist sie in Richtung Hof.

Wir sehen Karl und Mark Sass die Scheune verlassen. Karl Sass schließt das Tor. Mark Sass nimmt einen Zug von seiner Zigarette und schnippt sie auf den Hof. Er humpelt in Richtung der Terrasse.

Mark, zischt Karl Sass, was soll der Scheiß?

Mark Sass späht durchs Küchenfenster. Dann macht er ein paar Schritte zurück und wirft mit voller Wucht die Fensterscheibe ein. Er ballt die Hand zur Faust und dreht sich ein paar Mal um sich selbst. Es sieht aus, als würde er tanzen.

Verdammte Scheiße, Küken, sagt Karl Sass, packt ihn und zieht ihn von der Terrasse. Auf halbem Weg über den Hof windet sich Mark Sass aus der Umklammerung seines Bruders.

Nichts als Scheiße im Kopf, zischt Karl Sass und verpasst seinem Bruder einen Schlag auf den Hinterkopf.

Im nächsten Moment sind beide im Schatten der Werkstatt verschwunden. Man hört sie sprechen. Mark Sass hustet ein paar Mal. Ein Feuerzeug klickt.

Hör auf, so viel zu paffen, sagt Karl Sass.

Hör du auf, mir Vorschriften zu machen, antwortet Mark Sass und tritt gegen das Werkstatttor.

Ein Hund bellt irgendwo im Dorf.

Bist du bescheuert?, fragt Karl Sass.

Seid ihr fertig?, fragt Jakob Sass.

Ich lege den Zeigefinger auf die Lippen und nicke Alba zu. Erneut drehen wir uns. Wir sehen die drei Brüder an der Zapfsäule vorbeilaufen und hinter den Bäumen verschwinden. Dann hören wir die Türen klappen. Der Motor wird gestartet. Die Scheinwerfer leuchten auf.

Sie kommen, sagt Alba. Direkt auf uns zu.

Ja, sage ich. Kopf runter!

Der Wagen fährt an der Werkstatt vorbei. Bis zur Ausfahrt. Eine Ewigkeit scheint er dort zu stehen, bevor er abbiegt und in der Nacht verschwindet. Im Fernglas sieht man die Rücklichter, zwischen den Bäumen, auf der Landstraße nach Siemsgluss. Dann hat der Spuk ein Ende.

Das Feuerwehrhaus

Wir haben keine Zeit zu verlieren. Zwei, vielleicht drei Stunden bis Sonnenaufgang. Wir suchen unsere Sachen zusammen und klettern vom Dach. In der Scheune lehne ich das Gewehr an die Wand, um Homann ins Haus tragen zu können. Alba kümmert sich um ihn, während ich mir den Schaden in der Küche besehe. Ein Stein, schwer und faustdick, liegt vor der Spüle auf dem Fußboden. Keine Ahnung, ob Mark Sass ihn mitgebracht oder irgendwo auf dem Weg vom Auto zum Haus aufgesammelt hat. Der Tisch vor dem Fenster ist mit Scherben und Splittern übersät.

Ich öffne das linke Werkstatttor und gehe hinüber zum Wagen. Ich lege den Stein in den Kofferraum. Zu den beiden Eisenstangen, die ich zurechtgeschnitten habe. Ich fahre den Wagen aus der Werkstatt. Ich lege den Rückwärtsgang ein und rangiere so dicht wie möglich ans rechte Tor heran. Ich steige aus und hebe den Anhänger auf die Kupplung.

Leise klopfe ich an die Stubentür, damit Alba nicht erschrickt. Sie ist dabei, Homann zu waschen.

Ich mache mich auf den Weg, sage ich. Es dämmert bald.

Ja, sagt sie. Ist gut.

Oben in Homanns Kammer liegen Sachen. Auf dem Stuhl.

Was ist mit dem Fenster?, fragt Alba.

Die Scheibe ist hin. Ich kümmere mich später darum.

Wann bist du wieder da?
Es wird nicht lange dauern.
Luke –, sagt Alba.
Ja?
Pass auf dich auf.

Es ist ein Weg von zwei Minuten. Ein paar hundert Meter die Hartemer Landstraße hinauf. Bis zum Ortsschild. Dann links ab auf den asphaltierten Weg zwischen den Bäumen.

Ich parke den Wagen hinter dem Feuerwehrhaus direkt am Waldrand und kupple den Anhänger ab. Ich schiebe den Anhänger ein Stück ins Unterholz hinein. Bis er nicht mehr zu sehen ist. Ich klettere auf die Streusandkiste auf der Rückseite des Hauses und taste in der Regenrinne nach dem Schlüssel.

Wusste ich es doch, sage ich, als ich ihn zu fassen bekomme.

Mit einem leisen Quietschen schwingt die Tür auf. Ich lege eine Hand auf den Lichtschalter, schließe die Tür mit der anderen und mache Licht. Nichts hat sich verändert in all den Jahren: Das Löschfahrzeug füllt fast den gesamten Raum aus. An den Wänden links und rechts allerlei Gerät, an Nägeln aufgehängt. Rechts von der Tür ein Bord mit einer Reihe von Schlüsseln daran. Alle mit Plastikanhängern in unterschiedlichen Farben. Alle fein säuberlich beschriftet. Mit Druckbuchstaben in Brandmeister Blancks Handschrift. Damit es schnell geht, im Notfall, und nicht zu Verwechslungen kommt. Am Anfang war Brandmeister Blanck strikt dagegen gewesen, die Schlüssel im Feuerwehrhaus zu deponieren. Doch war er überstimmt worden. Vom Gemeinderat. Im Notfall, hieß es, müsse es schnell gehen und man könne Blanck nicht erst aus dem Bett klingeln, mitten in der Nacht, und warten, bis er mit den Schlüsseln käme, zumal er zwei Kilometer weit weg in Sültlingen wohnte. Schließlich einigte man sich auf einen Kompromiss: Es wurde ein zweiter

Satz Schlüssel angefertigt. Brandmeister Blanck behielt die Originale. Die Nachgemachten wurden ins Feuerwehrhaus gehängt. Die Einschränkung: Neben Blanck wussten nur zwei Männer im Dorf, wo der Schlüssel versteckt ist, der den Zugang zum Feuerwehrhaus ermöglicht. Falk und Alvin Brinkmann, die beiden obersten Feuerwehrmänner des Dorfes.

An dem Morgen, an dem die Waldbrände, die seit Tagen im Landkreis wüteten, so weit vorgedrungen waren, dass sie die Eisenbahngleise zwischen unserem Dorf und Siemsgluss erreichten, hatte Arvid Forster die Sirene angeworfen, die auf dem Dach des *Kornspitz* angebracht ist. Auf telefonische Anweisung von Brandmeister Blanck. Die Rauchsäulen standen meterhoch über den Wäldern. Drei Tage und zwei Nächte waren wir mit nichts anderem beschäftigt, als das Feuer zurückzudrängen. In der zweiten Nacht kam der Regen, auf den wir alle seit Wochen so sehnsüchtig gewartet hatten. Alle waren sich einig, am Nachmittag des dritten Tages, als das Feuer gelöscht und der Wald vor uns nur noch eine graue Wüste verkohlter Stumpen war, aus der Rauch und Aschefetzen aufstiegen, dass wir es nicht geschafft hätten, wenn der Regen nicht gewesen wäre. Trotz der Hilfe aus der Kreisstadt. Und den umliegenden Gemeinden. Und den Flugzeugen, die Wasser über dem Wald abwarfen.

Später bin ich mit Alba hier gewesen. Weil Vogelshirtboy mir erzählt hatte, wo der Schlüssel versteckt war. Er sagte, er wäre der Erste gewesen, der am Feuerwehrhaus eingetroffen wäre, an jenem Morgen beim großen Waldbrand, und hätte gesehen, wie Alvin Brinkmann den Schlüssel aus der Regenrinne geholt hätte, wo er mit einem Stück Draht von innen an einem Haken befestigt war. Es war ein heißer Augustnachmittag. Ein oder zwei Jahre nach den Bränden. Und nur ein paar Tage vor dem Vorfall auf Rathjens Feld. Alba und ich waren zu Fuß gekommen. Ich war auf die

Streusandkiste geklettert und hatte den Schlüssel aus der Regenrinne geklaubt. Wir hatten die Tür geöffnet und uns geliebt, hier, im kühlen, schattigen Feuerwehrhaus. Die Tür sperrangelweit offen. Ein sommerliches Rechteck aus Licht und Wärme und sirrenden Insekten.

Ich lösche das Licht, schließe die Tür, klettere auf die Streusandkiste und lege den Schlüssel zurück an seinen Platz. Ich ziehe leicht an dem Schlüssel, um sicherzugehen, dass der Draht fest am Haken sitzt. Dann springe ich von der Kiste, steige in den Wagen und starte den Motor.

Samstag

Totenschein

Der Morgen dämmert herauf. Ich fege die Scherben vom Tisch und klebe mit den letzten Leukoplaststreifen aus dem Verbandskasten ein Stück Karton aus der Werkstatt von innen vor die Fensterscheibe, um das Loch zu überdecken.

Auf dem Sofa in der Stube liegt Homann. Gewaschen und gekämmt. Im Sonntagsstaat. Die Hände über der Bibel auf seinem Bauch gefaltet. Von Alba keine Spur.

Ich finde sie oben, in meinem Zimmer. Sie liegt auf der Matratze und schläft tief und fest. Eine Weile betrachte ich sie. Die Versuchung ist groß, mich zu ihr zu legen. Für einen Moment nur.

Leise schließe ich die Tür und gehe hinunter in die Küche. Ich koche Kaffee und suche die letzten Vorräte zusammen, die von Vogelshirtboys Einkauf übriggeblieben sind. Eine fast leere Milchflasche. Ein Becher Joghurt. Zwei braunfleckige Bananen. Eine halbvolle Schale Brombeeren. Ein Brotkanten, der so hart ist, dass er sich kaum schneiden lässt. Ich röste das Brot, schmiere Butter drauf, schneide die Bananen klein und rühre sie zusammen mit den restlichen Brombeeren in den Joghurt. Ich fülle die Tassen mit Kaffee, kippe den Rest Milch dazu, stelle alles aufs Tablett und mache mich auf den Weg nach oben.

Alba sitzt an ihrem Frisiertisch, am offenen Fenster, die nackten Beine übereinandergeschlagen.

Du bist wach, sage ich. Ich stelle das Tablett auf den Tisch und küsse sie. Ich habe uns Frühstück gemacht, sage ich und reiche ihr die Tasse.

Danke. Ich kann einen Kaffee gebrauchen. Sie nimmt einen Schluck. Hmm. Gar nicht übel, sagt sie. Sie stellt die

Tasse ab und reckt sich. Ich war so müde, dass ich geschlafen habe wie ein Stein.

Du hast ganze Arbeit geleistet. Homann sieht aus wie ein Engel.

Das waren wir ihm schuldig, oder? Nach allem, was wir ihm angetan haben.

Der Himmel vor den Fenstern ist strahlend blau. Keine Wolke. Kein Wind.

Es ist schon fast unheimlich mit dem Wetter, sagt Alba.

Ja, sage ich und schiebe den Vorhang zur Seite, um freie Sicht auf den Hof zu haben. Zieh dich an, sage ich. Der Doktor ist im Anmarsch.

Dr. Rakuhn ist kurz angebunden. Untersucht Homann. Stellt Homanns Tod fest. Schreibt den Totenschein.

Todesursache?, fragt er und sieht auf. Natürlicher Tod, antwortet er sich selbst. Zeitpunkt des Todes?

Gestern, sagt Alba.

Uhrzeit?

Ich weiß nicht, sagt Alba. Wir haben ihn so gefunden.

Wann?

Gestern Abend.

Und erst heute erfahre ich davon?, sagt Rakuhn. Beim Frühstück? Von meinem Sohn?

Wir wollten Sie nicht stören gestern, so spät, sagt Alba. Da hat Luke Vogelshirt – ich meine Noah – angerufen.

Und nun?, fragt der Doktor.

Um ehrlich zu sein, sagt Alba, wollten wir Sie bitten, sich um alles zu kümmern.

Dr. Rakuhn sieht von Alba zu mir und wieder zurück.

Wir möchten Ihnen für alles, was Sie für uns getan haben, danken, sage ich und ziehe zehn Scheine aus der Hosentasche. Fünf davon reiche ich Rakuhn. Dafür, dass Sie uns geholfen haben, sage ich. Ich reiche ihm die andere Hälfte. Und dies für Homanns Beerdigung.

Der Paradiesgarten

Lass mich ausruhen, sage ich. Nur ein Stündchen.

Ich wecke dich, sagt Alba und küsst mich.

Komm doch mit rauf.

Hmm. Warum nicht.

Es ist der Himmel auf Erden. Alba in meinem Arm. Die Sonne, die flirrende Schatten an die Wand wirft. Die Vorhänge, die sanft vom Wind ins Zimmer geweht werden. Und doch finde ich keine Ruhe. Starre an die Decke und denke nach.

Erinnerst du dich an die Sache mit Jennie und Lisa?, fragt Alba.

Wie kommst du darauf?

Weiß nicht. Sie richtet sich auf und sieht mich an. Ich habe sie gesehen, sagt sie. Lisa Zarenthin. Im Supermarkt. Als ich mit Noah einkaufen war.

Davon hast du nichts gesagt. Hat sie dich erkannt?

Nein, sagt Alba. Ich glaube nicht. Vielleicht wollte sie mich auch nicht erkennen. Nach der Sache im Paradiesgarten damals.

Du konntest nichts dafür, sage ich.

Mitgehangen, mitgefangen, sagt Alba.

Niemand wusste, warum der Paradiesgarten Paradiesgarten hieß. Und wer den Namen erfunden hatte. Ein kleiner, von einem verschnörkelten, gusseisernen Zaun umgebener Obstgarten mit einer roten Eingangspforte. Apfelbäume, Kirschbäume, Johannisbeersträucher, Brombeersträucher. Eine alte Wasserpumpe in der Mitte. Eine Bank gegenüber der Eingangspforte. Ursprünglich hatte er zum Grundstück der Witwe Schönau gehört. Man sah sie häufig dort, bevor ihr Mann starb. Sie winkte, wenn man auf dem Fahrrad vorbeifuhr zum Baden im Siebenseelensee. Mit ihrem Kopftuch und ihren Gartenhandschuhen und einer Schaufel in der Hand. Manchmal lud sie uns ein, hereinzukommen, und wir bekamen Obst von ihr geschenkt. Später verpachtete sie das Feld, das zwischen ihrem Hof und dem Garten lag, an Georg Authried, der Korn darauf anbaute. Der kleine Pfad, der außen am Feld entlang zum Paradiesgarten führte, war irgendwann kaum noch zu erkennen. Der Garten verfiel. Das Gras stand meterhoch. Bienen kreisten in Schwärmen um das Obst, das sich am Boden sammelte. Es war Vogelshirtboy, der sich der Sache annahm. Er sagte, es wäre eine Schande, den Garten so verkommen zu lassen. Er holte sich die Erlaubnis der Witwe Schönau und begann mit den Aufräumarbeiten. Sammelte das Obst ein. Mähte das Gras. Schnitt die Zweige der Bäume und Sträucher zurück. Pinselte die Bank an. Ganze Wochenenden verbrachte er dort. Mit freiem Oberkörper und der Baseballkappe, die er immer trug. Ein oder zwei Jahre war Vogelshirtboy der Hüter des Paradiesgartens. Es sprach sich herum, dass es dort idyllisch war. Feste wurden gefeiert. Liebespaare trafen sich, besonders im Frühjahr, wenn die Kirschblüte einsetzte. Saßen auf der Bank vor Authrieds wogendem Weizenfeld und knutschten. Auch Alba und ich waren ein paar Mal dort. Ganz am Anfang. Etwas verlegen saßen wir dort auf der Bank. Hand in Hand. Immer auf der Hut, dass niemand uns sah. Irgendwann kamen die Gerüchte auf. Jugendliche aus den umliegenden Dörfern hätten den Paradiesgarten für sich entdeckt. Ein paar Mal fanden wir Bierflaschen und Zigarettenkippen im Gras zwischen den Bäumen. Und ein Kondom unter der Bank. Vogelshirtboy legte sich auf die Lauer. Zwei Wochenenden nacheinander. Nichts geschah. Dann, am dritten Wochenende, überschlugen sich die Ereignisse.

Es war Samstagnacht. Vogelshirtboy war eben dabei, seine Sachen zusammenzupacken, um hinüber zur Datscha zu gehen. Ein Fußweg von fünf Minuten, wenn man den Weg quer über die Festwiese nimmt. Plötzlich hörte er Stimmen. Vom Wald her. Er schwang sich über den Zaun und versteckte sich in Authrieds Feld. Es war eine warme Nacht. Er sah zwei Mädchen den Waldweg herunterkommen. Auf Fahrrädern. Vogelshirtboy wusste sofort, wer sie waren: Lisa Zarenthin. Und Jennie Drell. Aus Hohnerode.

Was soll ich dir sagen?, fragte Vogelshirtboy am Abend danach vor seiner Datscha, wo wir bei einem Bier zusammensaßen. Sie lehnten die Fahrräder an den Zaun. Öffneten die Pforte und sahen sich um. Liefen im Garten herum, als suchten sie etwas. Lisa legte ihre Jacke ins Gras. Dort, wo der Mond hinschien. Jennie kam herüber zu ihr, und sie begannen sich zu küssen. Dann zogen sie sich aus. Gegenseitig. Bis sie nackt waren. Bis auf die Haut. Sie küssten sich und legten sich hin. Zwei Mädchen im Mondlicht. Es war das Schönste, was ich je gesehen habe. Er sah mich an. Über das Lagerfeuer hinweg.

Und dann?, fragte ich.

Dann kam das Auto. Ich hörte es. Dachte, es wäre Waldeck oder sonst jemand, der spät nach Hause kam. Doch bog das Auto vom Kronsnest auf den Feldweg ab. Fuhr direkt auf uns zu. Scheiße, dachte ich. Wer auch immer in dem Wagen sitzt, hoffentlich sieht er die Mädchen nicht. Ich sah rüber zu ihnen. Auch sie hatten inzwischen die Ohren gespitzt. Jennie nahm ihr T-Shirt und hielt es vor die Brust. Das Auto hielt. Jemand stieg aus. Ein Mann. Erst war ich mir nicht sicher, wer es war. Aber dann konnte ich ihn erkennen. Caspar. Caspar Jordan. Ich weiß nicht, was er da wollte, im Wald, mitten in der Nacht, und warum er anhielt. Wahrscheinlich hatte er die Fahrräder gesehen. Er sah sich um. Nach allen Seiten. Dann öffnete er die Pforte. Ich sah rüber zu den Mädchen, die ihre Sachen zusammenrafften und versuchten, sich hinter den Brombeersträuchern zu verstecken. Sie hatten keine Chance. Caspar sah sie sofort. Er schob einen Zweig beiseite und ging auf sie zu. Ich nehme an, dass er getrunken hatte. Er schwankte ein bisschen beim Gehen.

He, sagte er. Was macht ihr hier?

Ich glaube, er hatte im ersten Moment gar nicht gesehen, dass es Mädchen waren. Und schon gar nicht, dass sie nackt waren.

Ich kenne euch, sagte Caspar.

Wir, äh, wir wollten gerade gehen, sagte Lisa.

Sie wichen zurück. Hielten ihre Sachen an die Brust gepresst.

Langsam, sagte Caspar und packte Jennie am Handgelenk.

Jennie schrie auf.

Erst jetzt sah ich, dass er etwas in der Hand hielt. Zuerst dachte ich, es wäre eine Flasche. Dann sah ich, dass es etwas anderes war. Etwas, das den Mädchen Angst machte. Eine Heidenangst.

Ruhig, sagte er. Ganz ruhig. Dann passiert euch nichts. Er ließ Jennie los. Na also, sagt er. Möchte doch niemand, dass das halbe Dorf aufwacht von eurem Geschrei. Er wartete einen Moment. Und nun möchte ich, dass ihr die Sachen fallen lasst, sagte er.

Die Mädchen sahen sich an. Ich dachte im ersten Moment, sie würden wegrennen. Dann ließen sie die Sachen fallen.

Und nun, sagte Caspar, möchte ich, dass ihr weitermacht. Mit dem, was ihr getan habt, bevor ich kam. So als wäre ich gar nicht hier.

Wir –, sagte Lisa.

Caspar richtete das Ding auf sie.

Hinknien, sagte er.

Lisa kniete sich hin.

Du auch.

Auch Jennie kniete sich hin.

Na, los, sagte Caspar. Worauf wartet ihr? Mit der freien Hand knöpfte er seine Hose auf.

Da fing ich an zu schreien.

Der Schlüssel

Dann fallen mir die Augen zu. Für einen wundervollen Moment schlafe ich. Tief und fest. Wie tot. Dann ist es, als öffnete sich ein Fenster, im endlosen Dunkel, und ich sehe mich selbst. Schlafend. Erwachend. In meinem Zimmer. Auf der Matratze. Alba neben mir, den Kopf an meiner Schulter. Ich stehe auf, leise, um Alba nicht zu wecken, und öffne die Tür. Ich durchquere den Flur, die kühlen, knarrenden Holzdielen unter meinen nackten Füßen. Ich streife durch sämtliche Zimmer. Lege meine Hand auf Möbelstücke, Türklinken, Fensterbänke. Flüchtig. Um sie festzuhalten. Für immer. Ich gehe die Treppe hinunter. In den Salon. Ich überlege, wo der Schlüssel für die Haustür sein könnte, die seit Jahren nicht mehr benutzt wird. Ich suche danach. In der Küche. In der Schublade im Tisch. In den Fächern und Klappen der Anrichte. Plötzlich weiß ich, wo er ist: im Nähzimmer meiner Mutter.

Und dort sitzt sie. An der Nähmaschine. Mit einem Stück Stoff in der Hand. Im Licht der einfallenden Sonne. Die Brille auf den Kopf geschoben.

Lukas, sagt sie. Wo warst du?

Oben, sage ich. In meinem Zimmer. Ich habe geschlafen.

Die ganze Zeit?, fragt sie, nimmt die Schere und schneidet ein Stück schwarzes Garn von der Rolle ab. Na ja, kein Wunder, sagt sie. Du hattest einen schweren Tag.

Ja, sage ich.

Du musst zugeben: Mit Homann bist du zu weit gegangen. Kannst du mir helfen, das Nähgarn einzufädeln?

Klar, sage ich. Ich nehme die Nadel, kneife das linke Auge zu und führe den Faden durchs Nadelöhr.

Wie machst du das nur?, fragt sie.

Es ist ganz leicht, sage ich und reiche ihr die Nadel zurück, vorsichtig, damit der Faden nicht wieder herausrutscht. Was ich dich fragen wollte, sage ich. Weißt du, wo der Schlüssel für die Haustür ist?

Da wo er immer ist. Am Bord in der Küche.

Nein, sage ich. Ich meine, den Schlüssel für die richtige Haustür. Vorne zur Straße raus.

Den hab ich hier, sagt sie. Sie steckt die Nadel ins Nadelkissen, greift in die Schürze und zieht den Schlüssel hervor.

Danke, sage ich und schiebe den Schlüssel in die Hosentasche.

Aber pass auf, sagt meine Mutter. Dass niemand dich sieht.

Klar, sage ich und küsse sie auf die Wange.

Lukas, sagt meine Mutter und nimmt meine Hand.

Ich knie mich auf den Boden, direkt vor den Nähtisch, und lege meinen Kopf in ihren Schoß.

Ich wollte es dir schon lange sagen, sagt sie und streicht mir mit der Hand durchs Haar. Es tut mir so leid, mein Junge. So unendlich leid, dass ich –

Als ich den Schlüssel hervorholen will, fühlt er sich viel größer an als vorher. Mit Müh und Not gelingt es mir, ihn aus der Tasche zu ziehen. Ich sehe mich noch einmal um. Im Salon ist niemand. Nur die Katze, die auf dem Klavier sitzt und sich die Pfote leckt.

Also dann –, sage ich.

Ich stecke den Schlüssel ins Schloss und drehe ihn. Zweimal. Die Tür springt auf, wie von Zauberhand, und gibt den Blick frei auf eine Landschaft, so schön, wie ich sie niemals zuvor gesehen habe. Bäume. In allen Farben. Rot und blau und grün und gelb. Mit Vögeln darin. Wunderschön gefiedert. Ein rauschender Bach, dort, wo sonst die Dorfstraße ist. Ein Tier, das auf Samtpfoten durchs Dickicht streicht. Die Sonne, die ihr dämpfendes Licht auf die sanft im Wind wispernden Blätter wirft. Das Singen eines Sommertags in der Ferne.

Einen Augenblick bin ich wie gebannt von dem Anblick. Dann trete ich hinaus.

Es tut mir leid, sagt Alba.

Ich schlage die Augen auf. Für einen Moment weiß ich nicht, wo ich bin.

Was meinst du?, frage ich.

Es tut mir leid. Dass ich dich so im Stich gelassen habe.

Du hast mich nicht im Stich gelassen.

Doch, sagt Alba. Habe ich.

Und wenn schon, sage ich. Es hat auch sein Gutes.

Ach ja?

Ich habe keine Angst mehr, sage ich. Vor nichts.

Vor gar nichts?

Nur davor, dich zu verlieren.

Es war Lina, die uns die Klinik in Hamburg empfohlen hatte.

Ich habe mit den Ärzten telefoniert, hatte sie gesagt mit diesem leichten amerikanischen Akzent, den sie sich über die Jahre angewöhnt hatte. Alba ist gut aufgehoben dort. Ach, und übrigens, die Unterlagen sind unterwegs. Müssten dich erreichen. Morgen. Spätestens übermorgen. Unterschreib alles und schick es zurück an den Notar. Vergiss nicht, die Bankvollmacht zu unterschreiben. Und eine Kopie von deinem Ausweis beizulegen. Sonst kommt Homann nicht an dein Geld.

Okay, sagte ich. Wir warten, bis die Unterlagen da sind. Ich unterschreibe. Dann fahren wir los.

Ich habe mit ihm telefoniert, sagte Lina. Er will das Geld nicht.

Homann? Welches Geld?

Seinen Anteil am Hausverkauf. Ich habe versucht, ihn zu überreden. Er wollte nichts davon wissen. Es ist unser Haus, sagt er, nicht seins. Also gehört das Geld uns und nicht ihm.

Er kann stur sein, sagte ich.

Oh yes, sagte Lina. Am Ende haben wir uns geeinigt: Homann bekommt eine Rente. Und eine Wohnung. Auf Lebenszeit.

In dem Haus von Andrzej. Ich habe Noah gebeten, die Zimmer zu streichen. Die Kosten übernehmen wir. Homann zieht ein, sobald der Käufer das Haupthaus übernimmt.

Und die Möbel und all das?

Homann hat ein Unternehmen beauftragt. In der Kreisstadt. Sie haben alles abgeholt. Alles steht leer. Bis auf die Küche. Und Homanns Kammer, versteht sich.

Und der Dachboden?

Kein Mensch setzt freiwillig einen Fuß da hinauf. Homann hat den Schrotthändler angesprochen. In Siemsgluss. Mal sehen, was daraus wird.

Danke, Lina.

Wofür?

Für alles.

My pleasure. Und nun sieh zu, dass du Alba in der Klinik unterbringst. Und ruf Homann an. Damit Ihr euch absprechen könnt. Wegen dem Geld.

Am Morgen trafen die Unterlagen ein. Ein Haufen Dokumente, die ich unterschrieb, innerhalb von zwei Minuten. Immer eine Zeile unter Linas Unterschrift. Dort, wo der Notar sein Kreuz neben die Linie gesetzt hatte. Dann fuhren wir los. Hielten nur kurz an der Post, um die Unterlagen an den Notar zurückzuschicken.

Es war heiß und stickig in der Stadt. Wir brauchten eine Weile, um die Klinik zu finden. Alba rauchte eine Zigarette nach der anderen und sprach kein Wort.

Da sind wir, sagte ich und parkte den Wagen direkt neben dem Eingang eines roten Backsteingebäudes.

Alba nahm die Sonnenbrille ab und sah mich an.

Kommst du mit rein?, fragte sie.

Es war viel unkomplizierter als gedacht. Ein paar Formalitäten. Eine freundlich lächelnde Schwester, die Alba ihr Zimmer zeigte. Eine kurze Verabschiedung im Gang. Ein Händedruck. Ein Kuss. Ein Nicken.

Besuchszeit 13 bis 15 Uhr, sagte die Schwester. Vielleicht geben Sie Ihrer Freundin aber erst einmal ein paar Tage, um sich zu sammeln.

Dann schlossen sich die automatischen Türen.

Nie habe ich mich so allein gefühlt wie an jenem Nachmittag in Hamburg. Ich fuhr durch die Stadt und es war, als wäre das alles nicht ich. Als wäre das alles nicht wirklich. Die Straßen. Die Plätze. Die Häuser. Als wären die Menschen auf dem Gehweg, an der Ampel, vor den Cafés nur Figuren. In einer täuschend echten Kulisse. Wie in einem Film. Als gehörte das alles nicht zu mir. Oder andersherum: Als gehörte ich nicht zu alledem. Als hätte ich keine Berechtigung, dort zu sein, wo ich mich befand. Und nur die Tatsache, dass ich unsichtbar zu sein schien für alle anderen, rettete mich davor, als das erkannt zu werden, was ich war: ein Außerirdischer. Auf einem fremden Planeten. Am Abend hielt ich vor einem Hotel. Ganz in der Nähe der Klinik. Ich mietete ein Doppelzimmer. Für zwei Wochen. Samt Tiefgaragenstellplatz für den Wagen. Ich aß etwas in einem asiatischen Imbiss. Ich lief hinüber zur Klinik und sah zu den Fenstern in den oberen Stockwerken auf. Dann ging ich zurück ins Hotel.

Eine Woche sah ich Alba nicht. Die Schwester sagte, es ginge ihr gut so weit. Den Umständen entsprechend.

Kommen Sie morgen wieder, sagte sie. Vielleicht können Sie sie kurz sehen.

Ich gab Blumen für Alba ab. Obst. Schokolade. Am fünften Tag sprach ich mit einer Ärztin. Sie sagte, Alba sei nicht in der Lage, Besuch zu empfangen. Ich solle ihr Zeit lassen.

Am Tag lief ich durch die Stadt. Ziellos. Am Abend war ich so müde, dass ich sofort einschlief. Nachts wachte ich auf und trat ans Fenster. Sah hinaus auf die Lichter. Den Dunst über den Straßen. Ein paar Betrunkene warfen Flaschen gegen das Tor der Tiefgarage auf der anderen Straßenseite. Die Hitze trieb die Leute in den Wahnsinn.

Am achten Tag durfte ich Alba sehen. Für eine halbe Stunde. Auf ihrem Zimmer, das sie sich mit einer anderen Patientin teilte. Sie sah müde und blass aus. Sagte, es ginge ihr gut. Aß ein kleines Stück von dem Kuchen, den ich ihr mitgebracht hatte.

Danach sahen wir uns jeden Tag. Zur Besuchszeit. Am Ende der zweiten Woche durfte ich gegen Abend wiederkommen. Zusammen gingen wir in das kleine Café auf der anderen Seite des Parkplatzes. Oder in den Park hinter dem Haus. Alba sagte, die Ärzte hätten ihr Medikamente verschrieben, die sie nehmen müsste, um nicht rückfällig zu werden.

Was ist mit dem Geld?, fragte sie. Hast du mit Homann gesprochen?

Nein, sagte ich. Ich werde ihn anrufen.

Ich verlängerte meinen Hotelaufenthalt um eine Woche und bezahlte im Voraus. Mit dem letzten Fünfhunderter. Am Abend rief ich Homann an.

Ich habe auf deinen Anruf gewartet, Lukas, sagte er.

Wie geht es dir, Homann?, fragte ich.

Kann nicht klagen. Wann kommst du, um dein Geld zu holen?

Bald.

Wollen wir zusammen zur Bank? In der Kreisstadt?

Ja, sagte ich. Das wäre vielleicht das Beste.

Dann sage ich der Bank Bescheid, dass sie das Geld bereithalten sollen.

Danke. Ich spreche mit Alba und rufe dich wieder an.

Bei meinem nächsten Besuch bat mich die Ärztin in ihr Sprechzimmer. Sie sagte, Alba könne die Klinik verlassen. Ich müsse mit Stimmungsschwankungen rechnen. Und dafür sorgen, dass sie ihre Medikamente nimmt. Nach dem Plan, den sie ihr mitgeben würde. Auf Dauer, sagte sie, würde sie dazu raten, einen Spezialisten aufzusuchen, der sich Albas Bein ansähe. Am Anfang der Schmerzmittelsucht stünde immer der Schmerz. Fürs Erste sei es nun jedoch das Wichtigste, dass Alba viel Ruhe bekäme.

Am Morgen holte ich Alba aus der Klinik ab. Zusammen gingen wir hinüber ins Hotel, wo Alba sich ausruhte, auf dem großen Doppelbett, in dem ich Nacht für Nacht allein verbracht hatte.

Wie lange bleiben wir hier?, fragte sie.

Solange du willst.

Haben wir Geld?

Nein. Ich müsste mir einen Job suchen.

Was ist mit Homann? Habt ihr gesprochen?

Ja.

Und?

Er sagt, das Geld liegt bereit. Wir müssen nur einen Ort und eine Zeit vereinbaren. Für die Übergabe.

Worauf warten wir dann?, fragte Alba.

Ich skizzierte ihr den Plan, den ich ausgetüftelt hatte: Ich fahre mit dem Zug. Am Morgen. In die Kreisstadt. Allein. Homann holt mich vom Bahnhof ab. Wir fahren zur Bank. Ich kassiere meinen Anteil. Homann bringt mich zum Bahnhof. Ich nehme den nächsten Zug zurück nach Hamburg. Am Nachmittag bin ich zurück im Hotel.

Kommt nicht in Frage, sagte Alba. Wir fahren zusammen. Zu Homann. Ins Dorf. Und verabschieden uns von ihm.

Du willst ins Dorf?

Für zwei Stunden, sagte Alba. Höchstens. Am besten am Sonntag. In aller Frühe, wenn alles schläft.

Okay, sagte ich. Dann gebe ich Homann Bescheid.

Kasimir

Lina, was wäre ich ohne dich? Ohne deine Güte. Deine Weisheit. Deine Gelassenheit. Deinen Verstand. Auf jede komplizierte Frage im Leben hast du eine Antwort. Einfach und einleuchtend. Als würde ein fernes Wesen aus dir sprechen, das die Dinge von einer Warte aus betrachtet, von der Homann kurz vor seinem Ende gesprochen hat. Einer Warte, die den meisten von uns verwehrt bleibt. Als würdest du die Dinge in einem anderen, größeren Zusammenhang sehen. Aus der Perspektive eines Vogels, weit oben am Himmel, für den die Landschaft nicht unaufhörlich nahtlos ineinander übergeht, sondern sich in einzelnen, deutlich unterscheidbaren Farben, Formen, Teilen und Grenzen abzeichnet.

Ich stehe am Fenster. In Linas Zimmer. Ein letztes Mal. Betrachte die Wände. Die Steckdosen darin. Den Boden. Die Decke. Rücke in Gedanken Möbelstücke dorthin, wo sie einst standen. Linas Bett. Die Kommode. Den Teppich. Den Spiegel. Den Schreibtisch, an dem sie saß und ihre Hausaufgaben machte. Manchmal kam ich herein, am Abend, und leistete ihr Gesellschaft. Saß einfach da auf dem Sofa neben der Tür und sah ihr zu. Bis sie irgendwann ihr Buch zuklappte und sich umdrehte.

Was?, fragte sie.

Nichts. Ich wollte nur sehen, was du machst.

Mathe. Und nun raus mit dir.

Als ich die Musik höre, drehe ich mich um und blicke aus dem Fenster.

Kasimir, sage ich. Lasse mir jede einzelne Silbe auf der Zunge zergehen.

Dann sehe ich ihn. Auf seinem Fahrrad. Mit dem Fuchsschwanz. Und dem Transistorradio an der Sattellehne. Er fährt auf die Baustelle zu, die noch immer genauso verlassen daliegt wie bei unserer Ankunft. Er stoppt am Sperrgitter und sieht hinüber auf die andere Seite. Als wäre die Zeit stehengeblieben. Als wäre das ganze Leben eine einzige Wiederholung der immer gleichen Abläufe und Bilder und Geschehnisse. Und vielleicht ist es das auch. Kasimir kratzt sich am Kopf. Er ist das, was die Leute, den Dorfidioten nennen. Eins von vier Kindern von Authrieds aus dem Starkwetterweg. Die Geschwister leben in großen Städten inzwischen. Mit Familien und Kindern und Berufen und Bankkonten. Kasimir ist noch immer hier. Am Montag holt ihn der Bus ab und bringt ihn in die Kreisstadt. Bis Freitag bleibt er dort und arbeitet. Biegt Bleche und schneidet Gewinde in einer Werkstatt am Stadtrand. Am Freitagabend bringt ihn der Bus zurück. Am Wochenende steigt Kasimir auf sein Fahrrad und fährt über die Dörfer. Immer die gleiche Strecke: Sültlingen. Hartem. Siemsgluss. Und wieder zurück. Endstation: der ehemalige Manhorner Bahnhof. Dort sitzt er auf der Bank in dem Wartehäuschen und blickt über die Felder. Hört Radio. Brabbelt vor sich hin. Zählt an den Fingern Dinge ab, deren Bedeutung nur er alleine kennt. Kratzt sich am Kopf. Und am Hintern. Kein Mensch weiß, ob Kasimir weiß, wer er ist. Was er ist. Wie die Leute im Dorf ihn nennen. Und wenn schon, würde er vielleicht sagen, wenn er sprechen könnte wie wir. Wenn er denken könnte wie wir. Was habt ihr schon von euren Leben? Eurer Schlauheit? Eurer Arbeit? Eurem Geld? Ich sage euch, was ihr habt: Einen Scheißdreck habt ihr. Kasimir blickt über das Gitter hinweg. Die Dorfstraße hinunter. Dann wendet er das Fahrrad. Mit kleinen Schritten. Sieht noch einmal über die Schulter. Kratzt sich am Kopf und blickt auf. Zu unserem Haus. Sieht mich am Fenster stehen.

Mein erster Impuls ist es, zurückzuweichen. Doch sehe ich den Ausdruck in Kasimirs Gesicht. Er kramt in seinem Gedächtnis. Dann erinnert er sich. Er lächelt und winkt mir zu. Ich winke zurück. Er schwingt sich auf den Sattel, tritt in die Pedale und biegt links ab in die Alte Hartemer Landstraße.

Noah

Wir räumen unsere Sachen aus dem Zimmer und bringen sie in der Küche. Viel ist es nicht: zwei Wolldecken. Der Schlafsack. Albas Tasche. Wir stellen der Katze den leeren Joghurtbecher hin. Erst ist sie vorsichtig. Dann beginnt sie, den Becher auszulecken. An den Rändern. Steckt den Kopf so weit hinein, dass ihr Joghurtreste an den Ohren kleben, als sie ihn wieder herauszieht. Sie springt auf den Ofen und beginnt, sich zu putzen. Ausgiebig. Sie sieht nicht einmal auf, als Vogelshirtboy an die Tür klopft.

Was ist mit eurem Fenster passiert?, fragt er.

Wir hatten Besuch. Gestern Nacht. Wo ist Toni?

Müsste gleich hier sein, sagt Vogelshirtboy. Besuch? Von wem?

Mark Sass.

Okay, sagt Vogelshirtboy. Und wo wart ihr, als Mark Sass euch besuchen kam?

Oben auf dem Werkstattdach.

Noah, sagt Alba und tritt in die Küche. Sie hält Homanns Bibel in der Hand. Möchtest du die mitnehmen, Luke?, fragt sie. Als Andenken.

Nein, sage ich.

Ach, Noah, sagt Alba. Warte, ich hab was für dich. Sie kramt in ihrer Tasche. Wo ist das Ding nur?, fragt sie.

Also, um auf Mark Sass zurückzukommen –, sagt Vogelshirtboy.

Wusste ich es doch, sagt Alba, zieht Vogelshirtboys Baseballkappe aus der Tasche und wirft sie ihm zu. Die hattest du vergessen neulich, sagt sie.

Du meinst, du hast vergessen, sie mir wiederzugeben, sagt Vogelshirtboy.

Der hier steht mir sowieso besser, sagt Alba und setzt den Cowboyhut auf, der an der Stuhllehne hängt.

Stimmt, sagt Vogelshirtboy.

Tag allerseits, sagt Toni, der im Türrahmen steht.

Zusammen gehen wir auf den Dachboden. Toni und ich. Die Treppe hinauf. Vorbei an der Einsturzstelle.

Setz dich, sage ich und weise auf das Sofa.

Danke, sagt Toni. Und was machen wir hier?

Wir reden, sage ich und nehme neben ihm Platz.

Und worüber?

Über dich. Und deinen Vater.

Toni sieht mich an.

Da gibt es nichts zu reden, sagt er.

Was ist das für eine Versammlung, heute Abend, auf Spahns Hof?

Weiß nicht, sagt Toni und zuckt die Achseln.

Doch, sage ich. Weißt du. Besser als irgendjemand sonst hier im Dorf.

Es kommen Leute, sagt Toni. Von überall her. Aus dem ganzen Land. Und aus anderen Ländern. Ein paar kommen aus Amerika.

Und weiter?

Es kommen welche, die den Krieg mitgemacht haben. Ehemalige Offiziere und so weiter. Von überall auf der Welt. Mein Vater sagt, einer kommt aus Südamerika. Unter einem anderen Namen. Das erste Mal seit dem Krieg.

Und warum das alles?, frage ich.

Toni sieht mich an. Als wäre er überrascht, dass ich ihm die Frage stelle. Weil die Antwort für ihn so naheliegend ist.

Mein Vater ist verrückt, sagt er.

Unten vor der Scheune verabschieden wir uns.

Mach dir keine Sorgen wegen dem Dachboden, sage ich. Ich komme für den Schaden auf.

Danke, sagt Toni.

Und sag deinem Vater, was ich dir aufgetragen habe.

Ja, sagt Toni. Mach ich.

Nicht vergessen. Es ist wichtig.

Nein. Ich vergesse es nicht.

Dann los. Ab nach Hause.

Toni nickt. Und macht sich auf den Weg. Ich sehe ihm nach, bis er um die Ecke der Einfahrt verschwunden ist.

Armer Kerl, sagt Vogelshirtboy und tritt neben mich.

Ja, sage ich. Komm mit.

Mann, war ich lange nicht mehr hier, sagt Vogelshirtboy, als wir die Werkstatt betreten. Hat sich nichts verändert hier in all der Zeit, sagt er und sieht sich um.

Ich knie vor dem Ofen, öffne die Klappe und ziehe den Karton heraus. Ich öffne ihn, zähle zehn Scheine ab und stelle den Karton auf den Ofen. Ich reiche Vogelshirtboy das Geld.

Danke, Noah, sage ich. Für alles.

Vogelshirtboy starrt auf die Scheine in meiner Hand. Dann sieht er mich an.

Was soll das?, fragt er. Und seit wann nennst du mich Noah?

Nimm es, sage ich. Du hast viel für uns getan.

Vogelshirtboy schüttelt den Kopf.

Behalt dein Geld, Luke, sagt er. Erzähl mir lieber, was du vorhast heute Abend.

Ich falte die Scheine zusammen, schiebe sie in die Hosentasche und drücke Vogelshirtboy den Karton in die Hand.

Zuallererst, Noah, möchte ich, dass du diesen Karton nimmst und ihn für mich deponierst. Drüben im Geisterhaus.

Der Fächer

Meinen Eltern sagte ich, ich hätte einen Moment nicht aufgepasst und mir den Kopf gestoßen, drüben in der Werkstatt am Eingang zum Schraubenlager. Keine Ahnung, was mich davon abhielt, ihnen die Wahrheit zu sagen. Vielleicht die gleiche Art von Scham, die Jennie Drell und Lisa Zarenthin davon abhielt, zur Polizei in der Kreisstadt zu gehen und Caspar Jordan anzuzeigen. Trotzdem bekamen sie Wind von der Sache. Weil die Geschichte sich im Dorf herumsprach. Wie ein Lauffeuer. In immer neuen Variationen. In denen als einzige Konstanten aus irgendeinem Grund immer Caspar Jordan und ich auftauchten. Und Waldeck als Retter auftrat, der die Streithähne trennte.

Als Brinkmanns Wagen in Flammen aufging, ein paar Tage nach der Sache, nahm mich mein Vater beiseite. Am Waschbecken in der Werkstatt.

Brinkmanns Wagen hat gebrannt, sagte er und krempelte die Ärmel hoch. Drüben auf Rathjens Feld.

Ja, sagte ich. Ich weiß.

Mein Vater griff in den Eimer mit der Werkstattseife.

Deine Mutter macht sich Sorgen um dich, sagte er. Er hielt die Hände unter das fließende Wasser. Wenn du irgendwas mit der Sache zu tun hast, dann ist jetzt der Zeitpunkt, es mir zu sagen.

Es kam nicht oft vor, dass mein Vater mich zur Rede stellte. Noch seltener kam es vor, dass ich ihm ins Gesicht log, ohne rot zu werden.

Ich habe nichts damit zu tun, sagte ich.

Mein Vater sah mich an, über die Schulter hinweg. Er nahm das Handtuch vom Haken und trocknete sich die Hände ab.

Ist gut, mein Junge, sagte er.

Meine Mutter war nicht so leicht zu überzeugen. Vielleicht hätte sie die Dinge auf sich beruhen lassen, wenn sie nicht Vogelshirtboy begegnet wäre. Im Wartezimmer von Dr. Rakuhn, den sie aufgesucht hatte, weil wie sich unwohl fühlte seit Tagen. Sie klopfte an meine Zimmertür und kam herein, ohne eine Antwort abzuwarten.

Lukas, sagte sie. Ich möchte wissen, was los ist.

Was meinst du, sagte ich, setzte mich auf dem Bett auf und klappte das Buch zu, in dem ich gelesen hatte.

Ich habe eben deinen Freund Noah getroffen. Als ich aus Rakuhns Sprechzimmer kam, diesem Kurpfuscher.

Ja und?, fragte ich, so unaufgeregt wie möglich.

Erzähl mir, was los ist, sagte sie.

Nichts, sagte ich. Was soll los sein?

Du kannst mir nichts vormachen, Lukas, sagte sie und verschränkte die Arme vor der Brust. Ich weiß nicht, was passiert ist neulich auf Rathjens Feld. Nur das, was im Dorf rumerzählt wird. Und du weißt, ich gebe keinen Pfifferling drauf, was die Leute im Dorf reden. Ich weiß nicht, ob du es warst, der Brinkmanns Wagen angezündet hat. Aber eins weiß ich: Wenn es Ärger gibt, ist dein Freund Noah immer in der Nähe. Und dass ihr beide mit blauem Auge und geschwollenem Gesicht herumlauft, ist kein gutes Zeichen.

Wir sahen uns an. Meine Mutter und ich. Lange. Unnachgiebig.

Wir hatten Streit, sagte ich schließlich.

Noah und du?

Nein, sagte ich. Caspar Jordan und ich.

Der Familienrat wurde einberufen. Alle vier saßen wir zusammen, abends in der Küche, und berieten, was zu tun war.

Wir sprechen mit Jordans, sagte meine Mutter. So geht es nicht weiter.

Wir könnten sie zum Kaffee einladen, sagte Lina.

Ich werde rüberfahren und mit Paul Jordan sprechen, sagte mein Vater.

Nichts davon wurde je in die Tat umgesetzt. Weil meine Mutter starb. Zwei Tage danach. In der Nacht hatte sie über Unterleibsschmerzen geklagt. Am Morgen war es so schlimm geworden, dass mein Vater sie in die Kreisstadt fuhr. Ins Krankenhaus.

Ihr geht brav zur Schule, Kinder, hatte sie gesagt, bevor sie ins Auto gestiegen war. Heute Mittag treffen wir uns alle hier zuhause.

Am Nachmittag hatte mein Vater angerufen. Er sagte, die Ärzte hätten beschlossen, meine Mutter zu operieren. Noch am selben Tag. Sie läge bereits im Operationssaal. Er sagte, er würde im Krankenhaus bleiben, bis sie aufwachte.

Sollen wir kommen?, fragte ich.

Nein, sagte mein Vater. Ich melde mich, wenn sie aus der Narkose aufgewacht ist.

Sie wachte nicht aus der Narkose auf. Herz- und Nierenversagen. Ich hörte es. Als ich ans Telefon ging. In der kurzen Pause, die mein Vater machte, bevor er die Stimme erhob.

Den Rest des Jahres verbrachte ich in meinem Zimmer. Den Winter verschlief ich. Wie ein Tier in seiner Höhle im Wald. Ging zur Schule am Morgen. Fuhr von der Schule nach Hause, ging die Treppe hinauf und schloss die Tür hinter mir. Leise. Damit niemand mich hörte.

Erst im Frühjahr verließ ich das Haus wieder. Machte Spaziergänge im Wald. Traf mich mit Alba. Besuchte meine Mutter an ihrem Grab auf dem Dorffriedhof, oberhalb der Kirche.

Es tut mir leid, dass ich dich angelogen habe, sagte ich zu ihr, eines Tages. Ich wusste selbst nicht, woher die Worte kamen. Ich weiß nicht, ob ich es je wieder gutmachen kann, sagte ich. Aber ich werde die Sache mit Caspar Jordan regeln. Das verspreche ich dir.

Es dauerte ein paar Tage bis ich genug Mut zusammengesammelt hatte. Schließlich war ich so weit. Ich setzte mich in den alten *200er*, den meine Eltern mir zum Geburtstag geschenkt hatten, und fuhr hinüber zu Jordans.

Lukas, sagte Frau Jordan. Komm rein.

Ist Caspar da?, fragte ich.

Er ist drüben im Stall. Willst du nicht reinkommen?

Nein, danke. Ich will nur kurz etwas mit Caspar besprechen.

Lukas, sagte sie. Ich – wir wollten dir sagen, wie leid es uns tut. Das mit deiner Mutter.

Danke, sagte ich.

Wir wissen, wie schwer es ist, jemanden zu verlieren. Weit vor seiner Zeit.

Danke.

Sie nahm meine Hand und drückte sie.

Sprich mit Caspar, sagte sie. Wir würden uns freuen, wenn du –, wenn ihr einen Weg findet, miteinander auszukommen.

Caspar stand mit dem Rücken zu mir, mit einer Mistgabel in der Hand, und schaufelte Heu in die Tröge. Mit Absicht stieß ich mit dem Fuß gegen eine Milchkanne, damit er sich umdrehte.

Was willst du hier?, fragte er. Hat Alba dich geschickt?

Nein, sagte ich. Sie weiß nicht, dass ich hier bin.

Mein Beileid, sagte er. Wegen deiner Mutter.

Danke, sagte ich.

Also, sagte er. Weshalb bist du gekommen?

Ich schlug Caspar Jordan vor, Frieden zu schließen. Ich sagte, ich würde ihn respektieren. Und die Meinung, die er hätte. Über mich und meine Absichten. Doch würde ich Alba lieben. Über alles in der Welt. Und mich weiterhin mit ihr treffen. Geschehe, was wolle. Ich sagte, es hätte genug Streit gegeben. Und Kummer. In beiden Familien. Ich sagte, es gäbe nichts, was ich nicht für Alba tun würde.

Und wenn sie dich bitten würde, uns in Ruhe zu lassen?, fragte Caspar.

Alba war außer sich, als sie hörte, dass ich bei Caspar gewesen war.

Wie konntest du nur?, sagte sie. Ohne vorher mit mir zu sprechen.

Es ist eine Sache zwischen ihm und mir.

Ach ja?, fragte Alba. Und was hat es gebracht?

Abwarten, sagte ich.

Für eine Weile herrschte eine Art Waffenstillstand. Alba und ich waren vorsichtig. Um ihn nicht zu reizen. Und Caspar?

Ließ Alba gewähren. Fragte, wohin sie ginge, und nickte nur, wenn sie antwortete, er wüsste wohin. Alles schien sich zum Guten zu wenden. Bis zu dem Abend auf dem Schützenfest. In Sültlingen.

Niemals wären Alba und ich auf die Idee gekommen, dorthin zu fahren. Wir wussten, wem man dort begegnete: Maik Eisenbach. Will Töllning. Alvin Brinkmann. Außerdem machten wir uns nichts aus Schützenumzügen. Der Musik. Den Uniformen. Den Zelten. Dem billigen Bier. Alba sagte, sie müsse ans Militär denken dabei. Und an Krieg. Jedermann wusste: Es würde Schlägereien geben. Die Sass-Brüder würden auftauchen, früher oder später. Es gab keinen einzigen Grund für uns, aufs Schützenfest zu gehen. Im Gegenteil: Alba sagte, wir könnten uns dem Regime ihres Bruders entziehen, für ein paar kostbare Stunden. Er hätte sich schick gemacht, um am Abend nach Sültlingen zu fahren.

Lass es uns tun heute Abend, Liebster, sagte sie. Im Heuschober der Witwe Schönau.

Wir machten uns auf den Weg. Die Dorfstraße hinunter. Es war ein warmer Abend. Einer der ersten des Jahres. Am Ende fehlten nur ein paar Meter. Ein paar Schritte nur. Und wir wären im Kronsnest gewesen. Und Caspar Jordan wäre vorbeigefahren. In seinem Jeep. Ich sah ihn zuerst.

Dein Bruder, sagte ich.

Scheiße, sagte Alba.

Er hielt. Ließ den Motor laufen. Trug einen Anzug. Weißes Hemd. Fliege. Mit einem Knopfdruck ließ er die Fensterscheibe herunter.

Nabend, sagte er. Habt ihr Lust mitzukommen? Aufs Schützenfest nach Sültlingen?

Wir sahen uns an. Unschlüssig.

Will nur noch kurz bei Will Töllning vorbei. Caspar beugte sich hinüber und öffnete die Beifahrertür. Na los, sagte er. Für den Familienfrieden.

Na gut, sagte Alba und stieg ein.

Zu viert fuhren wir nach Sültlingen. Will Töllning auf dem Beifahrersitz. Alba und ich hinten auf der Rückbank. Die ganze Fahrt über erzählte Töllning irgendeine Geschichte von einem Schwein, das ihm weggelaufen war, als er es schlachten wollte.

Bin dem Vieh durchs halbe Dorf hinterher, sagte er. Zum Glück ist es auf Eisenbachs Hof abgebogen. Danach hatte ich leichtes Spiel. Ich sag euch, sagte er und drehte sich zu uns um, diese Viecher wissen, was ihnen blüht. Man sieht es in ihren Augen.

Es war voll auf dem Schützenplatz. Es gab ein Festzelt und Buden und Stände. Ein Karussell für die Kinder. Alba und ich setzten uns auf eine Bank und sahen uns um.

Wir warten, bis Caspar im Zelt verschwunden ist, sagte Alba. Dann verkrümeln wir uns.

Wohin?

Du könntest mir deine Schule zeigen, sagte Alba.

Wir machten es. Auf dem Schulhof. Hinter der Turnhalle. Ich saß auf der obersten Treppenstufe, Alba auf mir. Das Kleid bis zur Hüfte hochgeschoben. Sie sah mich an, als sie kam. Das Blau ihrer Augen war wie das Meer. Oder meine Vorstellung davon. Endlos tief. Klar wie der Himmel in einer sternenklaren Nacht. Tintenblau. Mit ein paar Einsprengseln darin. Wie von Scherben, die der Regen ausgewaschen hat.

Als wir zurückkamen, war die Feier in vollem Gange. Alba sagte, sie hätte Durst. Ich kaufte ihr eine Cola und unterhielt mich kurz mit ein paar Jungs, die ich von der Schule kannte. Ich sah Will Töllning aus dem Festzelt treten. Mit einem Glas Bier in der Hand. Und einer Zigarre zwischen den Zähnen. Er drehte sich um und sprach mit jemandem. Caspar Jordan trat aus dem Zelt. Er reichte Will Töllning sein Bierglas und zog die Jacke an. Will Töllning sagte etwas und beide lachten. Es war das erste Mal, dass ich Caspar lachen sah. Ich suchte Alba. Sie lehnte am Generator neben dem Karussell. Kinder tobten um sie herum.

Ich habe deinen Bruder gesehen, sagte ich und reichte ihr die Cola.

Danke, sagte Alba und trank. Hier, sagte sie und gab mir das Glas zurück. Willst du?

Ja, sagte ich. Danke. Die Cola schmeckte süß. Und abgestanden.

Lass uns nach Hause, sagte Alba. Ich bin müde.

Und wie willst du nach Hause kommen?

Wir gehen zu Fuß.

Das wird deinem Bruder nicht gefallen, sagte ich.

Wir gehen ihn suchen, sagte Alba. Und melden uns ab.

Es dauerte eine Weile, bis wir ihn gefunden hatten. Er stand zusammen mit Will Töllning am Schießstand und sah den Leuten beim Schießen zu.

Sieh mal einer an, sagte Will Töllning, als er uns kommen sah. Unsere beiden Turteltäubchen.

Wir wollen nach Hause, Caspar, sagte Alba.

Caspar nickte.

Nur zu, sagte er.

Ich nehme an, du kannst uns nicht fahren –

Caspar schüttelte den Kopf. Erst jetzt sah ich, wie betrunken er war.

Dein Bruder, sagte Will Töllning, war eben dabei, mir seine Schießkünste zu zeigen. Ich nehme an, das wollt ihr euch nicht entgehen lassen. Er wies mit der Zigarre Richtung Schießstand.

Wir gehen zu Fuß, sagte Alba.

Keine Angst, Caspar, sagte Will Töllning und legte einen Arm auf Caspars Schulter und den anderen auf meine. Mein Nachbar Morgen hier passt auf deine kleine Schwester auf. Liefert sie so wohlbehalten wie nur was zuhause ab. Und du kannst in aller Ruhe noch ein paar Bierchen zischen.

Also –, sagte Alba und trat von einem Fuß auf den anderen.

Moment, sagte Will Töllning. Moment. Moment. Moment. Wer hat gesagt, dass ihr euch einfach so davonschleichen könnt? Was ist mit der Schießkunst? Ist das ein Schützenfest oder nicht?

Wir sahen Caspar Jordan beim Schießen zu. Runde für Runde. Er gewann einen zweiten und einen dritten Preis. In den meisten Runden jedoch ging er leer aus.

Was wünschst du dir, Alba?, fragte er und knallte eine Münze auf den Tresen. Was soll ich dir schießen?

Ich will nichts, Caspar, sagte sie.

Na komm, sagte Will Töllning. Irgendwas muss es doch geben, was das Herz der schönen Dame höherschlagen lässt.

Caspar, sagte Alba. Komm mit nach Hause. Lukas kann uns fahren. Du bist betrunken.

Caspar machte sich los.

Noch eine Runde, sagte er und drehte sich zu Alba um. Das Gewehr in der Hand. Was soll ich dir schießen?, fragte er.

Alba verschränkte die Arme vor der Brust.

Den Fächer, sagte sie schließlich. Sie wies auf den Fächer. Schwarz. Mit Blumenmuster. Ganz oben rechts.

Erster Preis, sagte Will Töllning und pfiff leise durch die Zähne. Hat Geschmack, deine Schwester, das muss man ihr lassen.

Caspar drehte sich um. Er legte an. Und schoss. Die ersten vier Schüsse trafen. Der fünfte verfehlte sein Ziel.

Zweiter Preis, sagte der Mann hinter dem Tresen und hielt Caspar den Korb mit den Kuscheltieren und Miniaturschnapsflaschen hin.

Caspar kramte in der Hosentasche. Er warf ein paar Münzen auf den Tresen und hielt mir das Gewehr hin.

Jetzt du, sagte er.

Erst wollte ich ablehnen. Dann dachte ich, dass es für alle das Beste wäre, ich würde daneben schießen. Absichtlich. Um den Familienfrieden nicht zu gefährden. Ich sah Alba an. Dachte, sie würde sagen, ich solle das Spiel nicht mitspielen. Dachte, sie würde mich nie wiedersehen wollen, wenn ich das Gewehr nähme. Dachte, sie würde mich hassen für den Rest ihrer Tage. Doch sah ich etwas, in ihren Augen. Tief. Und tintenblau. Und wogend wie das Meer.

Den Fächer, Luke, sagte sie. Gewinn mir den Fächer.

Ich trat an den Schießstand, nahm das Gewehr und zielte. Schoss. Sehr schnell. Fünf Mal hintereinander. Immer ins Schwarze.

Erster Preis. Freie Auswahl, sagte der Mann am Schießstand.

Will Töllning pfiff leise durch die Zähne.

Den Fächer, hörte ich mich sagen. Ich nehme den Fächer.

Der ist dir über, sagte Will Töllning und klopfte Caspar Jordan auf den Rücken.

Anfängerglück, sagte ich und drehte mich um, den Fächer noch immer in der Hand.

Im selben Moment packte mich Caspar Jordan. Er nahm mich in den Schwitzkasten.

Ich bringe dich um, zischte er mir ins Ohr. Hörst du? Ich bringe dich um.

Caspar, komm, ist gut jetzt, sagte Will Töllning und legte seinen Arm um ihn.

Alba schrie.

Caspar schüttelte Will Töllning ab.

Lass ihn los, schrie Alba. Lass ihn los!

Caspar ließ mich los.

Ich verlor das Gleichgewicht und stürzte zu Boden.

Ich bringe dich um, sagte Caspar und trat mir mit voller Wucht in den Magen.

Ein paar Männer halfen Will Töllning, Caspar festzuhalten.

Alba kniete neben mir.

Oh, mein Gott, sagte sie und fing an zu weinen. Ich halte das nicht mehr aus.

Lass uns verschwinden von hier, Alba, sagte ich und setzte mich auf.

Ich kann das nicht mehr, sagte Alba.

Wir verschwinden von hier, sagte ich und wischte mit dem Ärmel das Blut ab, das mir aus der Nase tropfte.

Den haben Sie verloren, sagte ein Junge und reichte Alba den Fächer, den ich hatte fallen lassen.

Nachmittag

Alba hat ihre Eltern nie wiedergesehen. Ihr Vater starb, nicht lange nachdem wir das Dorf verlassen hatten. An gebrochenem Herzen. Wie es hieß. Der Verlust seines ältesten Sohnes, viele Jahre zuvor, hatte ihn so schwer getroffen, dass es ihm lange Zeit kaum möglich erschienen war weiterzuleben. Dann hatte er sich gefangen. Nach und nach. Der Verlust seiner Tochter raubte ihm den Lebensmut. Albas Mutter lebt noch heute auf dem Hof. Zusammen mit Caspar. Sie bereitet ihm die Mahlzeiten. Wäscht seine Wäsche. Stopft seine Socken, abends im Wohnzimmer, wo das beste Licht ist. Alle paar Monate telefoniert Alba mit ihr. Ohne dass Caspar davon weiß. Von einer Telefonzelle aus. Ein Gespräch von ein paar Minuten, das immer mit derselben Frage endet: Wann kommst du nach Hause, Kind?

Bald, sagt Alba. Und legt auf.

Wir haben nie darüber gesprochen, sage ich. Diesmal bin ich es, der am Frisiertisch sitzt. Mit dem Blick aus dem Fenster, vor dem die Nachmittagssonne süß und müde über den Wäldern verglüht.

Worüber?

Über Caspar, sage ich und drehe mich um. Über Caspar und dich. Es ist die eine Sache, über die wir nie sprechen.

Alba sieht auf zu mir.

Was gibt es da zu sprechen?, fragt sie.

Ich weiß es nicht, sage ich. Sag du es mir.

Was willst du wissen?

Ist irgendetwas vorgefallen? Irgendetwas, von dem ich nichts weiß?

Nicht dass ich wüsste.

Ich meine –

Er hat mich geliebt, Luke, sagt Alba. Und dich hat er gehasst. Dafür, dass du mich geliebt hast. Aber vor allem dafür, dass ich dich liebe.

Ich weiß nicht –, sage ich.

> Komm zu mir, sagt Alba und streckt einen Arm aus.
> Mein Liebster, sagt sie und schlingt beide Arme um mich.
> Komm, sagt sie und küsst mich.

Und es ist wie beim allerersten Mal. Vor Jahren. Hier. In diesem Zimmer. So nackt und unschuldig und losgelöst von Zeit und Raum. Als wären wir die letzten Menschen auf Erden. Oder die ersten Menschen. Oder die einzigen Menschen. Oder alle Menschen auf einmal. Als wären wir alle und alles zusammen und alle und alles gleichzeitig. Als wäre ich sie, für einen Moment, und sie wäre ich.

Dann ist es vorbei.

Galgenfrist

Bei Einbruch der Dunkelheit verabschiede ich mich von Alba.

Eine Stunde, sagt sie. Nicht länger.

Eine Stunde, sage ich.

Sonst rufe ich die Polizei.

Sonst rufst du die Polizei.

Pass auf dich auf, sagt sie und küsst mich.

Ja, sage ich. Mach ich.

In der Hofeinfahrt pirsche ich mich an der Hauswand entlang. Schritt für Schritt. Ich spähe um die Ecke. Geduckt laufe ich über die Straße, vorbei an Zahners Grundstück, und biege links ab in die Hartemer Landstraße.

Überall parken Autos. Türen klappen. Leute steigen aus. Zwei Männer helfen einer beleibten Dame in cremefarbenem Kostüm aus einem Mietwagen. Auf der Rückbank sitzt ein Mann. Sehr dünn. Und sehr alt. Er stützt die Hände auf einen Stock und sieht mich an, als ich vorbeigehe.

Niemand nimmt Notiz von mir, bis ich den Pfad erreiche, der zu Spahns Hof führt. Zwei Männer stehen dort. Im Anzug. Mit Sonnenbrille.

Guten Abend, sagt der Linke der beiden. Ihre Einladung bitte.

Ich habe keine, sage ich.

Dann möchte ich Sie bitten, den Weg freizugeben. Einlass nur für geladene Gäste.

Ich habe eine Verabredung, sage ich. Mit Herrn Waldeck.

Der Mann mustert mich.

Ihr Name?

Morgen, sage ich. Lukas Morgen.

Check das, Tom, sagt der Mann zu seinem Kollegen und nimmt sich einer Gruppe Amerikaner an, die ihre Einladungen vorzeigen. Have a nice evening, Gentlemen, sagt er und lässt die Amerikaner passieren.

Tom spricht etwas in sein Funkgerät. Ich sehe den alten Mann auf seinen Stock gestützt die Straße heraufkommen. Die dicke Frau an seiner Seite.

Alles klar, Ben, sagt Tom und nickt seinem Kollegen zu.

Okay, sagt Ben. Sie können passieren.

Eine Frau nimmt mich in Empfang und führt mich ins Haus. Einen Gang entlang. Zu einer weißen Doppeltür.

Er erwartet Sie, sagt sie und klopft an.

Waldeck sitzt am Schreibtisch. In einem Anzug. Ganz in Grün. Er lehnt sich im Stuhl zurück, als ich eintrete, und legt die Hände flach auf die Tischplatte.

Lukas Morgen, sagt er. Wir dachten, Sie wären verschollen. Nehmen Sie Platz. Er weist auf den Stuhl auf der anderen Seite des Schreibtischs.

Danke, sage ich und setze mich.

Im selben Moment steht Waldeck auf.

Wie ich höre, haben Sie es nicht versäumt, Ihre bezaubernde Freundin mitzubringen, in Ihr schönes Heimatdorf. Er lächelt. Immer noch unzertrennlich, sagt er und weist auf den Rollwagen, auf dem einige Flaschen und Karaffen stehen. Cognac?, fragt er. Einen Brandy?

Nein, danke.

Er nimmt einen Cognacschwenker und gießt sich einen Schluck Weinbrand ein.

Mein Sohn sagte, Sie haben mir etwas mitzuteilen.

Das stimmt, sage ich.

Er sagte, es sei wichtig.

Ja. Das ist es.

Das hoffe ich für Sie, sagt Waldeck. Er hebt sein Glas und hält es gegen das Licht. Meine Zeit ist kostbar. Und selten so kostbar wie an diesem Abend.

Ich nicke.

Also –, sagt er und setzt sich auf die Schreibtischkante, den Schwenker in der flachen Hand.

Ich soll Ihnen Grüße ausrichten, sage ich. Von unserem Verwalter. Homann.

Waldeck sieht mich an.

Und?, fragt er.

Er sagt, er würde es nicht zulassen, dass Sie Ihre Versammlung abhalten. Hier. Auf Spahns Hof. Direkt vor seiner Haustür.

So, sagt Waldeck. Und hat er Ihnen auch gesagt, was er gedenkt, dagegen zu unternehmen?

Ja, sage ich. Das hat er.

Waldeck führt das Glas zum Mund.

Gehen Sie nach Hause, sagt er. Sagen Sie dem alten Mann, es ist zu spät. Die Zeit hat ihn überholt. Es gibt nichts, was ich für ihn tun kann.

Ich würde es ihm ausrichten, sage ich. Aber Sie wissen so gut wie ich, dass das unmöglich ist.

Waldeck nippt an seinem Brandy.

Sie vergeuden meine Zeit, sagt er.

Ich war der Letzte, mit dem er gesprochen hat, sage ich und stehe auf. Ich bin hier, um ihm seinen letzten Wunsch zu erfüllen.

Waldeck stellt den Schwenker ab und geht um den Schreibtisch herum.

Wollen Sie mir drohen?, fragt er.

Nein, sage ich. Ich möchte Sie warnen.

Warnen? Was wollen Sie ausrichten gegen mich? Ganz allein? Er setzt sich und schlägt die Beine übereinander. Wollen Sie die paar Leute im Dorf mobilisieren, die nicht einverstanden sind mit meinen Zielen? Wollen Sie die Polizei rufen?

Nein, sage ich.

Also –

Ich gebe Ihnen zwei Stunden. Die Versammlung abzublasen.

Sie geben mir zwei Stunden?

Zwei Stunden. Keine Minute länger.

Und was wird Ihrer Meinung nach geschehen, wenn ich die Versammlung, wie Sie es nennen, nicht absage.

Dann komme ich wieder.

Sie machen mir Angst, sagt Waldeck und lächelt.

Das hoffe ich, sage ich und gehe zur Tür.

Und was wollen Sie ausrichten, ganz allein, wenn Sie wiederkommen?, sagt Waldeck in meinem Rücken. Gegen mich? Gegen uns alle?

Ich drehe mich um, die Hand auf dem Türknauf.

Räumen Sie den Hof, Waldeck. Ich gebe Ihnen zwei Stunden. Sonst –

Sonst?

Gibt es ein Inferno.

Letzte Zigarette

Alba reißt die Tür auf und fliegt mir um den Hals. Der Cowboyhut rutscht ihr vom Kopf. Im letzten Moment hält sie ihn mit einer Hand fest.

Da bist du, sagt sie.

Die Katze miaut und streicht mir um die Beine.

Komm rein. Ich habe dir Kaffee gemacht. Sie nimmt meine Hand und zieht mich in die Küche. Die Katze hat eine Maus gefangen, sagt sie und gießt Kaffee ein. Erst hat sie mit ihr gespielt. Dann hat sie sie aufgefressen. Der Schwanz guckte ihr aus dem Maul.

Die Katze springt auf meinen Schoß und reibt ihren Kopf an meiner Brust.

Hier, mein Liebster, sagt Alba und stellt den Kaffee auf den Tisch.

Danke. Ich trinke den Kaffee und kraule der Katze den Kopf.

Sie schnurrt, sagt Alba.

Ja. Zum ersten Mal.

Erzähl, sagt Alba. Wie ist es gelaufen?

Ich weiß nicht. Ich glaube, es ist besser, wenn wir keine Zeit verlieren. Kann sein, dass Waldeck Leute schickt.

Du meinst –

Lass uns die Sachen in den Wagen packen und los. Ich stelle die Kaffeetasse ab und setze die Katze auf den Boden. Nun bist du die Herrin des Hauses, sage ich.

Die Katze folgt uns, als wir die Sachen hinüber zur Werkstatt tragen. Wir öffnen die Tore und verstauen alles auf der Rückbank von Homanns */8er*. Alba geht hinüber zu unserem Auto und öffnet die Tür.

Denk dran, sage ich und werfe ihr den Schlüssel zu. Kein Licht. Nicht bevor wir im Wald sind.

Okay, sagt Alba und klettert in den Wagen.

Die Katze springt ihr auf den Schoß.

Mach es gut, mein Kätzchen, sagt Alba. Sie küsst die Katze auf den Kopf, zwischen die Ohren, setzt sie hinaus und schließt die Tür.

Wir fahren den Feldweg hinunter. Dann weiter durch den Wald. Immer geradeaus. Bis nach Hoppenstedt. In Hoppenstedt halten wir uns links, Richtung Siemsgluss. Über Benhorn und Oerbke und Achterberg. Dann weiter auf der Siemsglusser Landstraße bis nach Sültlingen. An der Kreuzkirche fahren wir rechts ab Richtung Hartem. Wir passieren das Haus von van Nies und die Hartemer Badeteiche und biegen rechts ab auf die Hartemer Landstraße. Im Fenster sehen wir das Dach des Geisterhauses über dem Birkenwäldchen aufragen. Als wir die Bahngleise erreichen, löschen wir das Licht und nehmen den Fuß vom Gaspedal.

Wir halten auf der Rückseite des Feuerwehrhauses. Ich öffne die Fahrertür und lausche in die Nacht. Das Zirpen der Grillen. Eine Eule, die von irgendwoher aus dem Wald ruft. Die Stimmen, die der Wind von Spahns Hof den Hügel heraufträgt.

Sieht nicht so aus, als wollte Waldeck die Party abblasen, sagt Alba und steigt aus.

Ich angle den Schlüssel aus der Regenrinne und schließe die Tür auf. Ich lege die Hand auf den Lichtschalter, warte bis Alba eintritt, schließe die Tür hinter ihr und mache Licht.

Hat sich nicht viel verändert, seit dem letzten Mal, als wir hier waren, sagt Alba. Welche Schlüssel, sagtest du, brauchen wir?

Der Rote ist für das Löschfahrzeug, der Blaue fürs Tor.

Sie nimmt die beiden Schlüssel vom Bord, wirft mir den Schlüssel mit dem roten Plastikschild zu und schließt mit dem anderen das Tor auf.

Warte, sage ich. Ich öffne die Fahrertür, gehe um den Wagen herum und lösche das Licht. Ich klettere ins Führerhaus und starte den Motor. Jetzt, sage ich.

Alba legt den Riegel um und öffnet das Tor.

Ich fahre das Löschfahrzeug aus dem Feuerwehrhaus und stelle es an der Längsseite des Hauses ab. Mit der Vorderseite Richtung Spahns Hof. Ich steige aus und laufe hinüber zu der Stelle, wo ich am Abend zuvor den Anhänger versteckt habe. Ich ziehe den Anhänger aus dem Gebüsch und kupple ihn an Homanns Auto. Ich starte den Motor, fahre um das Löschfahrzeug herum, lege den Rückwärtsgang ein und fahre den Anhänger in das Feuerwehrhaus hinein. Ich steige aus, kupple den Anhänger ab und schließe das Tor.

Komm, sage ich. Wir parken um.

Wir stellen Homanns Wagen am Waldrand ab. Ein Stück die Straße hinauf. Auf halbem Weg zu den Bahngleisen. Dann gehen wir zurück zum Feuerwehrhaus.

Ich klettere auf die Streusandkiste, hänge mir das Fernglas um und lege das Gewehr aufs Dach des Feuerwehrhauses.

Komm, sage ich und reiche Alba die Hand. Ich ziehe sie auf die Streusandkiste, lege meine Hände auf ihre Hüften und hebe sie aufs Dach. Dann klettere ich selbst hinauf.

Scheint eine Marotte von dir zu sein, sagt Alba, die Nächte auf Dächern zu verbringen.

Hast du die Zigarette?, frage ich.

Klar, Cowboy, sagt Alba.

Manhorn

Wir sitzen auf dem Dach des Feuerwehrhauses unter dem funkelnden Sternenhimmel und rauchen Albas letzte Zigarette.

Lass uns ein Spiel spielen, sagt sie.

Ein Spiel?, frage ich. Welches?

Eins, das wir noch nie gespielt haben.

Okay. Und wie heißt es?

Es heißt: Was wir nie wiedersehen werden.

Was wir nie wiedersehen werden oder was wir nie wieder sehen werden?

Ganz wie du willst, sagt Alba und reicht mir die Zigarette.
Hast du es dir eben ausgedacht?

Mmh-hmm.

Hier, sage ich und reiche ihr die Zigarette zurück. Der letzte Zug ist für dich.

Okay, sagt Alba. Ich fange an.

Was wir nie wiedersehen werden: das flache Land. Mit seinen Wellen aus Sand. Die Fachwerkhäuser und Schuppen und Scheunen. Vollgestellt mit Schubkarren, Milchkannen, gusseisernen Badewannen, Gießkannen, Gartenschläuchen. Die windschiefen Hochsitze und Weidezäune und Lattenzäune vor verwilderten Gärten. Die Kopfsteinpflasterstraßen in den hintersten Winkeln abgelegener Dörfer. Die Strommasten aus Holz am Straßenrand. Die Wassertürme und Getreidesilos. Die verlassenen Bahnhöfe. Die Landschaft, die immer unwirklicher wird, je weiter man blickt, und am Horizont aussieht wie ein Gemälde. Jetzt du –

Was wir nie wieder sehen werden, sage ich. Das Wasser auf den Feldern im Frühjahr, nach dem ersten Tauwetter eines langen Winters. Die Autoreifen auf den Plastikplanen im Regen über den Lagerflächen der Bauernhöfe. Die Licht- und Schattenspiele, wenn der Wind die Wolken am Himmel vor sich hertreibt. Die spindeldürren Birken am Wegrand, die sich biegen, wenn ein Sturm aufzieht. Die flatternde Wäsche auf der Leine im Garten. Den Klatschmohn in den Gräben, dort wo der Garten ins Feld übergeht.

Ja, sagt Alba. Klatschmohn und Kornblumen. Disteln und Ginster. Holunder. Hagebutte. Haselnuss. Flieder. Farne. Sonnentau. Wollgras. Wacholder. Waldhyazinthe.

Teufelsabbiss.

Jakobskreuzkraut.

Fliegenpilze.

Spinnennetze, tautropfend, in die man hineinläuft, zwischen zwei Bäumen.

Ameisenhaufen, in die man sich hineinsetzt.

Schmetterlinge. Tag- und Nachtpfauenauge. Trauermantel und Scheckenfalter und Perlmutterfalter und Grünwidderchen und Glattrückeneule.

Gallwespen. Honigbienen. Blaupfeile. Scharlachlibellen.

Was wir nie wiedersehen werden, sagt Alba. Das Flirren der Hitze über der Landstraße. Die Stromleitungen, die summen an heißen Sommernachmittagen und am Abend mit Hunderten von Vögeln besetzt sind. Der Dunst über den Feldern. Die Heuballen im Zwielicht kurz vor einem Gewitter. Das Korn, das sich im Wind biegt. Die einsamen Hütten und Ställe und Unterstände. Die ausgetrampelten Waldwege. Die geschliffenen Steine am Grund des eiskalten Flusses. Das Schilf, von der Strömung bewegt. Die Fische, die in der Sonne leuchten, grün und orange.

Forellen.

Ja. Forellen. Und Elritzen. Und Bachneunaugen.

Ein Specht, der von irgendwoher klopft.

Spechte. Und Rotkehlchen. Schwarzkehlchen. Schwarzstörche.

Birkhühner. Kolkraben. Ziegenmelker.

Neuntöter und Raubwürger und Raufußkauz.

Der Fuchs, der durchs Unterholz streift. Auf leisen Pfoten.

Fuchs. Und Dachs. Und Wolf.

Hase, Hirsch und Reh.

Igel. Otter. Ringelnatter.

Eidechse.

Frosch und Feuersalamander.

Was wir nie wieder sehen werden: Die bunten, zerzausten Blätterkronen der Bäume im Herbst. Die Wiesen voller gelber, trockener, raschelnder Blätter. Die Bäume, entwurzelt oder eingeknickt wie Streichhölzer, wenn der Sturm eine Schneise in den Wald geschlagen hat. Die fein säuberlich gefurchten Äcker. Die Spuren von Rädern schwerer

Maschinen im Erdreich am Straßenrand. Die öligen Pfützen. Die eisblauen Wolken, die sich am Himmel auftürmen, wenn der erste Frost sich ankündigt.

Die Landschaft wie ausgewaschen an einem grauen, trostlosen Novembernachmittag. Als wäre alle Farbe daraus gewichen.

Die Lichter in den Fenstern der Häuser am Weihnachtsabend.

Die klare, eisige Nacht. Der Himmel gewölbt wie eine Kuppel. Mit immer neuen Schichten von Sternen darin.

Der Schnee, den man am Ende des Winters findet. An den dunkelsten Stellen des Waldes.

Die Böschung, bedeckt von Kiefernnadeln, die sich im Wasser des Sees spiegelt.

Die Birke, in die der Blitz einschlug –

Geisterzug

An die hundert Leute sind auf Spahns Hof versammelt.

Niemand dabei, den ich kenne, sage ich und reiche Alba das Fernglas.

Doch, sagt sie. Da ist jemand. Ein alter Bekannter von uns. Ganz rechts. Vor dem Schuppen. Sie reicht mir das Fernglas zurück.

Will Töllning, sage ich.

Er lehnt an der Säule, mit einem Glas in der Hand, und pafft seine Zigarre.

Da hat Waldeck ganze Arbeit geleistet, sage ich.

Ich glaube, viel Mühe musste er sich bei Töllning nicht machen, sagt Alba.

Ich fahre rückwärts an das Feuerwehrhaus heran, öffne das Tor und hebe den Anhänger auf die Kupplung. Ich nehme den Stein und die beiden Eisenstangen aus dem Kofferraum.

Ist das der Stein von Mark Sass?

Ja, sage ich und sehe auf zu Alba, die noch immer auf dem Dach sitzt, das Fernglas in der Hand.

So habe ich es mir vorgestellt: Die erste der beiden Stangen klemme ich zwischen Lenkrad und Rückenlehne. Damit der Wagen die Spur hält. Die zweite Stange platziere ich ein Stück daneben. Direkt auf der Hupe. Dann nehme ich das Gewehr und schieße in die Luft. Ein paar Mal. Ich rufe Waldeck an, der unten in der Toreinfahrt auftauchen wird, und gebe ihm eine Minute. Ich warte. Zähle bis sechzig. Ich drehe den Schlüssel im Zündschloss und schalte das Abblendlicht ein. Im selben Moment beginnt das Hupen. Ich löse die Handbremse und lege den Stein aufs Gaspedal. Ich nehme den Gang heraus, bei offener Fahrertür. Ich korrigiere die Lenkung, bis ich einigermaßen sicher sein kann, dass der Wagen sein Ziel erreicht. Dann springe ich aus dem fahrenden Wagen. Ich rolle mich ab und laufe den Hügel hinauf. Ich blicke über die Schulter und sehe den Wagen in den Hof rollen. Passgenau. Ich werfe mich auf den Boden und halte die Hände schützend über den Kopf.

Dafür setzt du dein Leben aufs Spiel?, fragte Alba, als ich ihr davon erzählte. Das ist dein Plan?

Ja, sagte ich. Einen besseren habe ich nicht.

Ich lehne das Gewehr an die offene Fahrertür und quetsche mich in den schmalen Raum zwischen der Tür und den beiden Stangen.

Müsste gehen, für die paar Meter, sage ich und ziehe mich am Haltegriff über der Tür aus dem Wagen.

Luke, sagt Alba.

Was?

Neue Besucher.

Ich nehme das Gewehr und stelle das Zielfernrohr ein.

Wo?

Unten. Direkt vor dem Brunnen.

Langsam schwenke ich von links nach rechts. Dann sehe ich sie. Toni. Und den Pastor. Sie bewegen sich durch die Menge und sehen sich um. Immer wieder. Als wären sie auf der

Suche nach irgendjemandem. Jemand weist ihnen den Weg ins Haupthaus, und sie verschwinden aus unserem Blickfeld.

Sie suchen Waldeck, sage ich. Um ihm zu sagen, dass wir es ernst meinen.

Als wüsste er das nicht, sagt Alba.

Als würde er auf den Pastor hören, sage ich.

Es dauert eine halbe Ewigkeit, bis wir sie wieder auftauchen sehen. Plötzlich geraten die Gäste in Bewegung.

Vielleicht hat es doch etwas genutzt, sagt Alba.

Nein, sage ich. Der offizielle Teil beginnt.

Wir sehen Toni und den Pastor, die sich ratlos umsehen. Wir sehen Waldeck, der sein Podium betritt. Wir sehen die Gäste, in geschlossenen Reihen, mit dem Rücken zu uns. Applaus weht von unten den Hügel herauf.

Was hast du Toni gesagt?, fragt Alba. Weiß er, was du vorhast?

Nein. Er weiß nichts. Nur dass ich seinen Vater sprechen wollte.

Sie treten aus der Toreinfahrt und sehen sich um. Plötzlich legt Toni dem Pastor die Hand auf den Arm und weist mit dem Finger den Hügel hinauf.

Sie kommen, sagt Alba.

Ja, sage ich. Ich klettere auf die Anhängerkupplung und reiche Alba das Gewehr nach oben. Nimm es, sage ich. Für alle Fälle.

Luke, ich –

Nimm es.

Es tut mir leid, sagt Toni und senkt den Blick. Ich konnte nicht anders.

Was ist das?, fragt der Pastor, der völlig außer Atem ist. Was soll das werden?

Gehen Sie, sage ich. Gehen Sie runter zu Waldeck. Sagen Sie ihm, was ich ihm vor zwei Stunden gesagt habe. Er soll den Hof räumen.

Was ist das da auf dem Anhänger?, fragt der Pastor.

Ich gebe ihm fünf Minuten, sage ich.

Er wird den Hof nicht räumen, sagt Toni. Niemals.

Sagt es ihm, sage ich. Und dann macht, dass ihr verschwindet.

Sind Sie wahnsinnig, Mann?, sagt der Pastor und tritt mir entgegen. Sie wollen das Leben all dieser Menschen zerstören? Mit welcher Berechtigung?

Ich sage es nicht noch einmal. Ich möchte, dass Sie gehen.

Lukas, sagt er. Lukas Morgen. Ich bitte dich. Im Namen des Herrn –

Es reicht jetzt, sagt Alba.

Wir alle sehen auf. Zum Dach des Feuerwehrhauses.

Alba –, sagt der Pastor.

Sie hält das Gewehr in der Hand und richtet es auf ihn.

Gehen Sie, sagt sie.

Der Pastor sieht von ihr zu mir und wieder zurück.

Seid ihr denn alle beide verrückt geworden?, fragt er.

Nur weil wir ein paar Jahre weg waren, sagt Alba, heißt das nicht, dass wir nicht das geblieben sind, was wir in den Augen des Dorfes immer waren. Idioten.

Der Pastor breitet die Hände aus und macht ein paar Schritte rückwärts. Um das Auto herum. Dann sinkt er auf die Knie. Direkt vor dem Kühlergrill. Er senkt den Kopf und verschränkt die Hände zum Gebet.

Wie viele Mädchen?, fragt Alba.

Der Pastor murmelt vor sich hin.

Mahler-Ladewigk, sagt sie. Wie viele Mädchen?

Er sieht auf.

Wie viele waren es? War ich die Einzige? Oder waren es viele? Und wenn ja, wie viele waren es? Waren auch Jungen dabei? So wie Toni Waldeck?

Der Pastor starrt sie an. Dann steht er auf und geht auf sie zu. Er hebt die Hände zum Himmel.

Alba, sagt er. Alba. Mein Engel. Noch immer träume ich davon. In jeder Nacht. Von deinem Mund. Deiner Haut. Deinem Duft –

Du Schwein, sagt Alba und schießt.

Der Pastor schreit auf und bricht zusammen. Ich laufe zu ihm hinüber und drehe ihn auf die Seite.

Ist er tot?, fragt Alba.

Nein, sage ich. Du hast ihm ins Knie geschossen.

Bitte, sagt Mahler-Ladewigk und hält sich das Bein. Bitte.

Komm runter, sage ich und sehe auf zu Alba. Es ist vorbei.

Luke, sagt Alba und weist mit dem Gewehr den Hügel hinab.

Wir sehen sie unten am Tor stehen. Waldeck. Will Töllning. Die Frau, die mich am Abend zu Waldeck geführt hat. Die dicke Frau im cremefarbenen Kostüm. Den alten Mann mit dem Spazierstock. Die Amerikaner. Mark Sass drängt sich durch die Menge.

Sie kommen den Hügel herauf, sagt Alba.

In diesem Moment wirft Toni den Motor an und gibt Gas.

Alba, brülle ich. Runter vom Dach! Ich packe Mahler-Ladewigk an den Schultern und ziehe ihn um das Feuerwehrhaus herum. Auf die Rückseite des Löschfahrzeugs. Im Rückwärtslaufen sehe ich die Menge zurückweichen. Ich sehe Waldeck, der unbeirrt stehenbleibt inmitten der auseinanderlaufenden Menge. Ich sehe den Wagen, der ins Schlingern kommt, für einen Moment. Bevor er die Tore von Spahns Hof passiert. Passgenau. So wie ich es mir immer vorgestellt hatte. Dann springe ich. Im letzten Moment. Vor der Explosion. Der Hügel unter mir bebt. Der Krach ist ohrenbetäubend. Der Wald scheint in Flammen zu stehen. Der Himmel färbt sich rot.

Komm, sagt Alba und nimmt meine Hand. Wir müssen hier weg.

Wir laufen die Straße hinunter. Zu Homanns Wagen. Wir hören die Schreie. Die Sirenen. Die Explosionen. Ich reiße die Fahrertür auf, starte den Motor und mache Licht.

Festhalten, sage ich.

Wir rasen die Hartemer Landstraße hinunter.

Was ist das?, fragt Alba.

Was meinst du?

Da vorne.

Jetzt sehe ich es auch. Ein schwarzer Schatten, der sich durch die Nacht schiebt. Von links nach rechts. Wie ein großes, mächtiges Tier.

Es ist ein Zug, sage ich und bremse. Es ist ein verdammter Scheißzug.

Wir steigen aus, als der Zug den Bahndamm passiert. Eine endlose Reihe von Güterwaggons. Wir blicken uns an, über das Dach des Autos hinweg. Alba nimmt den Cowboyhut vom Kopf und wischt sich den Schweiß von der Stirn. Im selben Moment, in dem der Zug in der Nacht verschwindet, sehen wir sie. Auf der anderen Seite der Bahngleise. Drei Gestalten. Auf beiden Seiten des Autos, das mit laufendem Motor mitten auf der Straße steht. Die Türen offen. Weil das Licht uns blendet, können wir sie nicht sofort erkennen.

Na, sieh mal einer an, sagt Maik Eisenbach und macht einen Schritt auf uns zu.

Epilog

Siebenseelensee

Endstation, sagt Maik Eisenbach und öffnet die Tür.

Alvin Brinkmann drückt mir das Gewehr in die Seite.

Los, Morgen, sagt er. Raus mit dir.

Ein feiner Streifen Tageslicht schimmert über den Bäumen im Osten. Caspar Jordan steigt aus, geht um den Wagen herum und öffnet die Beifahrertür.

Raus, sagt er.

Es ist das erste Wort, das ich ihn habe sprechen hören in dieser Nacht.

Alba steigt aus dem Wagen, die Arme vor der Brust verschränkt. Sie sieht mich an, für einen Moment, als wollte sie sagen: Es ist nicht deine Schuld, Liebster. Und wenn doch, dann habe ich dir verziehen. Längst.

Caspar Jordan öffnet den Kofferraum und kramt darin herum.

Setzt euch, sagt er, wie beiläufig. Rücken an Rücken.

Brinkmann drückt mir den Gewehrlauf gegen das Schulterblatt.

Runter, Morgen, sagt er.

In diesem Moment wirble ich herum und stürze mich auf ihn.

Lauf, Alba, brülle ich. Lauf!

Es gelingt mir, das Gewehr zu fassen zu bekommen. Doch ist Maik Eisenbach über mir, gerade als ich mich umdrehen will. Er schlägt mir ins Gesicht. Mit einem schweren Gegenstand. Einem Radkreuz. Oder einem Hammer.

Irgendwo tief in mir ist die Hoffnung, dass Alba entkommen kann. Dass sie in Sicherheit ist, irgendwo in den Tiefen der Wälder, beschützt, wie im Märchen, von Hirsch und Hase und Reh. Ich sehe sie vor mir, wie sie im ersten Sonnenlicht des Tages Wasser aus der rauschenden Jarve schöpft.

Als ich die Augen aufschlage, blicke ich direkt in die Sonne. Caspar Jordan steht über mir. In seinem Schatten

Maik Eisenbach, der dabei ist, mir die Beine zusammenzubinden. Mit einer Hälfte des Starthilfekabels. Ich spüre Albas warmen Körper an meinem Rücken. Ihren Atem. Ihr Haar an meinem Nacken.

Das sollte reichen, sagt Eisenbach.

Dann hoch mit ihnen, sagt Caspar Jordan.

Wir stehen Rücken an Rücken, Alba und ich, am Ufer des Siebenseelensees. Zusammengehalten von Caspar Jordans Abschleppseil.

Das war es doch, was ihr immer wolltet, sagt er.

Caspar –, sagt Alba.

Maik, kommandiert Caspar.

Eisenbach tritt vor, eine Rolle Isolierband in der Hand. Mit den Zähnen reißt er einen Streifen ab und klebt Alba den Mund zu.

Und du, Morgen, sagt Caspar, hast du uns noch etwas zu sagen?

Alba, sage ich. Ich liebe dich. Über alles in der Welt.

Das reicht, sagt Maik Eisenbach und klebt mir den Mund zu.

Maik. Alvin, sagt Caspar.

Ich hebe den Kopf und sehe auf in den Himmel.

Alba, flüstere ich. Weil ich will, dass es das letzte Wort ist, das ich je spreche auf Erden.

Caspar, sagt Brinkmann. Ich kann das nicht –

Verdammt, Alvin, sagt Caspar. Er schubst Brinkmann zur Seite. Auf drei, Maik, sagt er. Eins. Zwei. Drei.

Das Wasser ist eisig. Einen Moment treiben wir dahin. Rücken an Rücken. Dann tauchen wir hinab. Auf den Grund des Sees. Über uns nichts als wogende Stille.

Blau und grün.
Sonne und Mond.
Licht und Schatten.

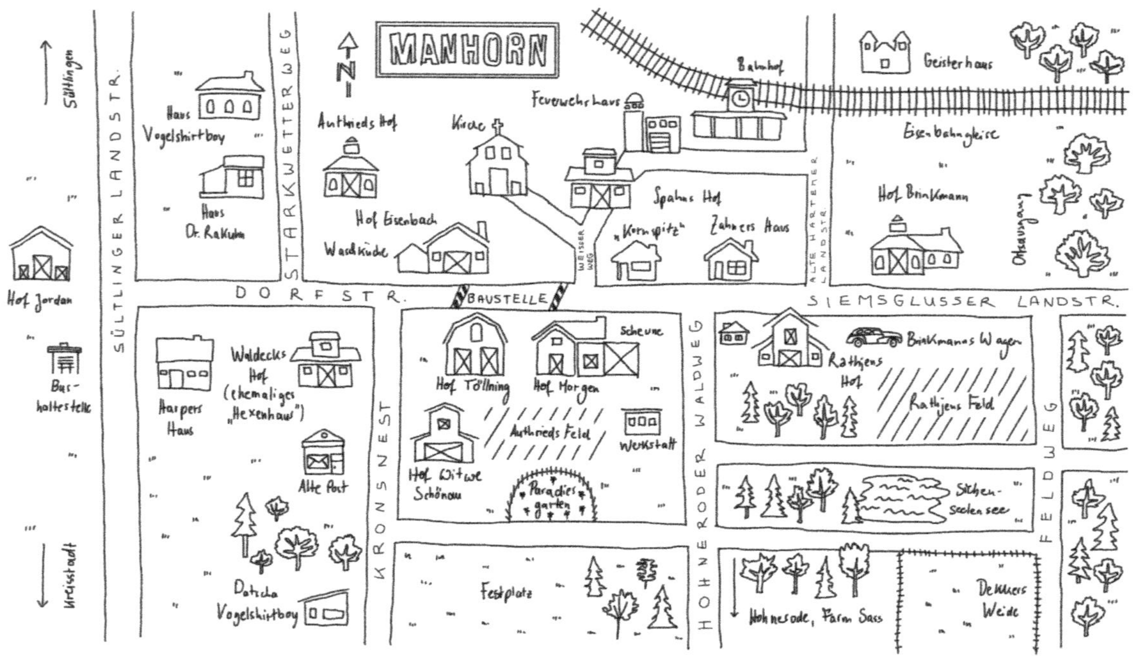
MANHORN
N
Sültlingen
Kreisstadt
SÜLTLINGER LANDSTR.
STARKWETTERWEG
DORFSTR.
BAUSTELLE
WEISSER WEG
ALTE HARTENER LANDSTR.
SIEMSGLUSSER LANDSTR.
KRONSNEST
HOHNERODER WALDWEG
FELDWEG
Hof Jordan
Bus-
haltestelle
Haus
Vogelshirtboy
Haus
Dr. Rakuhn
Authrieds Hof
Hof Eisenbach
Waschküche
Kirche
Feuerwehrhaus
Bahnhof
Spahns Hof
„Kornspitz"
Zahners Haus
Geisterhaus
Eisenbahngleise
Hof Brinkmann
Obstanlage
Harpers
Haus
Waldecks
Hof
(ehemaliges
„Hexenhaus")
Alte Post
Datscha
Vogelshirtboy
Hof Töllning
Hof Morgen
Scheune
Hof Witwe
Schönau
Authrieds Feld
Werkstatt
Paradies-
garten
Festplatz
Rathjens
Hof
Brinkmanns Wagen
Rathjens Feld
Sichen-
seelensee
Hohnesode, Farm Sass
Dekkers
Weide

Inhalt

Mein besonderer Dank gilt der Stadt Soltau für die Ermöglichung eines mehrwöchigen Aufenthalts im Soltauer Künstlerappartement sowie der Kulturbehörde Hamburg für die Bewilligung eines Residenzstipendiums im Château de Millemont, Frankreich.

Mischa Kopmann
Aquariumtrinker
Roman
222 Seiten
Gebunden, mit Schutzumschlag
€ 20,00 (D) / € 20,60 (A)
ISBN 978-3-95510-126-8

Leon Spihr hat ein Problem mit der Wirklichkeit. Seit seiner Geburt an einem schönen Augustmorgen im pophistorisch verhängnisvollen Jahr 1969 geht eigentlich alles in die Brüche. Sogar die Musik, stärkste und tröstlichste Kraft in seinem Leben, hat ihre Magie verloren. Spihr hat sämtliche Brücken hinter sich abgebrochen: Frau und Kinder, Beruf, sogar seine Band. Schließlich heuert er für einen Sommer als Lebensmittellieferant in Blankenese an, dem Beverly Hills der Hamburger Westside. Als Spihr dort seiner großen Hassliebe »Krimhild« wieder begegnet, beginnt er einen verhängnisvollen Racheplan zu schmieden, von dem ihn nicht einmal Vivi abbringen kann.